CINDERELA ESTÁ MORTA

Kalynn Bayron

Cinderela está morta

Tradução
Karine Ribeiro
Érica Imenes

2ª edição

Galera
RIO DE JANEIRO
2021

CIP-BRASIL. CATALOGAÇÃO NA PUBLICAÇÃO
SINDICATO NACIONAL DOS EDITORES DE LIVROS, RJ

B347c
Bayron, Kalynn
2ª ed. Cinderela está morta / Kalynn Bayron ; tradução Karine Ribeiro, Érica Imenes. – 2ª ed. – Rio de Janeiro : Galera Record, 2021.

Tradução de: Cinderella is dead
ISBN 978-65-5587-164-7

1. Romance americano. I. Ribeiro, Karine. II. Imenes, Érica. III. Título.

21-71449 CDD: 813
CDU: 82-31(73)

Leandra Felix da Cruz Candido – Bibliotecária – CRB-7/6135

Título original:
Cinderella is Dead

Leitura sensível:
Rane Souza

Texto revisado segundo o novo Acordo Ortográfico da Língua Portuguesa.

Editoração eletrônica: Abreu's System

Direitos exclusivos de publicação em língua portuguesa somente para o Brasil adquiridos pela
EDITORA RECORD LTDA.
Rua Argentina, 171 – Rio de Janeiro, RJ – 20921-380 – Tel.: (21) 2585-2000,
que se reserva a propriedade literária desta tradução.

Impresso no Brasil

ISBN 978-65-5587-164-7

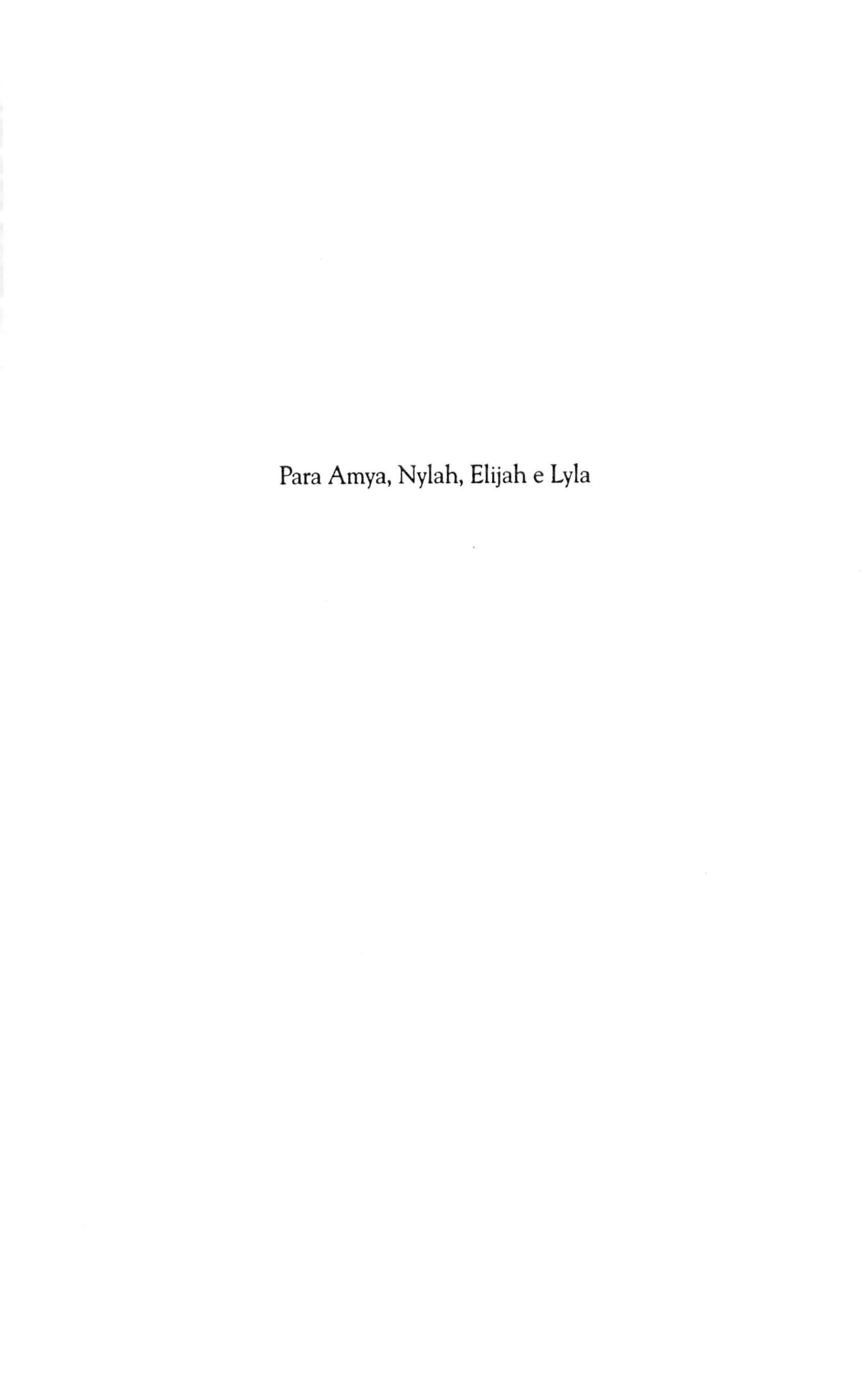

Para Amya, Nylah, Elijah e Lyla

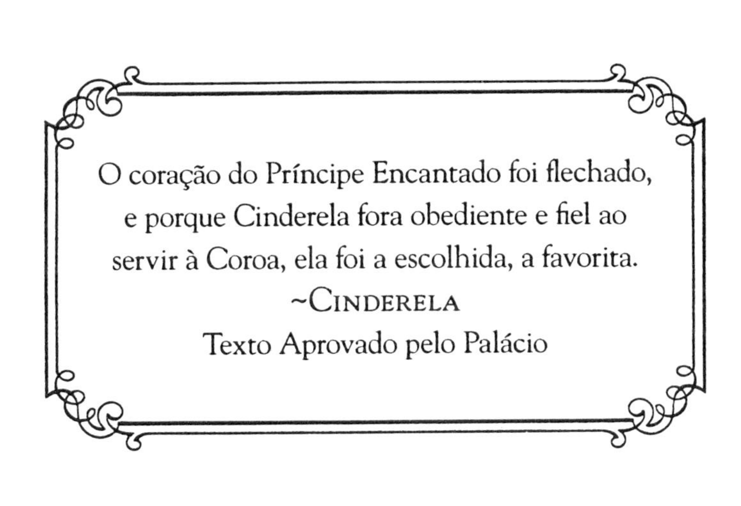

O coração do Príncipe Encantado foi flechado,
e porque Cinderela fora obediente e fiel ao
servir à Coroa, ela foi a escolhida, a favorita.
~Cinderela
Texto Aprovado pelo Palácio

1

Cinderela está morta há duzentos anos.

Eu estou apaixonada por Erin há quase três.

E estou a dois minutos da morte certa.

Quando os guardas do palácio me encontrarem — e eles vão encontrar —, vou morrer na floresta, na fronteira leste de Lille. Mas não me importo. Meu único foco é Erin, que está pressionada contra uma árvore à minha frente. Os guardas do palácio ainda não a avistaram, mas estão indo na direção dela. Param a alguns metros do esconderijo. Os olhos dela se arregalam nos confins sombrios da floresta. Nossos olhares se encontram, cruzando o amplo caminho para carruagens que nos separa.

Não se mexa, Erin. Não faça nenhum barulho.

— Eu caí no sono na torre noite passada — diz um deles. — Alguém me acordou, mas mesmo assim. Dei sorte. Se o rei descobrisse, eu perderia minha cabeça.

— Você vai ao baile? — pergunta um dos homens.

— Não — responde outro. — Infelizmente, só trabalho e nada de folga para mim.

— Que pena. Ouvi falar que as garotas no grupo deste ano são as mais lindas da geração.

— Nesse caso, será que a sua esposa vai sofrer um *acidente*? Seria uma pena se o degrau do topo da escada para o porão estivesse solto.

Eles riem com vontade, chiando e cuspindo, e, pelo som, estão se divertindo para valer. As vozes se afastam até que eu não consiga mais ouvi-los. Me levanto e corro até Erin, que ainda está se escondendo atrás da árvore.

— Eles foram embora — digo.

Seguro a mão dela e tento acalmá-la. Ela espia ao redor, o rosto contorcido de raiva, e se solta de mim.

— De todas as coisas impossíveis que você já me convenceu a fazer, vir aqui com certeza é a pior. Os guardas quase nos pegaram.

— Mas não pegaram — lembro.

— Você me pediu para te encontrar aqui — diz Erin, os olhos estreitos, desconfiados. — Por quê? O que é tão importante?

Ensaiei o que queria dizer a ela, pratiquei várias vezes na minha cabeça, mas agora que estamos frente a frente, eu me perco. Ela está com raiva de mim. Não é o que eu quero.

— Eu me importo com você mais do que tudo. Quero que você seja feliz. Quero que *nós* sejamos felizes.

Erin fica em silêncio enquanto me atrapalho com as palavras, as suas mãos firmes na cintura.

— As coisas parecem sem esperança na maior parte do tempo, mas quando estou com você...

— Pare — interrompe ela, a expressão irritada. — É para isso que você me trouxe aqui? Para dizer as mesmas coisas de sempre?

— Não é a mesma coisa. O baile está tão perto agora. Essa pode ser a nossa última chance de ir embora.

Pega de surpresa, as sobrancelhas de Erin se erguem.

— Ir embora? — Ela se aproxima, olhando nos meus olhos. — Não existe isso de ir embora, Sophia. Não existe pra você, nem pra mim, nem pra ninguém. Nós vamos ao baile porque é a lei. É a nossa única esperança para construir algum tipo de vida.

— Uma sem a outra — digo. Só de pensar, meu peito dói.

Erin endireita a postura, mas olha para o chão.

— Não tem como ser de outro jeito.

Balanço a cabeça em negativa.

— Você não está falando sério. Se fugirmos, se tentarmos...

Risadas ao longe interrompem minha súplica. Os guardas estão voltando. Erin se esconde atrás da árvore, e eu mergulho no arbusto.

— Você não pode trabalhar no palácio se não sabe como simplesmente assentir e ficar de boca fechada — diz um dos guardas, parando em frente ao meu esconderijo. — Se você não consegue aguentar fazer as coisas que ele te pede, é melhor ficar aqui com a gente.

— Você provavelmente tem razão — concorda outro homem.

Através dos galhos, vejo a árvore onde Erin está escondida. A bainha do vestido dela se enroscou em um pedaço áspero da casca e está visível. O guarda olha na direção dela.

— O que é aquilo? — pergunta, se aproximando, a mão no cabo da arma.

Eu chuto o arbusto. A folhagem inteira se sacode, fazendo uma cascata de folhas cor de ferrugem cair sobre mim.

— O que foi isso? — diz um dos homens.

A atenção deles está em mim. Fecho os olhos com força. *Estou morta.*

Penso em Erin. Espero que ela fuja. Espero que consiga voltar. Tudo isso é minha culpa. Eu só queria vê-la, tentar convencê-la uma última vez que devemos deixar Lille para sempre. Agora, nunca mais verei o seu rosto.

Olho para as árvores. Posso tentar correr, desviar a atenção dos guardas de Erin. Talvez eu consiga escapar deles na floresta, mas, mesmo que eu não consiga, Erin pode fugir. Meu corpo fica tenso, e enfio a saia entre as pernas, prendendo-a na faixa da cintura e tirando os sapatos.

— Tem alguma coisa ali — diz um guarda, agora a apenas um braço de mim.

Os guardas se aproximam, e chegam tão perto que posso escutar suas respirações. Olho para além deles. Há um vislumbre de azul-bebê entre as árvores. Erin está tentando fugir. Um tinido corta o ar, metal contra metal — uma espada sacada da bainha. Sobre a adrenalina e o martelar do meu coração, uma corneta toca três notas estridentes.

— Temos uma fugitiva! — diz uma voz grave.

Eu congelo. Se for pega aqui, tão para dentro da floresta, os guardas vão me usar como exemplo. Me imagino sendo arrastada pelas ruas, algemada, talvez até enfiada em uma gaiola no centro da cidade, onde os cidadãos de Lille tantas vezes são obrigados a aguentar humilhação pública como punição por qualquer erro.

As vozes dos homens se afastam de mim.

Não sou a fugitiva de quem estão falando. Sequer comecei a fugir ainda. Meu coração afunda no peito. Espero que eles não consigam alcançar Erin a tempo.

As vozes dos guardas vão se distanciando, e quando estão longe o suficiente, enfio os sapatos debaixo do braço e corro para o abrigo sombrio da floresta. Escondida atrás de uma árvore, espio vários guardas se reunindo. Há uma mulher mais velha com eles, já com os pulsos algemados. Deixo escapar um suspiro de alívio e imediatamente me sinto culpada por isso. Essa mulher agora depende da piedade dos homens do rei.

Eu me viro e corro. Com pernas trêmulas e pulmões queimando, imagino ouvir o rosnar de cães, embora não tenha certeza. Não me atrevo a olhar para trás. Tropeço e caio de joelhos em uma pedra, rasgando a carne. A dor é lancinante, mas me levanto e continuo correndo até que as árvores começam a rarear.

No caminho que leva de volta ao coração da cidade, paro para recuperar o fôlego. Não vejo Erin. Ela está segura.

Mas aqui é Lille.

Ninguém nunca está realmente seguro.

2

Na volta para casa, só consigo pensar em Erin. A floresta é densa e perigosa e, acima de tudo, proibida. Sei que ela não ficará escondida. Vai encontrar o caminho de volta, mas preciso saber se está segura.

O relógio da torre na praça da cidade soa. Cinco batidas altas. Eu deveria encontrar minha mãe no ateliê da costureira para provar um vestido, e ela me disse especificamente para ir depois de tomar um banho, de cabelo lavado e rosto limpo. Olho para mim mesma. Meu vestido está sujo de terra e sangue, e meus pés estão cheios de lama. Consegui escapar dos homens do rei, mas quando minha mãe me vir, é provável que acabe comigo. Há guardas patrulhando as ruas. Mais do que o normal, agora que o baile está próximo. Mantenho a cabeça baixa enquanto caminho. Eles não prestam atenção em mim. Todos em alerta máximo pelo que as pessoas em Lille estão chamando de *o incidente*.

Aconteceu há duas semanas, em Chione, uma cidade ao norte. Houve rumores de que uma explosão danificou o Colossus, uma estátua de seis metros de altura do salvador de Mersailles, o Príncipe Encantado, e de que as pessoas responsáveis foram enviadas a Lille na calada da noite e levadas ao palácio para serem interrogadas pelo rei em pessoa. Seja lá o que aconteceu, os detalhes que arrancou deles o deixaram em pânico.

Na primeira semana após o incidente, o rei ordenou que o correio fosse interrompido, o toque de recolher foi antecipado em duas horas e folhetos foram distribuídos, assegurando que o incidente não passou de uma tentativa de um grupo de saqueadores de vandalizar a famosa estátua. Também informava que os criminosos foram sentenciados à morte.

A casa está vazia e silenciosa quando chego. Meu pai ainda está no trabalho e minha mãe me espera na costureira. Por um momento, fico no meio da sala, olhando para os quadros na parede acima da porta.

Um deles é do rei Stephan, abatido e de cabelo branco; é um retrato de como estava antes de sua morte, há apenas alguns anos. Outro é do rei Manford, o atual rei de Mersailles, que não perdeu tempo e logo ordenou que seu retrato real e oficial fosse pendurado em todas as casas e espaços públicos da cidade. Nosso novo rei é jovem, apenas alguns anos mais velho do que eu, mas sua capacidade de crueldade e seu desejo de controle absoluto se equiparam aos de seus antecessores, e estão exemplificadas na terceira moldura pendurada acima da nossa porta. Os Decretos de Lille.

1. **Deve haver pelo menos uma cópia nova de *Cinderela* em todas as casas.**
2. **O baile anual é um evento obrigatório. Três visitas são permitidas, depois das quais as participantes serão consideradas infratoras.**
3. **Participantes de uniões não sancionadas e fora da lei serão considerados infratores.**
4. **Todos os membros das famílias de Mersailles deverão designar um homem, maior de idade, para ser o chefe da família, e seu nome ficará registrado no palácio. Todas as atividades praticadas por qualquer membro da família devem ser sancionadas pelo chefe.**
5. **Por segurança, mulheres e crianças devem estar em suas residências permanentes ao badalar das oito horas, todas as noites.**

6. **Uma cópia das leis e decretos vigentes, além de um retrato autorizado de Sua Majestade, deve estar à mostra em todas as casas, o tempo todo.**

Essas sãos as severas e irrevogáveis leis decretadas pelo rei, que sei de cor.

Vou para o meu quarto e acendo a pequena lareira no canto. Penso em ficar até que minha mãe venha me procurar, mas me preocupo que ela pense que algo de ruim aconteceu. Não estou onde deveria estar. Faço um curativo no joelho com um pedaço limpo de pano e lavo meu rosto na bacia.

Minha cópia de *Cinderela*, uma versão lindamente ilustrada que foi presente da minha avó, está em um pedestalzinho de madeira no canto. Minha mãe deixou aberta na página onde Cinderela está se preparando para o baile, com a fada madrinha realizando todos os seus desejos. O lindo vestido, o cavalo e a carruagem, e os famosos sapatinhos de cristal. Aqueles que vão ao baile precisam reler essa parte para lembrar o que é esperado que façam.

Quando era pequena, eu costumava ler essa passagem várias vezes, desejando que uma fada madrinha me trouxesse tudo o que precisasse quando fosse a minha vez de ir ao baile. Mas, à medida que fui crescendo, os rumores de pessoas sendo visitadas por uma fada madrinha se tornaram raros, e comecei a pensar que o conto não passava disso. De uma história. Falei exatamente isso a minha mãe, e ela ficou desorientada, dizendo que eu nunca seria visitada se duvidasse tanto. Parei de falar a respeito disso. Não toco no livro há anos, e não o leio em voz alta, como meus pais gostariam que eu fizesse.

Mas ainda sei de cor cada frase.

Há um envelope cor de marfim em cima da lareira, com meu nome escrito em letras pretas cursivas. Eu o pego e puxo a carta dobrada lá de dentro. O papel é grosso, pintado com o mais profundo ônix. Leio a carta pela milionésima vez desde que chegou, na manhã do meu aniversário de dezesseis anos.

Sophia Grimmins

O rei Manford requer a honra de
sua presença no baile anual.

• • •

Este ano marca o bicentenário do primeiro baile, onde
a nossa amada Cinderela foi escolhida pelo Príncipe
Encantado. As festividades serão grandiosas e se
tornarão ainda mais especiais com a sua presença.

• • •

O baile começa às vinte horas em
ponto no dia 3 de outubro.

• • •

A cerimônia de escolha começará
ao badalar da meia-noite.

• • •

Favor ser pontual.
Aguardamos ansiosamente a sua presença.

Atenciosamente,
Sua Majestade Real rei Manford

Olhando assim, o convite é lindo. Conheço meninas que sonham tanto com o dia que vão receber o convite que não pensam em mais nada. Mas enquanto o seguro, leio a parte ignorada pela maioria dessas jovens ansiosas ignora. Nas margens, em um padrão que me lembra hera subindo por uma treliça, há palavras em fonte branca que oferece um aviso terrível:

Você deve comparecer ao baile anual. O não comparecimento resultará em prisão e confisco dos bens pertencentes à sua família.

Hoje é primeiro de outubro. Em dois dias, meu destino será decidido por outra pessoa. Por mais terríveis que sejam as consequências se eu não for escolhida, o perigo de ser pode ser ainda pior. Empurro esses pensamentos para longe enquanto guardo novamente a carta no envelope.

Saio de casa e vou até o ateliê da costureira pelo caminho mais longo, torcendo para esbarrar com Erin. Estou muito preocupada com ela, mas sei que minha mãe também está preocupada comigo.

As lojas na Market Street estão iluminadas e cheias de pessoas fazendo preparativos de última hora para o baile. Há uma fila saindo da loja de perucas. Dou uma olhada lá dentro pela vitrine. O peruqueiro se superou este ano e perucas elaboradas enchem as prateleiras. Lembram bolos de casamento, camadas sobre camadas de cabelo em todas as cores, as perucas nas prateleiras superiores decoradas com espécies de ninhos de passarinhos com réplicas de ovos dentro.

Uma jovem está sentada na cadeira do peruqueiro. Ele coloca uma peruca de quatro camadas na cabeça dela. É coberta de peônias cor-de-rosa frescas, com uma miniatura da carruagem encantada da Cinderela no topo, que balança precariamente enquanto a mãe a admira.

Eu me apresso, passando entre as pessoas e entrando por uma rua secundária. As lojas aqui não são as que minha família e eu frequentamos. Elas são para pessoas com dinheiro o bastante para comprar as mais extravagantes e desnecessárias bugigangas. Não estou com tempo para lamentar sobre o que posso ou não posso pagar, mas este é o caminho mais rápido para a praça da cidade, que posso atravessar para encontrar Erin antes de minha mãe.

Na janela de uma das lojas de sapatos, o sapatinho da Cinderela fica apoiado em uma almofada de veludo vermelho, à luz de velas. A plaquinha ao lado diz: *Réplica Aprovada pelo Palácio*. Sei que meu pai os compraria na mesma hora se tivesse dinheiro, na esperança de que isso me fizesse destacar. Mas se o par não for encantado pela fada madrinha em pessoa, não vejo motivo para isso. Sapatos feitos de vidro podem causar acidentes.

Mais à frente há uma fila saindo de uma lojinha com vitrines fechadas. A placa acima da porta diz *Maravilhas da Helen*. Outra placa lista o nome dos extratos e poções que Helen pode fazer: *Encontre um Pretendente, Banimento de Inimigo, Amor Eterno.* Minha avó me disse que Helen é nada mais do que uma fada madrinha fajuta e que suas poções provavelmente são vinho aguado. Mas isso não impede que as pessoas confiem nela.

Enquanto eu passo, uma mulher e sua filha — que parece ter a minha idade — saem da loja apressadas. A mulher tem um frasco em formato de coração nas mãos. Ela tira a rolha e empurra o frasco para a filha, que bebe tudo em um gole só, inclinando a cabeça para trás e olhando para o céu do fim de tarde. Espero que minha avó esteja errada, para o bem dessa pobre garota.

3

Viro uma esquina e me apresso em direção à praça da cidade. A Celebração Bicentenária está acontecendo há uma semana e terminará com o baile anual. Até lá, as festividades acontecem todas as noites. Antes do toque de recolher, as pessoas lotam a praça, tocando música e bebendo, e esta noite não é exceção. Vou abrindo caminho pela multidão, tentando cruzar a praça. Vendedores estão mostrando seus produtos à sombra da torre do sino, uma estrutura branca brilhante com quatro andares, encimada por um domo dourado. Há joias e vestidos da cidade ao norte, Chione, e luvas de cetim, maquiagem e perfume da cidade ao sul, Kilspire.

Enquanto ziguezagueio entre os estandes, procurando o rosto de Erin na aglomeração, vejo uma jovem de pé em uma plataforma. Ela está recitando passagens de *Cinderela*. A cópia autorizada pelo palácio está em um apoio diante dela.

— As meias-irmãs feias sempre tiveram inveja de Cinderela, mas ao ver quão adorável ela estava naquela noite, perceberam que nunca poderiam ser belas daquele jeito e, em um rompante de raiva, rasgaram em pedaços os próprios vestidos.

As pessoas reunidas ao redor dela zombam e vaiam. Continuo andando. Ainda não vejo Erin, e começo a me desesperar. Digo a mim mesma que ela está em casa, mas preciso chegar lá para ter certeza.

Um estande, muito mais cheio do que os outros, está no meio da praça, e uma multidão de pessoas bloqueia o caminho. Enquanto tento passar por elas, vejo que a confusão toda é por conta de um jogo. Há sapatos empilhados, e garotinhas pagam uma moeda de prata para serem vendadas, pegarem um par de sapatos e prová-los. Se servir, ganham um pequeno prêmio — um bracelete de contas ou um colar, junto com um pedacinho de pergaminho que diz: "*Fui Escolhida na Celebração Bicentenária.*" Uma garotinha com cachos castanhos saltitantes ri enquanto coloca seu pezinho em um sapato violeta de salto alto. É tudo muito divertido, até que outra menininha escolhe o sapato de número errado e ganha um pedaço de papel com uma imagem das irmãs da Cinderela, os rostos contorcidos em sorrisos horrendos.

Ela olha para a mãe.

— Mamãe, não quero ser como elas. — Seu lábio inferior treme enquanto ela engole o choro.

Um guarda do palácio ri alto enquanto a mãe a leva embora.

Passo por uma abertura e vou até o centro da praça, onde há uma fonte, uma réplica em tamanho real da carruagem da Cinderela. Feita toda de vidro, ela brilha sob o sol poente. A água jorra em torno dela, e há centenas de moedas nos fundos da piscina. É tradição fazer um desejo, assim como Cinderela fez há muitos anos, e jogar uma moeda, preferencialmente de prata, dentro da fonte. Me lembro de jogar moedas quando era pequena, mas tem anos que não faço mais isso.

— Sophia!

Liv salta na minha direção; o cabelo longo e castanho preso em um coque no topo da cabeça, e as bochechas coradas parecem maçãs do amor em sua pele negra. Ela me olha de cima a baixo.

— O que aconteceu com você?

Olho para o meu vestido, que não me dei ao trabalho de trocar.

— É melhor nem saber.

— Para onde você vai? — pergunta ela.

— Estou procurando... — hesito. É perigoso falar em público sobre o que aconteceu na floresta. — Vou provar um vestido.

A expressão de Liv é de incredulidade.

— Você deveria ter feito isso há duas semanas. O baile é em dois dias.

— Eu sei — respondo. — Adiei o máximo que pude.

Surge um espaço entre as pessoas e faço menção de ir embora, mas Liv engancha o braço no meu.

Ela balança a cabeça em negativa.

— Você é tão teimosa. Sua mãe deve estar arrancando os cabelos. — Liv ri e ergue algo enrolado em um pedaço de pano prateado e brilhante. — Você não vai acreditar no que ganhei em uma das barracas.

Ela desenrola o objeto.

É um graveto.

Olho para Liv e então para o graveto. Ela está sorrindo, embora eu esteja confusa.

— Você está se sentindo bem?

Toco a testa dela para ver se está febril.

Liv ri e afasta a minha mão, se divertindo.

— Estou bem. Mas olha. É uma varinha. Uma réplica da que foi usada pela fada madrinha.

Volto a encarar o graveto.

— Acho que alguém te enganou.

Liv franze a testa.

— É uma réplica real. O homem disse que veio de uma árvore na Floresta Branca.

— Ninguém vai à Floresta Branca.

Erin aparece atrás de Liv, e meu coração quase para. Preciso me segurar para não agarrá-la e puxá-la para perto.

— Melhor fechar a boca, senão entra mosca — zomba Liv, olhando ao redor nervosamente.

— Você está segura — digo aliviada.

Erin assente.

— Sua aparência está horrível.

Eu gostaria de ter me limpado um pouco mais antes de sair de casa.

— Ainda adorável, óbvio — completa Erin. — Acho que você não consegue evitar.

Olho para ela.

— Talvez Liv possa usar a varinha para me ajudar.

Liv aponta o graveto para mim, balançando-o. Ela franze a testa.

— Sempre desejei um dia ter algum tipo de poder mágico. Mas acho que esse dia não é hoje.

Dou um tapinha no braço dela.

— Ninguém viu esse tipo de magia acontecer desde a época da Cinderela. Duvido que ainda exista.

As duas trocam um olhar preocupado.

— Óbvio que existe — sussurra Erin. — Você conhece a história tão bem quanto todo mundo. Se formos esforçadas, se soubermos as passagens, se honrarmos nossos pais, podemos conseguir as mesmas coisas que Cinderela.

— E se fizermos todas essas coisas e nada acontecer, nenhuma fada madrinha, nenhum vestido, nenhum sapatinho de cristal, nenhuma carruagem, então o que acontece? Ainda acreditaremos nisso?

— Não questione a história, Sophia. — Liv se aproxima de mim. — Não em público. Nem em lugar nenhum.

— Por quê? — pergunto.

— Você sabe o motivo — diz Erin em voz baixa. — Você precisa acreditar na história. Encarar o que ela é.

— E o que ela é? — desafio.

— A verdade — responde Erin.

Não quero discutir com ela.

— Erin tem razão — concorda Liv. — As abóboras no jardim real nascem no mesmo lugar onde ficaram os fragmentos da carruagem. E ouvi dizer que, quando o túmulo dela ainda estava aberto ao público, os sapatinhos de cristal estavam lá dentro.

— Mais rumores — digo.

Eu me lembro de conversas sobre o túmulo sussurradas entre minha avó e suas amigas. Faz anos que ninguém o vê aberto. São só histórias para fazer com que garotinhas sejam obedientes.

Liv e Erin parecem ter se cansado de mim.

— Bem, eu ainda espero conseguir um favor da fada madrinha — diz Liv.

O plano dela parece arriscado. Minha mãe espera a mesma coisa, mas arranjou meu vestido, caso eu não encontre uma velhinha idosa no jardim na noite do baile. Se uma garota aparecer sem um vestido que seria adequado para a própria Cinderela, colocará a própria segurança em risco, e não acho que o rei vai se importar se vier de uma fada, de uma loja ou de qualquer outro lugar. O que importa é que *pareça* que uma fada madrinha nos abençoou com sua magia.

— Seus pais têm um plano caso isso não funcione? — pergunto.

Não quero que Liv fique em perigo porque eles demoraram demais para arranjar o que ela precisa. Esta será a segunda vez de Liv no baile. Uma terceira vez é permitida, mas acabaria com os ânimos de Liv e condenaria a família dela à ruína.

— Você não se cansa de tentar ser presa? — pergunta Erin. — Falar assim vai te meter em problemas.

— Ok — diz Liv, se enfiando entre nós e balançando a cabeça. — Aqui.

Ela alcança uma bolsinha e pega um punhado de moedas.

— Não são de prata, mas vão ter que dar pro gasto. Vamos fazer um pedido na fonte, como nos velhos tempos.

Liv agarra meu braço e me conduz para a fonte.

Erin fica ao meu lado, o ombro encostando no meu. Acho que a ouço suspirar, e ela balança a cabeça levemente. Atrás de nós, a música continua a tocar, e as pessoas riem e conversam. Os guardas do palácio enchem a praça, os uniformes reais azuis bem-arrumados, as espadas brilhando à luz dos postes. Liv dá uma moeda para Erin e para mim.

— Façam um desejo — diz ela.

Liv fecha os olhos e joga a moeda.

Olho para Erin.

— Desejo que você saia de Lille comigo. Agora. Saia de Mersailles, deixe tudo para trás e fuja comigo.

Jogo a moeda na água.

Liv solta uma arfada. Erin abre os olhos de repente, as sobrancelhas franzidas, a boca em uma linha fina.

— E desejo que você aceite as coisas como são. — Ela joga a moeda na fonte. — Gostaria de poder pensar que nada mais importa, mas não sou como você, Sophia.

— Não estou te pedindo para ser como eu — retruco.

Os olhos de Erin se anuviam, e seu lábio inferior treme.

— Sim, está. Nem todo mundo pode ser corajoso assim.

Meu peito parece que vai desabar. Eu dou um passo para trás e Erin vai embora apressada, desaparecendo na multidão. Não me sinto corajosa. Me sinto irritada, preocupada e sem esperanças de que algo mudará algum dia. Começo a ir atrás dela, mas Liv agarra meu braço e me segura.

— Você precisa deixar isso pra lá, Sophia — aconselha Liv. — Não vai acontecer.

Ela me leva para longe da fonte, e eu reprimo a vontade de chorar, de gritar. Nos aproximamos de um círculo largo de grama escurecida. Liv olha para ele.

— O que é isso? — pergunto.

— Algo aconteceu aqui há algumas noites. Estão dizendo que alguém criou uma explosão, tentou destruir a fonte. E não deu certo.

Liv se vira para mim, a preocupação estampada no rosto.

— Viu? Não dá pra resistir. Não podemos ir contra o livro ou contra o rei.

Balanço a cabeça. Não quero aceitar que não resta mais nada além disso para mim.

Liv olha ao redor e se aproxima.

— Um grupo de crianças encontrou um corpo na floresta, perto do Lago Cinzento.

— Mais um? — questiono. — São quantos agora?

— Seis desde que as folhas começaram a mudar. Uma garota, assim como as outras.

Tento contar quantas jovens apareceram mortas em Lille desde que me entendo por gente. O número de mortas é doze, mas as desaparecidas são bem mais do que consigo contar.

— Vá provar seu vestido, Sophia — diz Liv, apertando minha mão. — Talvez alguém no baile te leve para longe de tudo isso.

Há algo na voz dela. Talvez Liv queira que alguém a escolha. Não posso culpá-la, mas isso não é para mim. Não quero ser salva por nenhum cavaleiro de armadura reluzente. Eu gostaria de ser a pessoa usando a armadura, e gostaria de ser quem salva alguém.

Mal presto atenção no caminho até o ateliê da costureira, e termino chegando duas horas atrasada. Espiando pela janela, vejo minha mãe conversando com outra mulher. Elas riem e estão sorrindo, mas sua expressão está séria quando apoia a cabeça na mão aberta. Odeio ter feito ela se preocupar. Respiro fundo e abro a porta.

Minha mãe fica de pé e expira, soprando o ar por entre os dentes, o alívio estampado no rosto.

— Onde você esteve? — Seus olhos me analisam. — E o que esteve fazendo?

— Eu estava...

Ela levanta a mão.

— Não importa. Você está aqui agora.

Minha mãe olha além de mim, para a rua.

— Você veio até aqui sozinha?

— Não — minto. — Liv e Erin me acompanharam até o fim da rua.

— Ah, ótimo. Você deve ter ouvido sobre o incidente no Lago Cinzento.

Eu assinto. Ela balança a cabeça e então força um sorriso rápido e instrui a costureira e seus ajudantes a começarem o trabalho.

As partes do meu vestido são costuradas no lugar para garantir que o caimento seja perfeito. Minha mãe reclama da cor do bordado na bainha do vestido. Aparentemente, deveria ser rosa-dourado, não apenas dourado, então precisa ser retirado e colocado de volta. Acho que o vestido inteiro ficaria muito bonito no fundo de uma lixeira, talvez adornado com óleo e em chamas. Ninguém me perguntou qual cor ou qual caimento eu preferia.

Minha mãe entrelaça as mãos e anda de um lado para o outro à minha frente. Ela está superpreocupada com os mínimos detalhes, como se minha vida dependesse disso. Tento ignorar a voz dentro de mim que diz que talvez dependa.

— É lindo, Sophia — diz minha mãe, me olhando.

Eu assinto. Não consigo pensar em nada para dizer. Ainda não consigo acreditar que este dia chegou para valer. Esperava estar longe de Lille a esta altura, talvez longe de Mersailles, mas com Erin ao meu lado, deixando o rei e as suas leis para trás. Em vez disso, aqui estou, me preparando para ceder a esse terrível destino.

A costureira me ajuda a sair do vestido, para que possa embrulhá-lo e mandá-lo para casa conosco. Há uma mancha roxa na lateral do pescoço dela; já está ficando esverdeada nas bordas.

— O que aconteceu com seu pescoço? — sussurro, embora desconfie do que tenha acontecido. Várias mulheres em Lille enfrentam problemas similares.

A costureira olha para mim, confusa, e rapidamente ajusta a gola.

— Não se preocupe com isso. Em uma semana vai ter sumido. Como se nunca tivesse acontecido.

— Sophia? — interrompe minha mãe. — Por que você não vai lá pra fora pegar um ar? Mas fique por perto, onde posso te ver.

Encaro a costureira, cujo sorriso mal disfarça a dor.

Recolho minhas saias e vou até o caminho que leva ao ateliê. O sol se põe enquanto os acendedores começam suas rondas noturnas, iluminando as ruas. Mesmo no breu, os vigilantes rondam nas sombras. Sentinelas de pedra, as janelas de observação voltadas para dentro.

Um mural do rei marca a lateral de uma construção do outro lado da rua. Ele está representado em cima de um cavalo, à frente de um exército de soldados, o braço erguido, segurando uma espada. Aposto que ele nunca conduziu exército algum fora de um tabuleiro de xadrez.

Por mais que tente, não consigo deixar de pensar em como será minha vida se eu for escolhida. Em dois dias, eu posso ser entregue a um homem que não conheço e que não me conhece. Meus desejos e necessidades serão sacrificados para atender ao que ele achar ser melhor. E se ele pensar estar no direito de deixar um hematoma no meu pescoço? E o que acontece se eu não for escolhida? E Erin. Minha querida Erin. O que será de nós? Sinto um arrepio enquanto um nó surge na minha garganta. Minha mãe sai do ateliê e coloca um xale sobre meus ombros descobertos.

— Você não quer pegar um resfriado tão perto do baile, Sophia.

Ela olha ao redor com cuidado, abaixando o tom de voz.

— Gostaria que fosse diferente, mas...

— Sim, eu sei. É só a realidade.

Ranjo os dentes, abafando a vontade de gritar pela milésima vez. Olho para minha mãe, e por um segundo ela deixa a máscara cair e vejo a dor em seu rosto. Ela parece mais velha sob a luz pálida do céu noturno. Seu olhar vai do meu rosto para meu vestido antes de se desviar.

— De repente caiu a ficha para você? — pergunto.

A boca dela se torna uma linha fina.

— Sim.

— Gostaria que esse dia nunca chegasse — digo.

— Eu também — sussurra ela. — Mas aqui estamos, e devemos fazer o nosso melhor.

Minha mãe volta para o ateliê, mas eu espero antes de me juntar a ela para pegar meu vestido. Olho para o céu estrelado. As coisas serão diferentes agora, e para sempre. Quando o baile acontecer, não terá mais volta. Sinto uma tristeza, quase uma sensação de luto, ameaçando me consumir. Endireito meu xale e entro no ateliê.

4

O sr. Langley, um amigo do meu pai, tem um filho que concordou em conduzir a carruagem para nós enquanto meu pai trabalha. Ele nos encontra na estrada e nos ajuda a colocar o vestido para dentro. Nossos olhares se encontram e ele sorri enquanto subo na carruagem. Olho para o outro lado. Não estou a fim de fingir estar lisonjeada.

Minha mãe também sobe, e a carruagem sacoleja pela estrada. Cortinas pesadas cobrem as janelas, mas o ar gelado da noite ainda consegue entrar. Seguro a capa ao redor dos ombros e coloco o capuz, cobrindo quase o rosto todo, mas sem conseguir que este seja indicação suficiente de que não quero falar.

— Ele é um rapaz muito bonito, não é? — pergunta minha mãe.

Eu a vejo me observar cuidadosamente.

— Quem?

— O filho do sr. Langley. Mas óbvio que, se ele a achasse adequada, teria que fazer uma reivindicação oficial por você no baile. Tenho certeza de que ele não será o único interessado.

Balanço a cabeça em negativa.

— Tem algum momento em que você não está pensando em maneiras de me fazer casar com o primeiro homem meio decente que consegue encontrar?

— Talvez meio decente seja o máximo que podemos esperar.

Ela olha para o próprio colo, apertando os lábios.

Afasto a cortina e olho pela janela, mais para evitar que meus olhos se revirem intensamente do que para apreciar a vista. Não estou com raiva especificamente da minha mãe. O jeito dela é como o da maioria das pessoas em Lille. Sempre procurando uma oportunidade de fazer a escuridão parecer mais brilhante. Ela faz isso muito bem, mas eu não. Não consigo evitar ver o baile como ele realmente é.

Uma armadilha.

A carruagem avança pelas ruas curvas de Lille. À distância, as torres enormes do palácio se projetam sobre a paisagem inclinada. É extravagante, espalhafatoso, um lembrete para o resto de nós de que, não importa o quanto tentemos, nunca seremos totalmente dignos desse tipo de riqueza e privilégio.

Logo do lado de fora do perímetro do palácio está a parte gradeada da região leste de Lille, onde vivem os membros mais importantes da aristocracia. Perto o bastante do rei para fazê-los se sentir especiais, mas distante o suficiente para que não achem que estão no mesmo nível dele. As pessoas lá acumulam riqueza, melhorando sua própria vida enquanto o resto da cidade entra cada vez mais em decadência.

Quando a carruagem entra na parte oeste da cidade, as casas idênticas ao longo das vielas de paralelepípedos apoiam-se umas nas outras como se fossem desabar sem o apoio adicional. A noite dá a elas uma mistura particular e confusa de cheiros. Cheiro de pão recém-assado misturado com o de carne cozida, mas com uma pitada do odor característico de excrementos, humanos e de animais.

Não há luz na minha rua, exceto aquela que as pessoas mantêm nas janelas. Nós paramos, e minha mãe salta. Fico de pé no degrau da carruagem por um instante, esperando que a distância cresça entre nós. Minha mãe não vai me deixar dormir sem antes conversar. Ela chega ao primeiro degrau de casa e olha para mim, com uma expressão triste. O filho do sr. Langley coloca a caixa do vestido diante da porta, e então pigarreia. Olho para ele e vejo seu sorriso amplo. Estou prestes a dizer que ele parece ridículo e nitidamente está fazendo papel de bobo quando minha mãe me chama.

— Sophia, entre.

Ela me conhece muito bem.

Minha mãe abre a porta no momento em que os sinos soam, sinalizando o começo do toque de recolher para as mulheres e crianças de Lille. Os pés dela se movem no ritmo das badaladas estrondosas. Na batida final, às oito horas, temos que estar dentro de casa, com as portas cerradas. Às vezes, eu fico na entrada no momento da última batida, só para ver o que pode acontecer. Nessas ocasiões, minha mãe corre pela casa em pânico, dizendo para eu ficar quieta e parar de tentar ser presa feito uma idiota. Quando eu era pequena, minha mãe me disse que, se eu não estivesse dentro de casa no soar da última badalada, o fantasma das meias-irmãs malvadas da Cinderela apareceria para me levar embora. Agora que estou mais velha, entendo que não é de espíritos vingativos que devo ter medo. O rei e seus homens são uma ameaça muito maior.

Saio da carruagem e vou até a entrada, evitando o olhar da minha mãe e passando por ela enquanto a porta é fechada e trancada atrás de mim. Sigo em direção às escadas.

— Sente-se — diz minha mãe enquanto puxa uma cadeira da mesa de jantar.

Ela caminha até a outra ponta e se senta.

Quero ir lá para cima e cair na cama, mas vamos precisar ter essa conversinha primeiro. Me junto a ela na mesa e evito seu olhar.

A maioria das pessoas acha que minha mãe e eu somos irmãs, de tanto que nos parecemos. Nosso cabelo escuro e cacheado é idêntico, exceto que suas madeixas são levemente salpicadas por fios brancos. Temos a mesma pele negra, mas ela tem rugas ao redor da boca. As pessoas as chamam de marcas de sorriso, mas sei que as dela são de preocupação.

— Fui escolhida pelo seu pai no meu primeiro baile, e fizemos um bom par — começa ela. — Ele era filho de um barão de terras, e é um homem decente, bom.

— Eu sei.

Ela já me contou isso antes, mas noto uma urgência na sua voz agora, como se estivesse tentando me convencer de que há esperança.

— Mas algumas de nós não têm tanta sorte — continua minha mãe. — Você consegue imaginar como deve ser isso? Não ser escolhida? As repercussões que isso traz?

— Óbvio que entendo.

Essa possibilidade a assusta mais do que qualquer outra coisa. Garotas que não são escolhidas no terceiro baile são consideradas infratoras, sendo destinadas a uma vida de trabalho forçado em troca do básico ou à servidão. Mas, recentemente, várias garotas desapareceram no castelo e nunca mais foram vistas.

Minha mãe passa as mãos sobre as pregas do vestido e suspira.

— Me diga uma coisa, Sophia. Erin e Liv sabem quão difícil você pode ser? Quão teimosa?

— Sim — respondo.

É uma meia-verdade. Erin e Liv são minhas amigas mais próximas, e posso ser eu mesma perto delas a maior parte do tempo. Mas mesmo em sua presença, sinto que preciso me segurar, porque Lille deixou sua marca nelas também. Elas me ouvem falar sobre ir embora, sobre resistir ao que é esperado de nós, e pedem que abaixe a voz. Que essas coisas simplesmente não acontecem. Que ninguém sai. Quem resiste está se condenando à morte.

— Espero que Liv encontre um par este ano — diz minha mãe, com o olhar perdido. — Os pais dela estão muito preocupados, e se ela não for escolhida desta vez, só terá mais uma chance.

O fato de uma garota ser considerada uma solteirona se não estiver casada até os dezoito anos é errado, e o fato de os garotos sequer precisarem ir ao baile até que sintam vontade de fazer isso é tão injusto que revira meu estômago.

— Não é culpa dela ela não ser escolhida.

Liv não foi escolhida no baile do ano passado. Erin e eu conversamos a respeito e não conseguimos entender o motivo. Liv quase nunca fala disso, mas, pelo que consegui descobrir, um rapaz chegou a reivindicá-la, só que a trocou por outra garota no último segundo.

Agora Liv está brandindo uma varinha de mentira, esperando conseguir conjurar alguma ajuda mágica. Depois de tudo o que viram e passaram no último ano, Liv e os pais ainda esperam receber a visita de uma fada madrinha. Eles se convenceram de que ninguém a escolheu no ano passado porque eles não seguiram o exemplo de Cinderela o bastante.

— Nenhuma velha mágica vai me visitar — digo, a frustração se acumulando dentro de mim.

— Talvez não — sussurra minha mãe. — Mas você parecerá ter recebido a visita, e é com isso que os pretendentes e o rei mais se importam.

— É de se imaginar que eles deveriam ligar para mim, ligar para o que eu sinto.

Mesmo enquanto digo as palavras, sei que elas vão contra tudo o que sei ser verdade, e minha mãe concorda.

— Por que, em nome do rei Manford, eles pensariam algo assim? — pergunta ela, apertando as mãos juntas como se estivesse rezando, mas com os dedos esticados. — Você tem... *nós* temos... apenas uma chance. Você precisa ser escolhida. Ir ao baile duas vezes é uma vergonha.

As palavras dela são lancinantes.

— Liv é uma vergonha? Como você pode dizer isso dela? Não é culpa dela que um velho nojento mudou de ideia.

Minha mãe desvia o olhar.

— Ela sabe o que está em jogo. Desejos tolos e magia não vão salvá-la. Ela precisa se conformar, saber o seu lugar, e fazer o que for necessário para ser escolhida, assim como você. — Ela se inclina para mais perto de mim. — Sei que você é diferente e que isso será difícil, mas você não tem escolha.

Diferente.

É assim que ela me vê, e toda vez que usa essa palavra, um nítido ar de desaprovação vem junto. Lille também deixou marcas nela.

— Quero ficar com a Erin.

— Eu sei — diz minha mãe, olhando ao redor como que para se certificar de que ninguém estava ouvindo. — Mas você manterá isso em segredo.

O tom de voz dela é seco, inexpressivo. Sei que ela está se protegendo da realidade do que estou passando.

Eu tinha doze anos quando contei aos meus pais que preferiria encontrar uma princesa a um príncipe. Eles entraram em pânico, do qual emergiram com uma determinação renovada. Disseram que, para sobreviver, eu deveria esconder como me sentia. Eu nunca fui boa nisso, e o peso dessa máscara aumenta a cada ano. Tudo o que mais quero é deixá-la cair.

— Você não tem que resistir a cada coisinha boba. Não vai te fazer bem, e eu não vou te perder — diz minha mãe, agarrando a beirada da mesa. — Não posso passar por isso. Você vai ao baile. Fará a sua parte.

Ela se reclina na cadeira como se estivesse exausta, deixando os ombros relaxarem e soltando o ar devagar.

— Seu pai está tentando fechar uma nova venda agora mesmo, para conseguir o dinheiro extra que precisamos para...

Ela para. Sua voz fica embargada. Os olhos se enchem de água enquanto ela cobre minha mão com a sua.

— Eu te amo demais. Faria qualquer coisa para garantir que você seja a garota mais bonita do baile quando fizer sua entrada.

— Minha vida inteira foi moldada para isso. Não é uma *coisinha boba.* Tudo o que eu faço, tudo o que digo, é sobre o baile. Meu destino foi traçado para mim desde o meu nascimento. Meu futuro já está escrito, e eu não posso ter opinião alguma sobre ele.

— Sim. E?

Minha mãe me encara como se não conseguisse entender a questão.

— Você não quer que eu seja feliz? Não é isso o mais importante?

No breve instante antes da resposta, imagino que ela dirá sim, e que eu não precisarei mais ir ao baile. Penso em como seria se minha mãe estivesse do meu lado.

— Não.

Ela solta minha mão. A frustração toma conta de mim.

— O que importa é a sua segurança. O que importa é obedecer às leis. Elas estão bem explícitas. Ali. — Ela gesticula para a porta da frente. — A felicidade é um bônus, Sophia. Você não tem direito a ela, e quanto mais cedo aceitar isso, mais fácil sua vida será.

— E se eu não quiser uma vida fácil?

Minha mãe me encara. Abre a boca para falar, mas torna a fechá-la, olhando para a mesa.

— Cuidado com o que você deseja. Pode ser que aconteça.

— Posso me levantar da mesa? — pergunto.

Ela assente, e afasto minha cadeira da mesa, indo em direção à escada. Quando alcanço o último degrau, ouço o choro. Parte de mim quer ir até a minha mãe, mas outra parte não quer. Eu a amo, e sei que ela me ama, mas isso não é o bastante. Ela não quebrará as regras, mesmo sabendo que para segui-las terei de negar toda a minha essência. Vou até o meu quarto e fecho a porta.

5

Na manhã seguinte, acordo um pouco antes do nascer do sol. Meu pai já saiu para trabalhar, e minha mãe começou a preparar o café da manhã. Há uma massa crescendo debaixo de um pano de prato ao lado do fogão a lenha, no qual atiça o fogo e coloca uma chaleira para ferver. Eu me junto a ela na cozinha e amarro um avental na cintura. Minha mãe coloca um pratinho com dois biscoitos e pedaços de maçã em cima da mesa. Ela fala comigo por sobre o ombro enquanto sova a massa na superfície salpicada de farinha da bancada.

— O chão precisa ser varrido e lavado, como sempre, e é dia de trocar as roupas de cama lá de cima. Leve os tapetes para fora e bata bem. Seu pai disse que deve chegar mais cedo, então temos que começar logo. Quando ele chegar, recite a história o mais cedo possível. Sei que ele vai estar cansado e vai querer relaxar.

— Você quer que eu recite em voz alta? — pergunto.

Sei que é o que devemos fazer. É mais uma tradição do que uma regra, mas faz tempo que não faço isso.

— Sim — diz minha mãe simplesmente. — Talvez você esteja um pouco enferrujada, e com o baile chegando, é preciso que você saiba de cor, caso um pretendente queira testar seus conhecimentos.

Eu nem me dou ao trabalho de responder. É a coisa mais idiota que já ouvi. Os pretendentes vão me testar? Sinto vontade de dizer à minha mãe que tenho certeza de que os homens que se reunirão no palácio sequer leram a história toda, já que ela nem foi feita para eles. É feita para o resto de nós. Mas eu apenas assinto. Visto uma capa e começo a levar os tapetes lá para fora.

Será que algum pretendente vai realmente querer me testar? E será que meu pai quer mesmo me ouvir, ou minha mãe está apenas pensando em todas as maneiras que alguém pode querer me desafiar no baile?

— *A mulher de um homem de posses ficou doente e sabia que seu fim estava próximo* — digo em voz alta.

Ainda está na minha cabeça. Cada uma das palavras.

Estou limpando os tapetes quando minha mãe abre a porta da frente com uma expressão preocupada.

— Sophia, preciso que você vá ver a sra. Bassett. Acho que esqueci as fitas de cabelo que combinam com o seu vestido no ateliê.

— Você não quer ir? — pergunto.

Olho para ela pela primeira vez de fato esta manhã. Ela tem olheiras escuras debaixo dos olhos, como se não tivesse dormido.

— Não. Não estou me sentindo bem. Mandei Henry dizer ao filho do sr. Langley para vir até aqui dentro de uma hora para te buscar.

Olho ao redor para ver se Henry, o filho mais novo do nosso vizinho, já saiu.

— Posso ir andando — digo. — Ou será que eu mesma posso levar a carruagem?

Minha mãe balança a cabeça.

— Sozinha? Sophia, por favor. Meus nervos já estão em frangalhos. Não piore ainda mais a situação tentando infringir a lei.

— Não é uma lei.

Ela pisa com força na varanda.

— Você será levada ao palácio acorrentada se for pega conduzindo uma carruagem, e se você andar até lá sozinha pode acabar numa situação ainda pior.

Algo no tom dela me alarma. Suas emoções, geralmente tão contidas, estão aflorando cada vez mais a cada dia que passa. Não vou contar a ela que estive na floresta e entrei na cidade sozinha ontem. É possível que ela não sobrevivesse ao choque.

— O filho do sr. Langley estará aqui em breve — diz ela. — Ele vai te levar.

Minha mãe entra, e eu espero no quintal. Como combinado, o filho do sr. Langley aparece em meio à névoa. Ele passa pelo portão e assente para mim.

— Bom dia — cumprimenta ele, dando aquele sorrisinho de novo.

Sou muito boa em ler pessoas, mas esse garoto é um mistério. A curva dos seus lábios e seu sorriso presunçoso me fazem pensar que tem algo me escapando.

— Pronta? — pergunta ele.

Assinto enquanto ele conduz a carroça de madeira que levamos para a feira, em vez da carruagem coberta que usamos para viajar. É feita para transportar sacas de grãos e tem apenas um banco largo na frente. O filho do sr. Langley prende a carroça ao nosso cavalo e sobe.

— Está frio — digo. — Deveríamos levar a carruagem.

— Mas já preparei esta aqui. Você não quer se sentar ao meu lado?

— De jeito nenhum. E se você tivesse me perguntado antes, eu teria dito para preparar a carruagem. Mas você não perguntou, então aqui estamos nós.

Ele ergue a sobrancelha.

— Então é você quem manda nas coisas por aqui? Isso é... diferente.

— Diferente — murmuro.

Diferente nunca quer dizer algo bom.

A porta da frente se abre atrás de mim.

— Ela está dando trabalho? — pergunta minha mãe.

Não me viro, mas posso sentir seu olhar sobre mim.

— Problema nenhum, sra. Grimmins.

O filho do sr. Langley pisca para mim. Se ele espera um agradecimento por não ter contado à minha mãe o que eu falei, ficará desapontado.

Eu subo e me sento o mais longe possível dele. Ele puxa as rédeas e a carroça avança.

O clima continua frio, mesmo com o passar das horas. Seguro a capa ao meu redor, mas o ar ainda alcança a minha pele. O filho do sr. Langley pousa as rédeas no colo e tira o casaco.

— Aqui. Não é muito, mas deve ajudar.

Ele coloca o casaco sobre meus ombros, e eu me afasto, observando suas mãos e seus olhos. Não o conheço o bastante para confiar nele, e na maioria das vezes em que um homem faz um favor a uma mulher, ele espera algo em troca.

— Sou tão desagradável assim? — Ele ergue o braço e dá uma cheirada. — Estou fedendo? Tomei banho semana passada.

Ele está tentando ser engraçado. Eu não respondo.

— Meu nome é Luke. Caso você esteja se perguntando.

— Eu sei — digo, seca. Nunca fomos formalmente apresentados, mas já ouvi meus pais falarem dele até um pouco demais.

— Você sempre está com a sua mãe. Ela não te deixa falar nada.

Eu o observo de esguelha.

— Ou talvez eu não tenha muito a dizer.

— Ok. — Ele dá um sorrisinho. — Fiquei surpreso com sua resposta lá trás. Nunca vi uma garota recusar o pedido de um homem tão abertamente. É uma coisa perigosa a se fazer.

— Você está brincando ou me ameaçando?

Posiciono meu corpo de forma que possa erguer minha perna e chutá-lo para o outro lado da carroça caso ele tente alguma coisa. Garotas são assediadas e maltratadas diariamente em Lille, e por causa disso eu tenho um plano para o caso de alguém tentar me machucar. Se Luke fizer qualquer movimento brusco, vou afundar seu nariz no crânio, talvez chutá-lo onde mais dói, e então correr. Também posso agarrar as rédeas, tirar o cavalo da estrada e capotar a carroça. Não me importo se me machucar no processo. Não vou ficar sem fazer nada.

— Não estava brincando, mas também não estava te ameaçando. Desculpe.

Luke olha para mim e torna a sorrir. Seu comportamento é abrasivo, mas não tem maldade. Ele não deve ter mais do que vinte anos. É alto e magro, tem a pele marrom, cabelo preto e só um pouquinho de arrogância. Ainda tenho dificuldade em entendê-lo.

Mantenho meu corpo na posição para derrubá-lo, mas faço uma pergunta como forma de distraí-lo.

— Você também está se preparando para o baile?

Luke inclina a cabeça para trás e ri. Me pega tão de surpresa que minha única reação é encará-lo. Ele se contém e balança a cabeça.

— Não se eu puder evitar. As coisas são diferentes para mim.

— Por quê? — pergunto.

Luke perdeu um pouco da pose que tinha quando passou pelo portão. Paramos do lado de fora do ateliê da costureira.

— Você é amiga da Erin, não é?

Ele não olha para mim. A pergunta parece aleatória, e eu fico em alerta.

— Sim. Ela é uma das minhas melhores amigas.

— Humm — diz ele, assentindo. — Então você entende o que eu quero dizer sobre as coisas serem diferentes.

O olhar perceptivo dele me aterroriza. Já vi esse olhar antes. É o mesmo que minha mãe me dá toda vez que eu toco no nome da Erin. Eu imediatamente desço da carroça e jogo o casaco de volta para ele.

— Espere aqui, por favor.

— Sem problemas — diz Luke.

Temo que seu jeito amistoso seja apenas uma tática para me fazer ficar confortável o bastante para baixar a guarda.

Me apresso para a porta do ateliê e entro. Nenhuma das luzes está acesa ainda, e a luz fraca do sol que acabou de nascer joga sombras pelo ambiente, que parece estranhamente calmo sem a costureira e sua equipe de ajudantes andado de um lado para o outro. Há uma fita métrica pendurada no canto da mesa e dezenas de contas no chão, como se tivessem sido derrubadas e ninguém se deu ao trabalho de recolhê-las.

Vejo as fitas que minha mãe deixou em cima de uma mesa, em um saco de lona, e as recolho. Então, ouço um choramingo vindo de baixo da mesa. Recuo um passo e vejo que tem alguém sentado lá. Um menininho. Abraçando os joelhos e se balançando para a frente e para trás.

— Olá? — chamo gentilmente.

O menino ergue a cabeça, os olhos cheios de lágrimas. Ele inspira fundo e limpa o nariz nas costas das mãos. Está usando um par de calças esfarrapadas e uma camisa desbotada que é pequena demais. Quero colocar meus braços ao redor dele e dizer que vai ficar tudo bem, embora não faça ideia do que está acontecendo. Ele começa a chorar de novo.

— Ah, não. Por favor, não chore. Você está bem?

Estendo minha mão, mas ele se afasta, esbarrando na perna da mesa e derrubando mais contas no chão.

— Prometo que não vou te machucar.

O silêncio tenso no ateliê me deixa apreensiva.

— Eu não conheço você — diz ele.

— Não, acho que não nos conhecemos. Meu nome é Sophia. A costureira está me ajudando com meu vestido, e vim buscar isto. — Agacho e mostro o saco cheio de fitas. — Viu? — A expressão dele se suaviza. — Por que você está chorando?

Ele abre a boca para falar, mas hesita. Então se aproxima, quase saindo de baixo da mesa.

— Ele faz barulho demais — diz, tapando os ouvidos e fechando os olhos.

— Quem faz barulho demais? — pergunto, confusa.

A voz estridente e rouca de um homem ecoa. Passos pesados cruzam um cômodo no andar de cima. Ergo o olhar enquanto toda a estrutura da casa treme. Flocos de poeira dos ornamentos de madeira do teto caem sobre o ateliê sombrio e cobrem mesas e cadeiras com um pó fino. Reprimo o instinto de pegar o menino e fugir porta afora.

O garoto abaixa as mãos, os olhos arregalados.

— Meu pai. Ele está gritando com a minha mãe. Ele está sempre gritando com ela.

A luz que invade o ateliê pelas janelas ilumina o rosto do menino. Ele é quase idêntico à costureira. Os dois têm a mesma pele negra, olhos escuros e covinhas nos cantos da boca.

O barulho alto de algo se quebrando e um grito de uma mulher quebram o silêncio momentâneo. Me levanto, e o menino torna a se encolher. Olho pela janela e vejo Luke ainda na carroça.

O que um homem faz na própria casa é da conta dele. Essa é a regra. Eu deveria ir embora, mas não posso fazer isso.

— Não saia daqui, está bem? — digo.

— Ok — responde o menino de baixo da mesa.

Vou devagar até os fundos do ateliê, onde uma escada leva ao segundo andar. Coloco minha mão no corrimão e escuto. O silêncio é quase tão insuportável quanto o grito da mulher. Há uma porta no topo da escada, e uma luz fraca sai debaixo dela. A escada está escura, com fios feixes de luz que vem da porta iluminando as partículas de poeira que flutuam no ar. Subo um degrau.

Não sei o que vou fazer quando chegar ao topo. Bater na porta? Chamar alguém? Será que consigo interromper o que está acontecendo? A voz do homem soa novamente, e agora escuto as palavras perfeitamente.

— Você está escondendo dinheiro de mim, não é? — grita ele.

Então vem a voz feminina.

— Não! Eu nunca faria isso!

— Cada centavo que você ganha me pertence.

Há um estrondo, como se alguém tivesse batido contra a porta no topo da escada, que abre alguns centímetros. Termino de subir e dou uma espiada lá dentro.

— Eu sei que... juro, eu trabalho bastante.

A costureira se encolhe no canto do pequeno cômodo. Lágrimas escorrem por seu rosto. O marido está inclinado sobre ela, de punhos cerrados.

— Então o que é isso? O dinheiro nesta bolsa é tão pouco que nem sei por que você trabalha. Ou você é uma costureira horrível ou está escondendo o dinheiro

Ele joga a bolsinha nela, que abre, espalhando várias moedas tilintantes pelo chão.

— Está difícil para todo mundo — diz a mulher. — O rei nos taxou tanto que mal temos dinheiro para pagar pelos grãos. Outras pessoas também estão sofrendo, mas precisam preparar as garotas para o baile. Eu aceito o que podem pagar. Cada centavo está aí, eu juro.

— Você aceita o que podem pagar? O que nós somos… caridade?

Ele ergue o punho fechado, e a mulher estremece como se já tivesse apanhado. Coloco a mão na porta, e o chão range com o meu peso. Recuo quando o homem vira a cabeça em minha direção. Ele é baixo e atarracado, mas suas mãos são enormes.

— E-eu estou procurando pela costureira — digo, tentando evitar que minha voz falhe.

— Quem diabos é você? — Ele enfia a cabeça para fora e me encara.

— Minha mãe comprou algumas fitas e as deixou aqui. Você pode me ajudar a encontrá-las? — Olho diretamente para a costureira, enquanto mantenho as fitas escondidas. — Eu agradeço se você puder.

O homem se posta diante da mulher, bloqueando minha visão. Eu fecho a cara para ele.

— Abra o olho antes que eu te mande para o palácio para ser punida — rosna o homem.

Ele pode fazer isso. Qualquer chefe de família poderia. A única pessoa que pode discordar é outro chefe de família. Dinheiro, poder, classe, tudo isso faz diferença, mas o princípio básico de nossas leis é que as mulheres, não importa a posição, estão à mercê das vontades dos homens. Isso é quão pouco controle eu tenho sobre minha própria vida. Continuo encarando-o enquanto ele vai até outro cômodo. A costureira fica de pé e se apressa para a porta, enxugando os olhos.

— Seu filho da… — Ela agarra o meu cotovelo e me leva para a sala principal da oficina antes que eu consiga terminar a frase.

A costureira se agacha, pega o filho sob a mesa e o envolve em seus braços, o tempo lançando olhares nervosos para a escada. O filho se agarra a ela chorando. Meus olhos se enchem de lágrimas, e não consigo decidir se é raiva ou se é porque estou com o coração partido pela costureira e seu filho. Ela vê as fitas na minha mão.

— Vejo que encontrou suas fitas. Fico feliz que tenha lembrado de vir buscá-las. Você vai ficar linda.

Se eu não tivesse visto o que acabou de acontecer ou a marca na bochecha dela, acharia pelo seu tom que tudo estava bem.

— Eu não tive intenção de me intrometer… ou talvez tenha tido… mas vi seu filho e escutei seu marido lá em cima.

O corpo da mulher fica tenso como se ela estivesse se preparando para o que eu iria dizer em seguida.

Ela se levanta, carregando o filho, e endireitando as roupas dele. Ele parecia não ter mais do que sete ou oito anos, mas as olheiras em seu rosto são aquelas de uma criança que já presenciou coisas demais. Ela o beija e aponta para a sala do outro lado da oficina.

— Coma alguma coisa. O café da manhã está na mesa.

A costureira sorri, e o menino olha para a escada e assente. Ele a abraça de novo. Ela olha para ele.

— Papai sabe o que é melhor, meu amor. Você crescerá e se tornará um homem bom, assim como ele.

O menino não sorri enquanto desaparece na outra sala. A costureira ajeita o próprio vestido, evitando o meu olhar.

Deixo escapar um suspiro, e ela me olha, os lábios voltados para baixo.

— Não sinta pena de nós. Por favor. Não precisamos disso.

— Do que você precisa? — pergunto. Dou um passo em direção a ela. — Você não tem que… quero dizer… eu poderia…

— O que você poderia fazer? — A mulher ri um pouco. — Ah, pobrezinha. Você é uma dessas garotas que acha que existe uma saída, não é? Que algo acontecerá e tudo vai melhorar. — Ela suspira e balança a cabeça como se estivesse com raiva. — Eu gostaria que acontecesse algo assim. Juro que sim. Eu gostaria de poder te dizer para correr, para se esconder, mas isso nunca daria certo. — A voz dela está tão baixa que eu tenho que me aproximar para entender. — Não tem nada que pode ser feito. Nada mesmo.

Eu quero acreditar que pode haver uma saída, mas, a cada dia que passa, esse sentimento se apaga mais. Me pergunto quando foi que essa mulher deixou de ter esperança.

— Você já está com as suas fitas e eu tenho trabalho a fazer. É melhor você ir.

Eu hesito.

— Você merece mais do que isso.

Todas nós merecemos.

A mulher para. Posso ver um pequeno corte sobre o olho dela. Seus lábios se abrem, prestes a dizer algo, mas ela muda de ideia.

— Por favor, vá.

6

Caminho devagar para fora do ateliê e encontro Luke ao lado da carroça.

— Está tudo bem?

— Não — respondo, subindo e me sentando. — Vamos.

Luke olha para o ateliê e se junta a mim. Sinto meu estômago revirar quando a carroça começa a se mover.

— Quantas combinações ruins você acha que acontecem na cerimônia de escolha? — pergunto, anestesiada. Tento entender o que acabei de testemunhar.

— Tipo um conflito de personalidade? — diz Luke.

— Não. Quero dizer, um homem que se casa com uma mulher e a trata mal. Bate nela.

Luke me olha de esguelha.

— Você não sabia que isso acontece às vezes?

— Acontece o tempo todo — rebato. — É disso que estou falando. Não consigo nem imaginar como deve ser terrível ter que lidar com as regras do rei e depois ir para casa e apanhar do marido.

— Eu entendo — diz Luke.

— Como? Você não está apanhando na frente do seu próprio filho. Você não está sendo forçado a ir ao palácio para o baile. Você tem o quê... vinte anos? E você disse que nunca foi ao baile. Nós não podemos nos dar a esse luxo.

Luke me encara em silêncio. Ele faz o cavalo andar em um trote lento, e nos enveredamos para o caminho de casa.

— Algum motivo para você ter desacelerado? — pergunto.

Ele dá um sorriso caloroso.

— Eu só queria te conhecer um pouco mais antes de... bem...

— Antes do baile? — indago. — Antes que algum homem decida que eu sou um troféu e toda a minha vida mude para sempre?

Luke parece um pouco surpreso. Seus olhos grandes percorrem nosso entorno, como se ele estivesse se preparando para o que vai dizer.

— Você é uma pessoa rara, Sophia.

— Nem sei o que isso quer dizer — respondo, ainda cética quanto às intenções dele.

Ele continua a guiar a carroça pela estrada, enquanto outras passam por nós. Chegamos a uma subida, e Luke faz o cavalo parar.

Meu coração acelera.

— O que você está fazendo? Por que estamos parando?

Luke olha para a vasta faixa de terra a leste. O sol está alto no horizonte agora, jogando um brilho laranja através das poucas nuvens e para além dos pomares de maçãs. As árvores lá estão de todos os tons de castanho-avermelhado e dourado, enquanto a terra se prepara para dormir durante o inverno.

Ele olha para mim com a testa franzida, a boca comprimida em uma linha fina.

— Estou pensando se devo compartilhar uma coisa com você.

Luke está calmo, com a voz suave. Ele parece muito sério, e minha curiosidade foi despertada. Mas me mantenho em alerta. Só por garantia.

— Tudo bem. O que é?

Ele não fala logo de cara. Olha para longe, mordendo o lábio inferior.

— Estive calculando mentalmente como vou fugir de você caso tente alguma coisa — digo. — Tenho certeza que você não vai me machucar, então quero ouvir o que tem a dizer.

— Machucar você? — Luke parece confuso. — Por que eu faria uma coisa dessas?

Olho exageradamente ao redor.

— Porque estamos em Lille. É isso o que acontece aqui.

— Não posso te culpar por se sentir assim, mas nem todo mundo é desse jeito.

Eu aperto o topo do meu nariz e fecho os olhos por um segundo. Sei disso. Meu pai é um homem bom. O pai de Liv é um homem bom, e até o pai de Luke parece ser um homem bom. Mas esses homens bons não são aqueles que fazem as regras. Esses homens decentes estão fazendo vista grossa para os atos indecentes.

— Se você não é o tipo de homem que não perderia a chance de humilhar uma mulher, então não estou falando sobre você.

Ele hesita por um momento antes de suspirar.

— Justo.

Um apito alto soa atrás de nós, e eu me viro para ver dois jovens trotando na nossa direção, os peitos estufados, sorrindo.

— Merda — sibila Luke.

Ele se aproxima de mim.

— O que está acontecendo?

— Nada. São só uns caras da escola.

— Luke! — grita um dos jovens. Ele está com um sorriso enorme, que Luke não corresponde. — O que você está fazendo nesta linda manhã de outono?

— Só dando um passeio.

O tom de Luke é amargo, irritado.

— Dando um passeio? Com uma garota? — pergunta o jovem mais alto.

O tom de voz dele me faz parar, e ele me encara. Seus olhos castanhos brilhantes me lembram das bolinhas de gude com as quais as crianças da minha rua brincam.

— Eu te conheço? — pergunto.

O homem ergue a cabeça.

— Ainda não, mas talvez possamos mudar isso.

— Cala a boca, Morris — diz Luke.

— Morris? — indago, olhando para Luke. — Que nome ótimo. Parece "mané".

Agora Luke abre um sorriso largo.

— Essa é engraçadinha — diz Morris, me encarando.

— Você não tem que estar em outro lugar? — pergunta Luke, chegando mais perto de mim. O corpo dele está tenso, os punhos fechados.

Morris sorri, mas me deixa desconfortável. Não há nada gentil no sorriso dele.

— Você vai cortejar essa miserável no baile? — pergunta Morris.

Luke se empertiga.

— Que diferença isso faz para você?

Cruzo os braços. Detesto esse tipo de conversa, especialmente quando estou bem no meio da coisa.

— Ela não parece ser o seu tipo — diz Morris, rindo como se tivesse dito algo hilário.

Parece que perdi alguma coisa. O medo escurece os olhos de Luke.

Morris olha para nós dois.

— Ah, não! — Ele bate a mão nas costas do outro rapaz, e eles riem. — Parece que ela não sabe.

Luke olha para as rédeas em seu colo. Morris se aproxima e pega a minha mão. Tento puxá-la, mas ele me agarra pelo punho e segura com força.

— Nosso Luke aqui tem vários segredos. Você devia perguntar a ele uma hora dessas. — Ele olha para Luke. — Como era o nome daquele rapaz? Era Lou...

Antes que ele possa terminar, o punho de Luke atinge a bochecha direita de Morris, fazendo saliva e pelo menos dois dentes saírem de sua boca. Ele me solta e tomba para trás, agarrando o maxilar. O outro rapaz fica parado, chocado. Luke desce da carroça enquanto Morris segura o rosto.

— Se você disser uma sílaba sequer do nome dele na minha presença, vai se arrepender — ameaça Luke. — Considere esse seu único aviso.

O rosto de Morris está corado, pingando suor, a boca ensanguentada. Ele se empertiga, como se fosse atacar Luke de novo, embora eu não consiga entender como ele poderia pensar que isso é uma boa ideia.

— Deixa pra lá — diz o amigo dele, lendo sua expressão. — Vamos nos mandar daqui.

Ele pega o braço de Morris e o conduz até eles desaparecerem na estrada. Luke volta a subir na carroça.

Os dentes quebrados de Morris estão caídos como pérolas nas fendas da rua de pedra.

— Será que a gente recolhe esses dentes e devolve para ele? — pergunto. — Talvez colocar em um colar para ele poder usar no pescoço?

Luke solta uma risadinha, massageando a mão e endireitando a camisa.

— Desculpe por isso.

— Você não precisa se desculpar — digo. Eu pagaria para ver homens desprezíveis levando socos no rosto. — Morris estava tentando te irritar. Por que ele não gosta de você?

Luke olha para mim e balança a cabeça.

— É... complicado.

— Morris disse que eu não faço o seu tipo. Está tudo bem. Não me ofendi. Você também não faz o meu.

Estou tentando deixar as coisas mais leves, mas Luke franze a testa.

— Ah, eu sei.

Minha pele se arrepia.

Luke suspira e se reclina no assento. Ele luta contra algo, e, a cada instante, fico mais receosa do que pode ser.

Ele parece pensativo quando desvia o olhar.

— Tudo o que fazemos é comparado com a história da Cinderela. Mas o que acontece se... bem, digamos... — Luke se remexe, cutucando as rédeas. — Por que a história é a única maneira de fazer as coisas?

— Não tenho certeza do que você quer dizer — respondo. — Mas temos que ir. Minha mãe...

Luke olha para mim.

— Quando minha irmã lia a história, ainda pequena, eu...

— Luke... — tento interromper.

— Eu me lembro de pensar que o Príncipe Encantado daria um bom marido... para mim.

— Quê?

Estou respirando tão rápido que pequenas órbitas de luz dançam nos cantos da minha vista.

— Você gostaria de se casar com o príncipe? Ou talvez com a princesa? — pergunta ele.

— Por que você está me perguntando isso? — Minha voz mal passa de um sussurro, meu coração batendo forte. — Preciso ir.

— Não é minha intenção fazer você ficar desconfortável, e juro que nunca vou dizer uma palavra disso a ninguém. — O rosto dele está sério, o olhar abaixado. Ele se esforça para encontrar as palavras. — É só que eu... eu sei sobre você e Erin.

O pavor me domina.

— O que exatamente sobre mim e Erin?

— Escutei sua mãe falando com a minha.

Luke me olha com cuidado, vendo a expressão em meu rosto.

— O que ela disse? — pergunto.

Não consigo pensar na minha mãe falando com ninguém sobre os meus sentimentos. Ela mal quer *me* ouvir falando sobre eles.

— Ela disse que tem medo de que você não consiga esconder seus sentimentos pela Erin, e que às vezes parece que você nem quer esconder.

O mundo de repente ficou estranhamente silencioso. Carruagens passam por nós, mas não ouço o barulho das rodas na estrada. Não consigo ver nada além do rosto de Luke. Nunca me ocorreu que minha mãe confiaria em alguém além do meu pai.

— Por que ela faria isso? — questiono. — Por que ela falaria com a sua mãe sobre mim?

Luke se vira para mim.

— Então é verdade?

Uma expressão quase esperançosa surge no rosto dele.

Não digo nada, mas meu silêncio é confirmação suficiente.

— Eu sei qual é a sensação de todo mundo querer que você seja algo que não é. — Os olhos de Luke se suavizam, e ele suspira. — Quando eu tinha dezessete anos, me apaixonei por um garoto chamado Louis. Era dele que Morris estava falando. Ele era a luz em um mundo tão sombrio. Tão sombrio, Sophia. Você nem imagina...

— Imagino, sim — digo sem pensar.

Estar cara a cara com alguém que pode entender como me sinto é demais para mim.

Espero ele continuar.

— Ele me fez vislumbrar o que a vida poderia ser. Quando eu estava com ele, nada mais importava. Nós planejamos fugir, mas quando Morris e o irmão, Édouard, descobriram sobre nós, contaram para nossos colegas de turma, e é óbvio que a notícia chegou aos pais de Louis. Eles perguntaram a ele se era verdade, e ele não negou. Eles o levaram ao palácio como infrator. Nunca mais o vi.

Os olhos dele se enchem de lágrimas.

— Eles o entregaram? Simples assim?

É horrivelmente simples para algumas pessoas denunciar os próprios filhos. Já vi acontecer dezenas de vezes, mas nunca fica mais fácil de imaginar. Coloco a minha mão sobre a de Luke.

— Sinto muito mesmo.

Ele pisca para se livrar das lágrimas.

— Meus pais teriam feito o mesmo comigo se minha irmã não tivesse convencido eles de que o nosso relacionamento era apenas uma fase e que logo iria passar. Ela sabia que era mentira, e acho que meus pais também, mas preferiram acreditar nisso do que me entregar ao palácio.

Meu coração se parte ao pensar no que Luke perdeu. No que todos nós perdemos.

— As pessoas que não se encaixam nas caixinhas que o rei de Mersailles definiu são simplesmente apagadas, como se a nossa vida não importasse. — Luke balança a cabeça. — Você já ouviu falar de um homem se casar com outro homem? Uma mulher se apaixonar por outra mulher? Ou de pessoas cujos corações estão em algum lugar no meio disso, ou em nenhum desses dois lados?

— Só como histórias que terminam com pessoas presas ou mortas.

Eu me recosto no assento, angustiada pelo sentimento de desesperança que sempre parece me encontrar.

Luke pega as rédeas, e começamos a andar.

— Posso evitar o baile o quanto eu quiser — diz ele. — E as pessoas não diriam nada se eu esperasse ficar velho e grisalho antes de ir ao palácio.

Luke se remexe, como se estivesse desconfortável pelo que acabou de dizer.

— Você não tem esse privilégio, e fico de coração partido só de pensar em você e Erin e em todos nós que precisamos nos esconder.

— Todos nós?

Ele assente.

— Os reis que governaram Mersailles querem que você acredite que está sozinha, mas não é verdade. As pessoas usam máscaras para que possam se encaixar e ficar em segurança. Você pode culpá-las?

— Não, acho que não — respondo.

Não é isso o que estou fazendo? Me escondendo. Fingindo. Apenas tentando me manter segura.

Conforme nos aproximamos da minha casa, o peso das nossas revelações cai sobre nós, e o sentimento de desespero absoluto é palpável. Desço da carroça, pegando as fitas.

— O que você vai fazer? — pergunta Luke.

Dou de ombros.

— Não acho que eu tenha muita escolha.

— A gente devia procurar uma saída — diz ele. — E, na primeira oportunidade, fugir. Para o mais longe possível.

— Você acha que as coisas são diferentes além das torres?

Penso no que pode haver além da capital, além das fronteiras mais longínquas de Mersailles.

— Talvez. Por enquanto, tente continuar em segurança. Isso é o máximo que nós podemos fazer.

Ele estende a mão e coloca algumas moedas de prata na minha palma.

— Sua mãe se sente melhor quando me paga para conduzir a carroça, mas eu já disse a ela que não é necessário. Talvez você deva ficar com elas. Se preparar para a sua grande fuga.

Aceito as moedas, embora eu não ache que exista uma saída. Não para mim e Erin. Não para Luke, ou Liv, ou qualquer outra pessoa. Estamos todos presos aqui, e nossas histórias já foram escritas.

7

Minha mãe está parada ao lado da cama, tentando me acordar.

— Preparei um banho para você — sussurra ela.

As mãos dela estão frias como gelo enquanto tira os cobertores de cima de mim. Pisco várias vezes.

— Levante-se, Sophia. Temos trabalho a fazer.

Pela janela do quarto, vejo o sol nascendo no horizonte. Contrariando tudo o que eu mais desejava, o dia do baile chegou, e minha mãe já está se preparando. Deslizo para fora da cama e coloco os pés no chão de madeira fria. Minha mãe balança a cabeça ao me olhar.

— O que foi? — pergunto.

— Nada. — A voz dela falha, e ela desvia o olhar. — Para a banheira. Não temos muito tempo.

— É de madrugada ainda — digo. — Faltam horas para o baile.

Eu quero voltar para a cama e enfiar a cabeça embaixo do cobertor. Minha mãe para na porta, a mão descansando sobre o batente. O olhar distante.

— Vamos passar o dia todo ocupadas com isso. Melhor começar logo.

Ela desaparece no corredor.

Entro no banheiro e tomo meu banho, ficando ali até que a água esteja fria e meus dedos, enrugados. Visto um roupão que minha mãe deixou para mim. Uma desesperança implacável me arrebata, a sensação de estar caindo de um penhasco e não ser capaz de fazer nada a respeito. Eu posso ser escolhida, e minha vida será limitada ao que meu marido quiser que seja. Ou eu posso não ser escolhida. Me pergunto se meus pais me entregariam tão facilmente, da mesma forma que os pais de Louis.

Uma batida na porta me arranca de meus pensamentos. Eu a abro e encontro quatro mulheres me esperando do outro lado. Não reconheço nenhuma delas. Tento fechar a porta, mas uma delas torna a abri-la.

— Vamos lá, querida — incentiva ela. — Não precisa ficar nervosa.

Elas pulam sobre mim instantaneamente, e tento afastá-las enquanto puxam meu roupão.

— Mãe! — chamo.

— Pelo amor de Deus, Sophia, elas são ajudantes — diz minha mãe no corredor.

— Isso é realmente necessário? Eu me visto sozinha desde que tinha sete anos. Tenho certeza que dou conta.

— Fique quietinha agora e deixe elas fazerem o que estão sendo pagas para fazer.

As mulheres recomeçam. Duas delas me ajudam a vestir as roupas íntimas, enquanto as outras duas esfregam óleos perfumados na minha pele. Minha mãe supervisiona cada detalhe, perfeccionista como sempre.

— Se certifiquem de que as ligas estejam bem presas — diz ela. — Não podemos deixar que as meias dela se desenrolem.

— Ah, não. Não podemos deixar que isso aconteça. O que as pessoas diriam se soubessem das minhas meias frouxas?

Exagero cada uma das palavras, e uma das ajudantes ri. Minha mãe fica impassível. Sei que estou sendo boba, que não estou ajudando, mas não vejo como as meias fariam qualquer diferença. Elas puxam o espartilho, e eu solto um grito quando alguém puxa os cadarços.

— Precisa ser apertado assim?

— Sim — diz minha mãe. — Precisaremos descer para colocar a crinolina. Não há espaço o bastante aqui.

As mulheres se movem ao meu redor enquanto desço as escadas. Estou tentando imaginar o que pode ser uma crinolina, enquanto tento não inspirar muito fundo. As paredes e o teto se embaralham na minha vista, e escuto um som agudo. Alguém bate nas minhas costas devagar, e então de repente consigo respirar melhor. Puxo o ar e olho para a mulher atrás de mim. Ela pisca. Não vou desmaiar, mas vomitar não está completamente descartado.

As cortinas na sala estão puxadas, e há um banquinho no meio do cômodo. Minha mãe traz uma anágua e um corpete, que visto. Assim que sento no banquinho, as mulheres começam a mexer no meu cabelo. Meus olhos se enchem de lágrimas, enquanto mantenho a cabeça tombada para trás para impedir que caiam.

— Ah, não chore — diz a mulher que afrouxou meu espartilho. — Com esse rostinho, você vai arranjar um marido feito um peixe no anzol.

— Não, não é isso.

Tento desacelerar a respiração e me concentrar em não sair correndo pela porta. Minha mãe me observa, tensa.

— Devíamos alisar o cabelo dela com um ferro — diz uma das mulheres. — Ficaria mais bonito assim. E ouvi que o próprio rei prefere desse jeito.

— Ou podemos deixar como está — digo entre dentes.

Elas riem como se eu tivesse feito uma piada. Não é engraçado. Parece que mais uma parte de mim está sendo alterada para se encaixar na visão de outra pessoa sobre o que é bonito. Eu, particularmente, não quero fazer nada que o rei prefira.

— Alisem e coloquem grampos — diz minha mãe. — E usem as fitas.

Leva horas para o meu cabelo ficar pronto. Quando elas terminam, começam a trabalhar na minha maquiagem.

— De qual você gosta? — pergunta uma das mulheres mais jovens. Ela segura três latinhas, cada uma com tons diferentes de rosa. — É para os lábios.

Estou prestes a tocar na cor menos chamativa quando minha mãe se aproxima e escolhe a mais próxima da cor do sangue.

Depois que terminam a maquiagem, elas trazem algo que se parece com um grande aro feito de junco com faixas de tecido conectadas à borda e presas no meio. Elas o colocam no chão, então gesticulam para que eu entre no centro. Fico parada lá e elas erguem o aro, prendendo as faixas de tecido na minha cintura, como um cinto. Mal consigo tocar nas bordas da coisa ao meu redor.

— Ficou maravilhoso — diz minha mãe.

— Como é que eu vou me sentar?

— Você não precisa se sentar. Precisa se misturar. Dançar, se te pedirem. A forma da crinolina é acentuada quando você fica de pé.

— Por favor, não repita mais crinolina — peço secamente. — Parece nome de um instrumento de tortura.

Que é a definição exata.

Minha mãe vai para o outro cômodo e volta com a maior parte do vestido. Ela e as outras mulheres tiram o tecido de dentro da sacola de pano. Elas deslizam a parte superior pela minha cabeça e a ajustam antes de prender a saia ao aro. O peso da coisa toda me mantém no lugar, como um animal em uma armadilha.

Quando minha mãe traz meus sapatos, eu quase desmaio, e não é porque mal posso respirar. Os saltos da monstruosidade brilhante têm quase doze centímetros, e ela é tão pontuda que um pé humano normal jamais caberia lá dentro.

— Eu tenho que usar isso? — pergunto.

— Obviamente — diz minha mãe.

Sou novamente lembrada de que nada disso é sobre o que eu quero ou o que gosto. É sobre o que todas as outras pessoas acham que é certo, e não tenho certeza de quanto mais consigo aguentar.

Meus ombros seguem expostos, e a mulher ao meu lado espalha um fino pó perolado no meu colo, que brilha à luz das velas. Tento não ouvir a conversa delas sobre o rei, o baile, como todas elas conheceram seus maridos em um evento assim, e como a própria Cinderela se sentou ao lado do príncipe para presidir o baile.

— Ela era belíssima, com certeza — diz uma das mulheres. — E não só por fora. Era uma pessoa gentil. Coração de ouro. Algo nela brilhava. Todos eram atraídos para ela.

— É uma tragédia que tenha morrido tão jovem — completa outra. — Acho que ela teria adorado ver tantas jovens seguindo seus passos.

— Escolhi azul em homenagem a ela — diz minha mãe.

Olho para o vestido. O azul pálido combina com a descrição do vestido na história, mas acho que nossas semelhanças param aí. Será que Cinderela gostaria mesmo de ver tantas garotas infelizes, temendo essa ocasião?

— É tudo o que podemos fazer agora, não é? — pergunta uma das ajudantes. — Para honrá-la, precisamos fazer essas coisas pequenas e sentimentais. Costumávamos poder homenageá-la de maneira mais tradicional.

O rosto da minha mãe se fecha, o que sempre significa que alguém está falando algo que não deveria.

— O que você quer dizer? — pergunto.

A mulher suspira, e minha mãe lança um olhar fulminante em sua direção. Ela continua mesmo assim:

— Minha bisavó uma vez me disse que a avó dela viu o túmulo da Cinderela com os próprios olhos, e que as pessoas costumavam deixar flores e presentes para ela.

— Por quê? — questiono. — Por que deixar qualquer coisa para ela?

Todas as mulheres me encaram como se eu tivesse duas cabeças, e eu paro de falar. Minha mãe parece prestes a desmaiar. A história da Cinderela é o motivo de eu estar sendo forçada a ir ao baile, o motivo de meus pais terem que se endividar para me dar um vestido e sapatos e todas as coisas bonitas que eu possa precisar. A história dela é o motivo de todas as coisas que eu quero para mim não terem importância.

— Terminamos? — pergunta minha mãe.

— Terminamos — confirma a mulher.

As outras se afastam, admirando o trabalho. Arrastam um espelho de corpo inteiro para sala, e eu arquejo ao me ver. Meu rosto maquiado, o vestido apertando minha cintura — esta não sou eu. Não pode ser. O vestido, embora bonito, não é algo que eu teria escolhido. O cabelo e a maquiagem não são como eu gostaria. Meus olhos se enchem de lágrimas, e minha mãe corre para secá-las com um lenço antes que deslizem pelas minhas bochechas.

— Ei, ei. Não vamos ter nada disso — diz ela, a voz suave.

— Aqui. — Uma das mulheres me entrega um vidrinho. — Beba.

Eu o seguro contra a luz. O líquido lá dentro é amarelo.

— O que é isso?

— Uma coisinha da Maravilhas da Helen — diz a ajudante. — Eu ia dar para a minha sobrinha, mas... — O olhar dela fica distante, e ela balança a cabeça. — Bem, não importa. Beba.

— Uma poção? — pergunto.

Vejo minha mãe mordiscar o interior do lábio.

— Para dar sorte — diz a mulher. — Você está linda. Será a garota mais bonita do baile e tenho certeza de que não precisará da poção, mas melhor prevenir do que remediar.

Eu me viro para a minha mãe. Quero dizer de novo o quanto não quero ir, mas, antes que eu tenha a chance de falar, a porta da frente se abre atrás de mim e meu pai entra. As mulheres ficam em silêncio. Coloco o vidrinho entre minha pele e o espartilho enquanto minha mãe pega o casaco e o chapéu dele. Ele me observa. Não olha para o meu vestido, mas sim diretamente para os meus olhos.

— Vocês poderiam nos dar licença um momento? — pede ele.

As ajudantes se afastam, mas minha mãe continua por perto.

— O que você acha, Sophia? — pergunta meu pai.

Não respondo. O que eu acho não importa. Alisando seu colete e mangas amarrotadas, ele se posta na minha frente. Ele é alto. Faz com que eu sinta pequena quando está perto de mim, mas não do jeito que me sinto quando estou perto de homens no mercado ou na cidade. Meu pai quer me proteger, mas, como minha mãe, não tem ideia de como fazer isso.

Ele coloca a mão no bolso do colete e pega um pacotinho amarrado com linha marrom. Seus olhos, profundos e castanhos, se anuviam enquanto a luz do fogo joga sombras sobre sua pele negra. Ele aperta o pacote na minha mão.

— Você deve estar com sentimentos conflitos — diz ele.

— Bem, acho que é uma maneira de descrever.

— Com raiva. Ressentida. Provavelmente é mais assim.

— Provavelmente.

— Você é rebelde. Sempre foi. De onde tirou seu espírito obstinado, nunca saberei.

Ele me dá uma piscadela e gesticula para o pacote.

— Vai abrir?

Rasgo o embrulho, e um colar de contas com uma safira em formato de coração cai na minha mão.

— Só um presentinho. Não é nada comparado ao seu brilho.

Ele pega o colar e o coloca no meu pescoço.

— Era da sua avó. Ela me pediu para te dar quando chegasse a sua vez de ir ao baile.

— Foi isso mesmo o que ela falou? — pergunto.

Meu pai estreita os olhos. Minha avó era como uma tempestade, selvagem e imprevisível e às vezes um pouco difícil demais para o meu pai. Quando falava do baile, ela nunca fazia parecer como se fosse algo inevitável. Sempre usava a palavra *se* ao tocar no assunto. *Se* chegar o dia que Sophia irá ao baile. *Se* ainda estivermos fazendo isso quando Sophia estiver mais velha. Foi o espírito indomável dela, seu ódio pela maneira como Lille era governada, que fez com que ela fosse morta. Minha avó falou demais para a pessoa errada, e, em uma tarde fria e chuvosa, os guardas do palácio apareceram para buscá-la. Ela chutou um deles enquanto estava sendo levada para fora.

Uma semana depois, meu pai recebeu uma carta informando que podia ir buscar o corpo dela para o enterro.

Meu pai suspira e olha para o chão.

— Ela disse *se*, não *quando*. Sinto falta dela todos os dias, mas odeio que ela tenha enfiado toda essa bobagem na sua cabeça.

Aperto meus lábios. Não me atrevo a dizer a ele que uma vez eu estava sentada no colo dela e minha avó me disse que, *se* algum dia eu fosse ao baile, deveria incendiar o palácio e dançar sobre as cinzas. Era um segredinho divertido e perigoso entre a gente.

Sinto um nó na garganta.

— Espero que você entenda por que precisa refrear essa vontade de resistir ao baile — continua meu pai. — Sei que você quer resistir. Posso ver nos seus olhos. Parece errado pedir para você negar quem é, mas é necessário.

Dou um passo à frente e olho para o rosto dele.

— Eu não quero ir.

Me recuso a deixar as lágrimas caírem.

— Você me ama, não é? — pergunto.

— Óbvio. Mais do que tudo.

Meu pai baixa os olhos, as mãos repousando gentilmente nos meus ombros.

— Então fique ao meu lado. Atrás de mim, perto de mim, não importa. Por favor.

Odeio como me sinto totalmente sem controle.

— Sophia, por favor. — Ele está implorando, desesperado. — Estou tentando te salvar. Sei que isso está errado. Você acha que eu quero que você seja infeliz?

— Então pare. Não me faça ir. Não permita que isso aconteça.

Estou suplicando, mas é como se ele não me ouvisse.

Meu pai joga as mãos para o alto.

— Não sou eu quem faz as regras, Sophia.

Ele se senta pesadamente na cadeira. Minha mãe coloca a mão no ombro dele.

— Não é justo, mas eu prefiro te ver infeliz a te ver presa ou morta.

— Por ser quem eu sou? — questiono. — Por não querer um marido? Como isso pode ser errado?

Minha mãe fica encarando a porta da frente como se guardas do palácio fossem derrubá-la e me levar embora a qualquer instante.

— Fale baixo — sussurra ela.

— Não posso mudar a forma como você se sente — diz meu pai. — Mas você não pode desobedecer ao rei. Seus sentimentos, meus sentimentos, nada disso faz diferença para ele.

A voz dele fica cada vez mais baixa, assim como seu olhar.

— Ele não é o único que pensa apenas em si mesmo.

As palavras saem como uma maldição, e meu pai recua como se eu o tivesse esbofeteado. Não é o que eu quero.

— Desculpe. Eu não quero te magoar. Eu... eu sinto muito que não posso ser quem vocês querem que eu seja.

Uma batida na porta nos assusta. Quando meu pai se recompõe o suficiente para ir atendê-la, um homem em um terno azul-marinho impecável está parado à porta.

— Boa noite, senhor. — O homem faz uma reverência. — A carruagem está pronta.

— Chegou a hora — diz minha mãe.

Ela tenta me pegar pelo cotovelo, mas me livro do toque dela e saio de casa relutantemente. A carruagem, decorada com cortinas cor de lavanda e fitas que combinam, é como uma bela visão pronta para me enviar direto para um pesadelo. Dois grandes cavalos brancos como a neve estão presos na frente, cada um usando um faixa cor de lavanda combinando com a carruagem. Pela janela de vidro, vejo Erin sentada lá dentro.

— Dividimos os custos da carruagem com os pais de Erin — informa minha mãe. — Será a sua chance de se despedir, e aceitar que não há nada a ser feito.

Ela coloca o convite para o baile nas minhas mãos. A realidade me atinge, e uma tristeza imensa se acumula dentro de mim. Não haverá mais momentos roubados, nem encontros no parque, nem segredos compartilhados entre nós.

Eu subo na carruagem.

— Você está deslumbrante, Sophia — diz Erin.

Ela me olha bem antes de desviar o olhar.

— Obrigada — respondo.

Inclino o meu corpo em direção ela e toco sua mão quando o rosto de meu pai aparece na janela. Volto ao meu lugar no assento imediatamente.

— Tente se divertir, Sophia — diz ele através do vidro.

Ele não pode estar falando sério. Abro a boca, mas Erin é mais rápida:

— Tentaremos, senhor.

Ela me lança um olhar significativo e, com relutância, eu assinto.

Meus pais me observam da porta enquanto a carruagem começa a curta jornada até o castelo.

— Mal posso esperar para ver como é o palácio por dentro — diz Erin, olhando pela janela. A voz dela está baixa, suas palavras calculadas. — Ouvi dizer que eles têm mesas e mais mesas de comida e vinho e que pavões andam para lá e para cá no terreno. Dá pra imaginar? Pavões de verdade.

Erin está usando uma peruca castanho-avermelhado que foi penteada com esmero e colocada na cabeça dela de forma que fios de seu cabelo escuro ainda estão visíveis na lateral. Me inclino para a frente e os ajeito, deixando meus dedos tocarem rapidamente a sua bochecha.

Ela é tudo o que eu quero.

De repente, Erin segura a minha mão e pressiona a palma contra seus lábios. Puxa minhas mãos para o colo e se inclina para a frente, pressionando a testa contra a minha.

— Nosso tempo acabou — diz ela, os olhos fechados.

— Não — respondo, agarrando suas mãos, sentindo seu cheiro. — Podemos parar com isso agora. Podemos fugir.

— Para onde? Se eu achasse que teríamos alguma chance de isso dar certo...

Meu coração salta quando um pouquinho de esperança surge.

— Nós podemos. Você só precisa dizer que é isso que você quer. Apenas isso. É fácil.

Ela sorri, e quando tento colocar meus braços ao redor dela, Erin mantém minhas mãos em seu colo.

— Não é. E sei que você não quer escutar, mas não é isso o que eu quero.

Aquele pouquinho de esperança é imediatamente extinto, substituído por uma dor entorpecente.

— Por favor, não diga isso. Você não está falando sério.

Erin foi minha primeira amiga, a primeira pessoa com quem me importei mais do que com um amigo e a primeira e única pessoa que eu beijei. No começo, tive tanto medo de dizer como eu me sentia que menti e falei que outra garota gostava dela, apenas para ver qual seria a sua reação. Aparentemente minha capacidade para mentir não era tão boa quanto eu achava, porque no mesmo instante ela soube a verdade. Erin disse que também gostava de mim, mas que precisávamos manter isso em segredo. Eu não queria que fosse assim, mas respeitei seus desejos. Por ela. E os momentos que tivemos juntas me mantiveram seguindo em frente, me deram algo pelo qual ansiar.

Com o tempo, à medida que o baile foi se aproximando, algo começou a mudar. Erin não queria segurar a minha mão ou sequer me ouvir falar sobre nós duas juntas. Isso me machucou de uma maneira que eu nem sabia ser possível.

Ela se recosta, o rosto contorcido por dor e mágoa.

— Meus pais disseram com todas as letras que se eu sair da linha o mínimo que seja vão me levar para o castelo como infratora. Se eu tentasse fugir, não haveria lugar onde o rei não pudesse me encontrar. Lille é a sua capital, mas ele tem poder em todas as outras cidades de Mersailles. Você já viu os comboios chegando na cidade, levando presentes, emissários se humilhando aos pés dele. Todo rei que reinou sobre Lille desde os tempos da Cinderela age da mesma maneira. Você acha que é diferente além das fronteiras? Não é.

— Isso não é verdade — digo, pensando em como achar uma maneira de fazê-la mudar de ideia.

— O baile pode nos dar algo maravilhoso.

Parece que Erin está lendo essas palavras em um pedaço de papel, tensa, sem esboçar qualquer emoção.

— Como é que você pode falar isso para mim? — digo, incrédula. — Como você consegue fingir que isso não está acabando com você?

Me recuso a acreditar que tudo que compartilhamos pode de repente não significar nada para ela.

— *Você* está acabando comigo — acusa ela. — Por que você tem que questionar tudo? Por que você tem que tornar tudo ser tão difícil?

A raiva invade a voz dela, mas não o bastante para ofuscar a tristeza. A mesma tristeza que permeia tudo que fazemos, porque sabemos que esses momentos roubados estão nos levando cada vez mais rápido em direção a um final catastrófico.

Erin cruza os braços com um movimento brusco.

— Eu não quero lutar por nós, Sophia. Não quero lutar por algo que apenas nos trará dor. Isso é errado. Todo mundo diz isso, e eles estão certos.

— Não é errado — digo. — Eu escolho você, Erin. Quero você, e estou disposta a arriscar tudo por isso.

Lágrimas deslizam pelo rosto dela, e Erin as seca com um lenço antes que tenham a chance de deixar marcas em suas bochechas.

— Não posso fazer isso. Não posso ser uma pária. Nossas famílias dependem de nós para os orgulhar, para encontrar pretendentes que nos sustentem. Desobedecer ao rei por algo impossível não fará isso.

— Não ligo para o que o rei quer — afirmo.

— Porque você é egoísta — diz Erin, sem rodeios. — Porque nem uma vez você parou para pensar que talvez eu não queira ser diferente. Não quero me destacar. Aceite isso.

Reprimo as lágrimas. Então desisto e as deixo cair. Talvez deixá-las fluir livremente me dê um alívio temporário do peso da angústia de saber que Erin não está dizendo que não se importa comigo — ela está dizendo que escolhe não se importar. Mas o alívio nunca vem. A dor se arrasta para cada parte de mim e permanece lá, queimando de forma intensa. Apenas encaro Erin, enquanto ela me evita e olha pela janela.

Encontro o vidrinho que a ajudante me deu e abro a tampa.

Erin olha para mim.

— O que é isso?

— Uma poção. Para dar sorte.

Ela arregala os olhos.

— Sério? Onde você conseguiu?

— Uma das ajudantes me deu. É da Maravilhas da Helen.

Tomo metade e ofereço a Erin o restante. Ela hesita por um momento, mas pega o vidrinho e bebe. Espero que funcione, mas algo me diz que precisaremos de muito mais do que sorte para sobreviver esta noite.

A carruagem balança ao passar sobre um sulco. Erin se remexe no assento e uma arfada escapa de seus lábios. O palácio fica visível do lado de fora da janela, e parece algo saído de uma pintura. Em qualquer dia, o palácio é extravagante, um ícone de riqueza, poder e privilégio. A ampla fachada de marfim pode ser vista a quilômetros de distância, mas quando o baile acontece, parece algo saído de um sonho. Me pergunto como ele consegue fazer isso, fazer algo tão terrível parecer tão convidativo. Isto não é um sonho; é um pesadelo se tornando realidade, e não tem como acordar.

8

Lâmpadas iluminam o caminho, suas luzes baixas e difusas dando à área um brilho etéreo. Todas as janelas estão enfeitadas com faixas vermelhas e azuis. Há luzes penduradas ao longo dos adarves cobertos, e as muralhas são decoradas com bandeiras exibindo o brasão real: o corpo de um leão com as garras de uma águia e a cabeça de um falcão. O manto dourado é integrado a um fundo carmim, com o lema real estampado na parte inferior, *A Deo Rex; A Rege Lex*, que meu pai disse que significa: "De Deus, o rei; do rei, a lei."

Os guardas do palácio, usando cores que combinam com o brasão, margeiam todo o caminho do lado de fora da entrada principal, em fila, as espadas brilhantes presas na bainha, seus rostos sérios e inexpressivos. Uma onda de pânico toma conta de mim. Pensar em entrar me deixa tensa.

A fila de carruagens cresce atrás de nós, quase alcançando a estrada principal. Nos movemos devagar, esperando nossa vez de sair.

— Isso é bem mais do que eu poderia ter imaginado — observa Erin, olhando para o castelo.

— É assustador que algo possa parecer tão bonito e ainda ser um pesadelo — digo, olhando para ela.

— Você não sabe se será um pesadelo.

— Eu não estava falando do palácio.

Erin me lança um olhar frustrado enquanto desce da carruagem. Eu a sigo, o coração batendo forte no peito, meus nervos cada vez mais à flor da pele. Há olhadas de esguelha, sussurros, e mais de uma risada maliciosa. Nunca me senti tão exposta. Olho para a multidão, e para cada rosto crítico que vejo, outro está tomado de medo e apreensão.

Luto para manter o equilíbrio no salto conforme me aproximo do guarda e entrego meu convite, a mão trêmula. Ele o checa e risca o meu nome da lista. Erin faz o mesmo, e abrimos caminho entre a multidão de jovens mulheres que se acumulou no salão de entrada do palácio.

Querubins dourados adornam as paredes de cada lado do longo corredor. Um retrato da Cinderela está em cima do par de enormes portas duplas decoradas com lírios de ouro e o brasão da família real. Na pintura, ela está sentada com as mãos delicadamente juntas sobre o colo. Ela parece serena, sorrindo gentilmente. Seu cabelo dourado cai sobre os ombros em cachos perfeitos. Usando seu característico vestido azul, ela nos encara, os brilhantes olhos castanhos refletindo a luz das velas. Cinderela nos observa.

Dois guardas abrem as portas douradas no final da longa entrada. As garotas entram no grande salão de baile, mas Erin fica do meu lado mesmo que a tensão entre nós ainda não tenha se dissipado.

O salão de baile é tão grande quanto um campo. Dezenas de lustres de cristal estão presos ao teto, suas luzes nos banhando com um brilho quente. Consigo ver meu reflexo no chão de mármore polido, cuja aparência é quase de gelo. Uma orquestra inteira prepara seus instrumentos, e notas aleatórias surgem enquanto eles se aprontam para tocar.

Posso ouvir Erin inspirando rápido ao meu lado. Quero confortá-la, embora ela tenha praticamente destruído meu coração.

— Tente respirar fundo — aconselho, lançando um olhar rápido para ela.

Erin assente, diminuindo o ritmo da respiração e ajustando a peruca. As garotas se separam em grupos, e procuro Liv, mas não consigo encontrá-la no mar de vestidos bufantes. Espero que ela tenha conseguido chegar no palácio a tempo. Mais garotas do que eu esperava enchem o salão, e cada uma delas parece impressionada pela opulência do ambiente.

Então, alguém esbarra em mim com força ao passar. Me viro e percebo uma garota me encarando. Não a reconheço, e por um momento acho que ela está olhando para algum ponto atrás de mim, procurando por alguém.

— Quem você pensa que é, usando um vestido assim? — sibila ela.

— Como? — pergunto, chocada pelo ódio transbordando nas palavras dela.

— O vestido da Cinderela? Está mais para uma imitação barata. Você está ridícula, mas provavelmente foi o melhor que pôde pagar — responde ela, com a respiração curta e os olhos arregalados.

Por trás disso tudo, o medo.

— Eu conheço você?

Estou ficando com mais raiva a cada momento. Ela revira os olhos.

— Não. Mas só porque eu não frequento os mesmos lugares que plebeus tentando roubar o foco do resto de nós. Patético.

Eu imaginava que haveria homens que talvez fossem grosseiros e que eu precisaria medir minhas respostas. Mas não achei que os piores comentários viriam de outra garota.

— Sophia — chama Erin, segurando meu braço. — Ela não sabe do que está falando.

— Sim, ela sabe — digo, me livrando da mão de Erin e me virando para a outra garota. — Me colocar pra baixo te faz sentir melhor consigo mesma?

O rosto dela cora.

— Não seja ridícula. Você não pode competir comigo.

— Então por que você se deu ao trabalho de falar qualquer coisa, pra início de conversa? — Ando até ela e a encaro. — Você está com tanto medo quanto o resto de nós, então não desconte em mim.

— Eu *sei* que serei escolhida — diz ela, a voz tremendo.

— É exatamente o que estou dizendo. Você ao menos tem ideia do que isso vai significar para você?

— Meus pais não são burros. Eles já garantiram que eu tenha alguma vantagem.

Ela está insinuando que os pais pagaram para que ela seja escolhida ou que um pretendente já comprou seu direito sobre ela.

— Você acha que seu dinheiro faz alguma diferença?

Ela me encara.

— Não é de surpreender que alguém como você fosse achar que dinheiro não importa.

Erin agarra o meu braço de novo.

— Dinheiro não vai impedir que seu futuro marido a use como achar melhor. E seu privilégio não te manterá segura. Você e eu somos iguais aos olhos do rei e dos pretendentes.

O rosto dela empalidece um pouco. Apesar de sua atitude grosseira, nós temos os mesmos receios. Uma pequena multidão se reuniu ao nosso redor, uma mistura de alerta, esperança e incerteza no rosto delas.

Uma trombeta soa. Todas olham ao redor, sem saber para onde ir ou o que fazer enquanto os guardas marcham para dentro do salão, as botas martelando o piso, fazendo o chão tremer. Eles empurram as garotas em uma fila, as posicionando para que todas fiquem voltadas para a frente da sala, onde há uma plataforma de três camadas, com o trono vazio do rei no topo. É um assento gigante feito de ouro, incrustado de rubis. Uma enorme cabeça de leão está esculpida no apoio das costas, a juba desenhada de forma a dar ao ocupante a impressão de ter uma auréola dourada.

Um guarda atarracado agarra o ombro de Erin e a enfia na fila. Me coloco entre eles e puxo o braço do homem.

— Não toque nela.

— Sophia — diz Erin, os olhos implorando. — Não faça isso.

— Escute sua amiga, garotinha — zomba o guarda.

Um homem quase trinta centímetros mais baixo do que eu tendo a coragem de me chamar de "garotinha".

Ele agarra meu cotovelo com força, me posicionando ao lado de Erin. Eu sacudo meu braço para me livrar do toque e fecho a cara para ele. O homem fede a suor e cigarro.

— Quanta agressividade, hein?

Ele sorri, expondo cada um dos dentes amarelos e podres.

— Me deixa em paz — digo.

O homem ergue a sobrancelha, e os cantos de sua boca se levantam. Ele agarra o meu braço de novo, desta vez afundando as pontas dos dedos na minha pele. Se eu agir rápido, posso quebrar o nariz dele e sair correndo antes que tenha a chance de me alcançar. Fecho minha mão em punho e movo meu braço para trás. As trombetas soam de novo, e ele hesita um segundo antes de me soltar e sair apressado. Eu reprimo as lágrimas, me recusando a deixá-las cair.

A atmosfera muda quando os guardas direcionam uma fila de garotas pelo grande salão de baile. Um medo palpável se instaura enquanto aquelas que estavam animadas para chegar cedo percebem que este não é um evento social feliz. Não é nem uma armadilha bem disfarçada.

Erin está em silêncio, um sorriso enorme e forçado no rosto, as mãos trêmulas. Eu pressiono meus lábios. Preciso tirar a gente daqui. Meu braço treme no ritmo dos meus batimentos cardíacos frenéticos. Ao observar as outras garotas, finalmente encontro Liv.

Ela está usando um vestido simples de algodão, sem maquiagem a não ser por um pouquinho de cor nas maçãs do rosto. O cabelo está caído sobre os ombros, e uma coroa de florzinhas pequenas circunda sua cabeça. Ela olha para o chão, e eu vejo seu peito subir e descer no ritmo de alguém que está a um ponto de perder a capacidade de fingir que tudo está bem. Liv está linda, mas, quando olha para cima, só consigo ver tristeza em seus olhos. Ela balança a cabeça, e sei que algo deu errado. Ela não foi visitada por uma fada madrinha, e seus pais não puderam pagar por seus preparativos. Seu olhar desce por meu vestido e então sobe novamente. Liv sorri e coloca uma mão sobre o peito.

Engulo em seco. Sei o que Liv enfrentará se não for escolhida, e meu coração fica apertado por ela. Pode ser que o rei conceda a ela um passe para trabalhar em Hanover, talvez até em Chione, mas isso está mais para punição do que solução. Lá, há estabelecimentos onde infratores trabalham dia e noite por pouquíssimo dinheiro, que é enviado diretamente para os chefes de suas casas. Eu tento desesperadamente encontrar o que Luke chamou de "uma saída", mas não consigo pensar em nada que não termine nos levando à prisão — ou pior.

Um guarda dá um passo à frente e pigarreia quando o par de portas na lateral do salão abre e uma procissão de homens entra.

— Os convidados de honra de Sua Majestade — anuncia ele.

Os pretendentes.

— O marquês de Lille Oriental — diz o guarda.

O marquês entra. Ele sempre se veste de forma espalhafatosa e faz questão de se mostrar quando pode, mas se superou esta noite. O terno é da cor de calêndulas recém-florescidas e tão apertado que parece ter sido pintado no corpo. O tecido marca cada parte e vinco do corpo dele, e vejo contornos de coisas que me fazem querer arrancar meus olhos. Na aba do chapéu de três pontas há uma pluma de penas vividamente coloridas. Os sapatos são feitos de algum tipo de couro animal, mas foram tingidos de amarelo para combinar com o terno. Ele sobe para o nível logo abaixo do trono e fica de pé lá como se fosse um pássaro muito estranho. O marquês de Lille Oriental é o homem mais importante de Mersailles depois do próprio rei Manford.

— Os duques de Hannover e Kilspire, e o visconde de Chione — anuncia o guarda.

Esses homens e suas comitivas são menos pomposos do que o marquês, mas ainda se acham melhores que o resto de nós. Eles estão sorrindo, alguns rindo, e todos vestidos em seus trajes mais elegantes. Após entrar, tomam seus lugares no segundo nível da plataforma.

— Os barões — anuncia o guarda, seu entusiasmo minguando. — E os plebeus.

Ele diz a última parte como se fosse uma maldição.

Os últimos dos pretendentes entram no salão. Alguns têm idade para ser meu avô, mas isso não os impede de cobiçar, descaradamente, as jovens. Cruzo os braços quando um homem me olha lá de cima, e o encaro, séria. O sorriso dele apenas aumenta. A maioria deles são homens bem de vida — não exatamente plebeus, mas também não aristocratas

—, que ficam de pé no último nível da plataforma. Seus modos são mais reservados, mas eles estão aqui, então não podem estar tão preocupados assim com o bem-estar das garotas presentes. Alguns deles nos admiram, e outros olham ao redor do grande salão como se também estivessem maravilhados com o luxo do ambiente. É difícil acreditar que o rei encontrou tantos homens que pensam igual a ele nos arredores de Lille, e não me surpreende que mesmo os homens que são considerados plebeus pelo palácio estão posicionados acima de todas as garotas aqui.

Deve haver homens bons no recinto, mas, se há, eles não são suficientes para serem levados em conta. Os homens no nível mais baixo parecem inquietos, torcendo as mãos ou batendo suas botas brilhantes no chão de mármore. Um deles está quase imóvel, observando a multidão. Eu o conheço.

Luke.

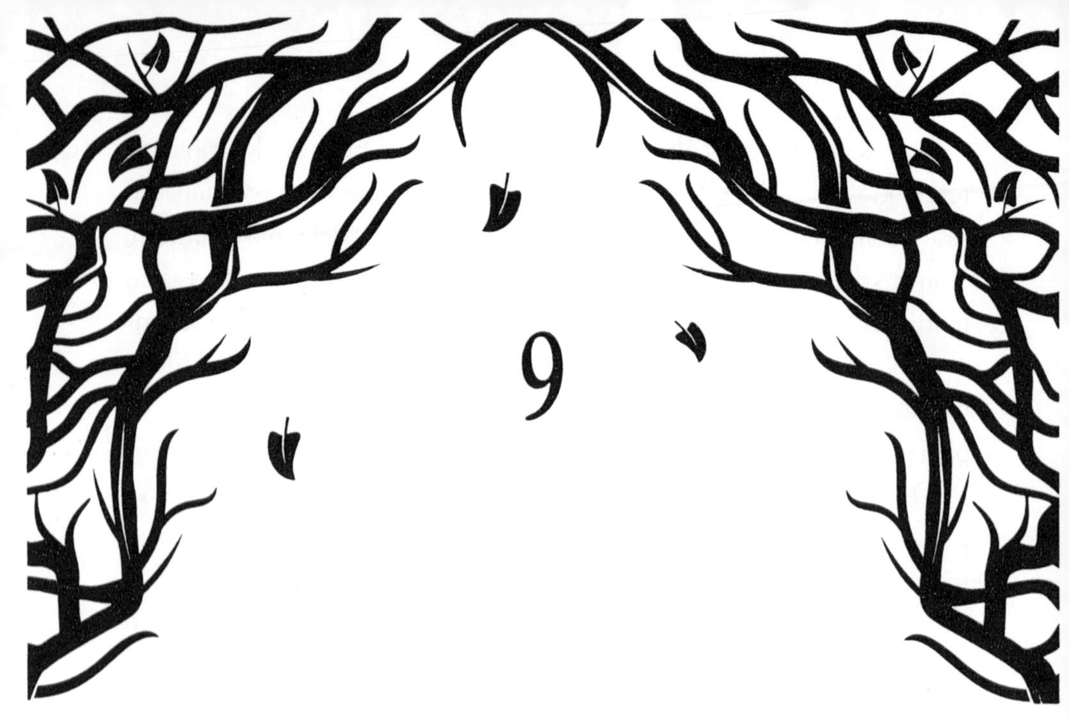

9

Eu pigarreio alto, e ele olha na minha direção. Luke me reconhece e sorri. Eu sorrio de volta, mas logo sou tomada por um sentimento nauseante de apreensão. Ele disse que podia evitar o baile pelo tempo que quisesse. Então por que está aqui? Será que Luke mentiu para mim? E, se sim, será que ele mentiu sobre outras coisas? Me abri mais com ele do que deveria, e agora estou arrependida. Luke continua a me encarar, e eu fecho as mãos em punho. Engulo em seco e me repreendo por ter sido tão ingênua. Agora estou com medo de que ele abra a boca para alguém, mas me contenho. Ele também me disse coisas sobre si. Luke olha para a parte superior da parede, e eu sigo seu olhar.

Retratos dos reis de Mersailles estão pendurados por todo o salão. Alguns, tão grandes quando uma porta de celeiro. O retrato do Príncipe Encantado está pendurado perto da plataforma nivelada. Seu cabelo está grisalho, e a pele tem rugas nos cantos dos olhos e da boca. Há um casaco de pele sobre seus ombros. Ele viveu quase cem anos e fundou Mersailles.

Há também retratos de seus sucessores: rei Eustice, rei Stephan e, óbvio, o rei Manford.

Desde a época da Cinderela, o trono foi passado a um sucessor escolhido pelo rei. Todos os reis são escolhidos de uma cidade além das Terras

Proibidas que não faz nada além de produzir um herdeiro adequado. O nome da cidade e sua localização exata são mantidos em segredo porque os comandantes de Mersailles temem que alguém possa interferir no processo de sempre colocar os tolos mais detestáveis no trono. Cinderela não teve filhos, e o Príncipe Encantado reinou sozinho durante quase setenta e cinco anos, morrendo como um homem velho e decrépito e passando o trono para seu sucessor, o rei Eustice.

Três notas soam das trombetas pela sala, e os guardas se espalham para formar duas filas paralelas perto da porta. Todos se viram enquanto o hino real toca, e o rei Manford aparece na entrada. Ele entra, usando uma capa de pele vermelho-sangue e todo de preto por baixo. Segue então para a plataforma, subindo os degraus na companhia de três servos. Cada um dos homens que já está na plataforma faz uma reverência, e quando o rei chega ao topo, desabotoa o colarinho e joga a capa para os servos, que a recolhem e se retiram.

Há um arfar audível da multidão quando a música diminui. O rei fica de pé diante do trono, e dou uma boa olhada nele. A última vez que o vi em carne e osso foi na coroação. Apenas espiei de muito longe, mas agora eu o vejo bem. Ele tem cabelo preto, que forma cachos logo acima das orelhas. Seus olhos são escuros e a pele é negra e luminosa. Ele é alto, imponente e completamente arrogante.

Algumas das garotas na fila parecem encantadas, mesmo antes que ele diga qualquer coisa. Elas o observam, as bocas abertas, sorrindo como se ele e seus predecessores não fossem o motivo de os pais da maioria das jovens presentes ali terem falido para bancar a viagem ao palácio.

— Estou honrado pela presença de vocês aqui esta noite — diz o rei em uma voz grave e intensa que ecoa nas paredes.

A garota ao meu lado suspira, tentando ao máximo atrair a atenção dele ao piscar repetidas vezes e exibir seu decote. Ela levanta a mão levemente e acena para o rei, mas sem perceber atrai a atenção de outro homem no nível mais baixo da plataforma. Um homenzinho atarracado, que não para de enxugar a testa com um pedaço de pano, sopra um beijo para ela. A garota rapidamente abaixa a mão e olha para o chão.

— Os homens diante de vocês são os mais respeitáveis membros da nossa comunidade — diz o rei.

— Duvido muito — sussurro.

— Eles vieram de perto e de longe para ver o que as jovens de Lille têm a oferecer e, devo admitir, reunidas aqui esta noite estão alguns dos rostos mais graciosos que já vi.

Ele pausa e inclina a cabeça para o lado.

— Exceto você.

O rei estreita os olhos e ergue um longo e fino dedo, apontando para alguém. Sua expressão é tomada pela raiva, e por um momento ele parece desolado, ressentido. Pisco várias vezes e olho para as garotas ao meu lado. Com certeza elas também viram, mas seus rostos não mudaram.

— Você aí. Dê um passo à frente — ordena o rei.

Um guarda passa por trás da nossa fila e empurra uma das garotas para a frente. Ela tropeça para o espaço aberto na parte baixa da plataforma.

Liv.

— Sua... Sua Majestade — gagueja ela.

Liv faz uma reverência e então se endireita, envolvendo os braços apertados ao redor da cintura.

A respiração de Erin acelera, e eu dou um meio passo à frente.

— Vejo tantos vestidos lindos, tantos rostos lindos. E então vejo você. — O rei a encara. — Você não sabia que este é um evento formal?

Os homens na plataforma riem, assim como muitas das garotas. Luke está em silêncio, olhando para a frente. Meu coração acelera quando dou outro passo. O rei dá um sorriso medonho.

— Meus... meus pais, eles não tinham condições de pagar... — começa Liv.

— Desculpas são para os fracos — diz o rei. — O baile obviamente não foi uma prioridade.

Ele torna a avaliá-la, o rosto franzido em uma máscara de nojo.

— Seus pais se importam com o fato de que agora, vestida assim, você não será escolhida por nenhum desses excelentes cavaleiros?

Liv chora.

— Eu sinto muito, Alteza. Eu esperava que uma fada madrinha fosse me visitar.

O rei desce os degraus e fica diante dela.

Atrás de mim, um guarda enorme se aproxima.

— Volte para o seu lugar — diz ele, a voz pouco mais que um sussurro.

Eu hesito. O guarda não me olha enquanto fala e parece mais preocupado com o que o rei está fazendo. Devagar, volto para a fila.

— De fato, você sente muito — continua o rei. — Você não foi digna da visita de uma fada madrinha. Você não consultou o livro? Você não fez como Cinderela teria feito?

O tom de voz dele é rígido, sarcástico, cruel.

Ninguém dá um pio. Até os homens na plataforma ficam quietos.

— Eu fiz, Alteza — diz Liv, a voz permeada do que imagino ser uma combinação de medo e pavor. — Eu estudo o livro todos os dias. Me esforcei muito para servir meu pai, servir meu rei...

— E aqui está você — diz o rei Manford. — Desgraçando nós dois.

Ele caminha ao redor de Liv, como um animal encurralando sua presa. Meu estômago se revira. Ele toca o tecido do vestido dela, correndo os dedos sobre as costuras da manga. Então, para novamente diante dela.

— Você mesma fez este vestido, ou você o encontrou na sarjeta por aí?

Risos nervosos eclodem entre os homens na plataforma. Nenhuma das garotas ri desta vez. Poderia ser qualquer uma de nós ali.

— Eu o fiz — diz Liv. — Eu... eu não tive escolha.

— Sempre há escolhas. Pode ser que não sejam as que você gosta, mas elas sempre existem. Você poderia ter se esforçado mais, não é? Seus pais poderiam ter vendido algo. Você poderia ter ido trabalhar em Hanover. Eles estão sempre à procura de jovens *talentosas* como você.

Garotas que voluntariamente vão para Hanover em vez de ir ao baile pela segunda ou terceira vez precisam de uma permissão do próprio rei, e muitas delas nunca voltam.

— Mas não. — O rei suspira. — Você escolheu usar essa abominação no meu baile. Uma escolha horrível. Mas...

Ele se inclina, de forma que seu rosto quase toca o de Liv.

— Agora que estou olhando mais de perto, vejo que você é bem graciosa.

Ele ergue a mão e passa o cabelo dela entre os dedos, suspira e olha para longe.

— Por mais que sua beleza seja superior à de alguns dos outros rostos aqui, simplesmente não posso permitir que você compareça vestida assim. O que as pessoas dirão? Elas pensarão que eu baixei meus padrões, e isso, minha querida, não pode acontecer.

O rei assente para um guarda próximo, que se aproxima e pega Liv pelo braço.

— Espere! — grita ela enquanto o guarda a arrasta até a porta lateral. — Por favor... eu sinto muito!

O rei bate palmas duas vezes enquanto sobe ao trono. Uma enxurrada de homens usando jalecos e chapéus brancos de cozinheiro entram, empurrando carrinhos com travessas cheias de aperitivos suculentos. A banda começa a tocar uma melodia animada.

— Que comecem as festividades! — diz o rei.

A multidão se dispersa quando os homens descem da plataforma para se misturar às garotas. Estou paralisada. Não consigo respirar. Puxo o espartilho, mas ele não cede. Vasculhando o salão, calculo a distância até a porta para ver se consigo escapar por ela, mas há guardas demais.

Observo o rei observar o salão, sentado em seu trono dourado. Ele corre seus dedos longos e magros pelo queixo. De repente, fica de pé, e os servos o seguem enquanto ele desce da plataforma e desaparece pela porta por onde os guardas levaram Liv.

Eu agarro o pulso de Erin e começo a andar, passando pela multidão até que ficamos ao lado de uma mesa elaboradamente decorada com uma tigela brilhante de vidro cheia até a borda de um líquido vermelho-sangue.

— O que eles vão fazer com ela? — pergunta Erin.

— Não sei. Não sei para onde a levaram.

Eu olho na direção da porta mais uma vez.

— Eles provavelmente a colocaram para fora. Ah, Sophia, isso é terrível. O que ela vai fazer agora? Este já é o segundo baile dela. Não conheço ninguém que tenha ido uma terceira vez. Ela será uma infratora.

— Não diga isso. Talvez a gente consiga encontrar um jeito de pegá-la e ir embora.

— Não podemos. Eles nem começaram a cerimônia de escolha.

Erin enxuga os olhos.

— Não. Quero dizer ir embora de Lille. Quero sair de Mersailles. Quero ir para o mais longe possível daqui.

Precisamos fugir. O medo me domina quando pego o braço de Erin.

— Shh! — Erin olha ao redor para garantir que ninguém escutou. — Você não pode falar coisas assim. As pessoas estão ouvindo.

— Eu não ligo.

Algumas pessoas olham na minha direção. Chego mais perto de Erin.

— Precisamos cair fora daqui.

— Eu não posso ir embora — diz ela entre dentes, com um sorriso falso. — Meus pais investiram muito, e os seus também.

— Eles não podem nos manter seguras. Olhe ao seu redor, Erin. Quem são nossos pais para fazer qualquer coisa? Eles não vão desafiar o rei. E não me importo com o quanto eles investiram.

De repente, uma mão agarra o meu ombro e eu me viro, esperando ver algum idiota atrapalhado tentando me cortejar.

— Desculpe — diz Luke com as mãos erguidas. — Não era minha intenção te assustar.

Eu expiro devagar, aliviada, e então me lembro das palavras dele no outro dia.

— Você mentiu para mim! Você disse que não planejava vir aqui.

— Não, eu sabia que você estaria aqui, e queria te ver.

— Sophia? — Erin observa Luke com um olhar penetrante.

— Srta. Erin. — Luke faz uma pequena reverência.

— Nós nos conhecemos? — pergunta Erin, um pouco de raiva em sua voz.

— Sim. Quer dizer, não. O que quero dizer é que você conhece minha irmã. Mila.

— Sua irmã? Eu não sabia que os Langley tinham um filho.

— Hã, surpresa? — Luke abre os dedos e balança a cabeça, meio sem jeito. Ele se vira para mim. — Eu sabia que você estaria aqui, e fiquei preocupado.

— Preocupado comigo? — pergunto, um pouco surpresa.

Nós acabamos de nos conhecer e, embora nossa conversa tenha sido intensa, eu não esperava que ele sentisse qualquer obrigação em relação a mim.

— O que você planejava fazer depois de me encontrar?

— Eu ia te escolher. Quer dizer, se estiver tudo bem para você.

— O quê? — exclama Erin, tirando as palavras da minha boca.

Toda a atitude dela muda. O corpo fica rígido enquanto ela olha de Luke para mim.

— Você quer que a gente fique... junto? — indago, totalmente confusa.

— Pensei que se nós dois nos juntássemos, você seria salva de ter que estar com um desses babacas. Seria uma fraude, sim, mas talvez nos desse algum tempo.

Luke está disposto a fingir de uma maneira que talvez possa nos beneficiar, e um pouquinho de esperança surge dentro de mim.

— Isso pode dar certo.

— Nada mudou. Tudo o que falei para você no outro dia foi sério. — Luke abaixa o tom de voz. — Nós poderíamos sair daqui, e então traçar um plano para deixar Lille de vez.

Erin faz um barulho como se estivesse engasgada. O maxilar dela está rígido, os olhos estreitos.

— Vocês nunca conseguiriam passar das torres.

— Podemos tentar — digo, repetindo o que disse para ela na carruagem. — Precisamos tentar. Precisamos fazer alguma coisa. — Venha com a gente. Ela pode vir, não é?

Olho para Luke.

— Não sei exatamente como, mas tenho certeza de que podemos pensar em algo — diz Luke.

Posso ver que ele não está nem um pouco certo disso.

— Não quero ir com vocês — afirma Erin com raiva. — Podem ir atrás da morte se quiserem, mas eu vou ficar aqui, fazendo o que meus pais e o rei esperam de mim.

— Erin, por favor, eu...

Um jovem mais ou menos da mesma idade que Luke surge da multidão e se enfia entre nós.

— Você está absolutamente encantadora — diz ele para mim, pegando minha mão e a beijando com força.

Ele pisca para Erin.

— E você também é bem bonita. Talvez esta seja minha noite de sorte.

10

O rapaz move os lábios na direção do meu antebraço. Puxo meu braço e me aproximo de Luke.

— Desculpe — digo, tensa —, mas fui escolhida.

Dizer "não" nunca é o suficiente, mas talvez ele respeite outro homem.

O jovem olha para mim e então para Luke. Olho ao redor e vejo o vulto da cabeça de Erin enquanto ela desaparece na multidão.

— Luke Langley — diz o rapaz.

— Édouard. — Luke pronuncia o nome do rapaz como se este deixasse um gosto amargo em sua boca.

— Ouvi dizer que você teve um probleminha com meu irmão — diz Édouard. Detrás dele, aparece um Morris machucado e com dentes faltando.

— Merda — xinga Luke.

Morris franze a testa.

— Aposto que ele pensa que o nome dele é Merda — eu digo para Luke. — É a primeira coisa que você diz toda vez que o vê.

Luke luta para disfarçar o sorriso.

— O que você falou? — pergunta Morris. Ele parece chocado que eu seja capaz de formular frases.

— Ah, não se preocupe — continuo. — O nome combina com você. É melhor apenas aceitar.

Morris está furioso, mas Édouard parece estar se divertindo.

— Calma, Morris. — Ele olha para Luke. — Devo admitir que estou surpreso por te encontrar aqui. Afinal de contas, não há garotos disponíveis.

— E eu não estou surpreso de ver você aqui — diz Luke. — E procurando mais de uma garota? É a sua cara mesmo.

Luke endireita a postura e se inclina sobre Édouard.

— Você está diferente, Luke. Onde está aquele cara excluído, medroso e patético que eu conhecia? — Édouard avança na direção de Luke, o forçando a dar um passo para trás. — Ah, aí está ele.

Édouard ri e então toca meu queixo. Tento me livrar dele, mas Luke é mais rápido. Ele segura o pulso de Édouard, puxando o braço para baixo. Eu agarro um copo da mesa à minha direita, mergulho-o na tigela de ponche e jogo a bebida em Édouard.

O líquido vermelho desce pela lateral de seu paletó cor de marfim. O rosto de Édouard se transforma em uma carranca de raiva enquanto ele encara a roupa arruinada. Luke engancha o braço no meu e nós saímos apressados, deixando Édouard tendo um chilique.

Procuro por Erin freneticamente enquanto cortamos pela multidão e paramos do lado oposto, perto da entrada do banheiro. Eu vejo seu vulto assim que a banda começa a tocar uma valsa, e as jovens fazem duplas com os homens. Todos se movem em um círculo vertiginoso no ritmo da música, e eu a perco de vista novamente.

Meu coração bate forte, e preciso apoiar as mãos nos joelhos.

— Como é que uma família tem dois idiotas completos na mesma geração?

— Eles herdaram isso do pai — diz Luke. — Quando estudávamos juntos, o pai entregou a mãe deles como infratora só para se casar com outra mulher. Ele agiu de forma cruel com ela, e mesmo assim Morris e Édouard não querem nada além de ser exatamente como ele. A família deles se tornou aliada do palácio. Eles apoiam tudo o que o rei faz, sem questionar.

— Por quê?

— A família tem laços com mercadores forasteiros nas cidades além das Terras Proibidas, no oeste. Eles apoiam o rei, dividem seus lucros, e em troca o rei os deixa fazer o que quiserem. Às vezes, eles convidam emissários para trazer seus produtos para negociar e então os assaltam no caminho para Mersailles.

— Como é que você sabe de tudo isso? — pergunto. — Parece algo que prefeririam manter em segredo.

— É por causa do Morris. Ele adora falar sobre seus privilégios e acha que nunca terá que arcar com qualquer consequência. E provavelmente está certo.

Luke estende a mão, e eu a agarro. Ele me leva até os casais que rodopiam, e nós giramos ao som da valsa. Olho na direção do trono do rei. Ainda está vazio.

— Precisamos ir para o mais longe possível daqui — digo.

— Com certeza.

Luke ergue o braço e eu passo debaixo, voltando para pegar sua mão novamente.

— E como passaremos pelas torres de vigia? Mesmo se nos casássemos, o rei nunca permitiria que simplesmente fôssemos embora.

— Acho que podemos fugir. A gente consegue achar um jeito, tenho certeza.

Lembro como os guardas chamaram um executor quando um fugitivo tentou cruzar a fronteira.

— Nunca ouvi falar de ninguém conseguir sair sem o consentimento do rei.

— Nem eu, mas isso não quer dizer que nunca aconteceu. Também mal ouvimos falar de pessoas como nós, mas aqui estamos. Só porque eles fingem que não existimos não significa que deixamos de existir.

É totalmente possível que alguém tenha tentado escapar e o palácio tenha abafado os boatos. Mas alguém poderia realmente fugir? Alguém fez isso para valer? Esse seria um segredo que valeria a pena manter. Penso no círculo de grama escurecida perto da fonte. Talvez o que Luke esteja dizendo tenha fundamento.

— A fronteira toda é cheia de guardas — digo.

Luke aproxima os lábios da minha orelha.

— Há menos deles na parte oeste da fronteira.

— Não — discordo. — A parte oeste da fronteira dá na Floresta Branca, e não podemos passar por lá. É perigoso demais. Ninguém é burro o bastante para tentar escapar por lá.

— Nós não *deveríamos* passar por lá — diz Luke. — Mas *podemos*. Temos que decidir se estamos dispostos a correr o risco.

A alternativa é ficar aqui, baixar a cabeça, estar à mercê do rei e de suas leis. Não é jeito de se viver. Estou disposta a me arriscar a sair por qualquer caminho que seja necessário.

— Preciso de um minuto — peço. Minha mente está acelerada. Vamos fazer isso. Vamos fugir.

Luke gesticula para a porta do banheiro, e eu assinto.

— Quando você voltar, informarei ao escrivão que pretendo te reivindicar. — Ele balança a cabeça. — Sinto muito ter que dizer assim, e sinto muito que você não possa ficar com Erin.

Sorrio, e ele me beija gentilmente na bochecha antes que eu saia.

O banheiro é maior do que algumas casas na cidade. No centro há um sofá circular de tecido com flores cor-de-rosa. Tem cheiro de lavanda e flores frescas, e há garotas descansando e conversando.

— Ninguém sequer olhou para mim — diz uma delas. — É por causa do meu vestido? Do meu cabelo? Fiz tudo o que meu pai me disse para fazer.

— Você está linda — diz a amiga dela, olhando-a timidamente.

Elas se dão as mãos e saem de braços dados.

Vou até o espelho e encaro meu reflexo. Deixarei Luke me escolher, e juntos encontraremos um jeito de sair do reino. Convencerei Erin a vir comigo, e precisaremos encontrar Liv antes, mas e quanto às outras? Todas as garotas deixadas para trás estarão à mercê do rei e de seus seguidores desprezíveis.

Meu rosto pintado me encara como uma estranha. Mergulho as mãos na bacia e jogo água no rosto. O blush desce pelas minhas bochechas em linhas finas, e puxo meu cabelo para fora do penteado, deixando-o emoldurar meu rosto. Outras garotas entram no banheiro e me encaram como se eu tivesse perdido a cabeça.

Um barulho alto, como se alguém tivesse derrubado um monte de pratos, vem do salão de baile. Gritos ecoam enquanto as outras garotas saem do banheiro apressadas, e eu as sigo.

Uma multidão está reunida no salão, toda espremida, encarando alguma confusão. Enquanto abro caminho por ela, olho para a porta por onde levaram Liv. A porta está aberta. Pelo mar de pessoas, vejo o rei saindo rapidamente da sala, e vejo de relance uma velha senhora de cabelo branco como a neve sendo levada por um guarda do palácio. A porta se fecha, e ando para a frente da multidão para saber do que se trata a confusão.

Dois guardas seguram um homem. Ele se debate contra eles, e o guarda da esquerda dá um repentino soco nas costelas do homem. Ele se curva. Sinto como se fosse passar mal.

Luke.

Édouard, em seu paletó manchado e com Morris ao lado, está na frente dele.

— Este homem acha que pode zombar desta tradição consagrada pelo tempo, e eu não vou tolerar!

O rei aparece do outro lado da plateia, flanqueado pelos guardas. Ele sorri enquanto observa o tumulto, e fico surpresa com quão feliz ele parece. Seus olhos aparentam estar mais tranquilos do que quando ele estava sentado no trono, o rosto menos sério, e toda a sua postura mudou.

— Luke sabe muito bem que meu irmão pretendia cortejar... — Édouard procura na multidão até seu olhar pousar em mim. — Ela.

Contenho a vontade de vomitar. Morris sorri, e tento pensar no que o fez imaginar que eu tinha o menor interesse nele. Ele sequer sabe o meu nome. Mas percebo que tem menos a ver comigo e mais a ver com fazer Luke ser humilhado.

— As regras são bem simples — continua Édouard. — Morris vem de uma família de classe mais alta e de melhor estirpe, então a reivindicação de Luke é anulada. Mas eu admiro seus esforços. De verdade.

Luke se livra dos guardas e dá um soco certeiro no queixo de Édouard, fazendo-o cambalear para trás. Édouard volta com o punho erguido. Eu grito, aterrorizada, e o rei levanta a cabeça. Ele olha diretamente para mim.

— Chega — ordena.

Édouard para, abaixando a mão. O rei gesticula para os guardas, e eles pegam Luke e o arrastam pela mesma porta por onde levaram Liv. Enquanto a multidão se dispersa, alguns dos guardas riem com Édouard e Morris.

Meu coração afunda. Luke era minha única esperança de sair daqui, mas, além disso, agora temo que algo horrível aconteça com ele. Não vejo Erin ao esquadrinhar o salão, mas os pretendentes estão me observando. Ouço alguns deles sussurrarem. Perco um pouco do equilíbrio quando a multidão se aproxima, e vejo Édouard cochichar algo para Morris, que então vem direto até mim.

— Olá de novo — diz ele. — Sinto muito que você teve que ver aquilo. — O ar vai e vem por entre seus dentes quebrados enquanto ele mente na minha cara. — Acho que nós dois deveríamos nos conhecer melhor agora que eu expressei as minhas intenções.

Morris passa a ponta dos dedos sobre a pele exposta dos meus ombros.

— Para onde eles levaram Luke? — pergunto.

— Vou te pedir, porque sou cavalheiro, que não mencione o nome dele — diz Morris, se aproximando de mim. — Mas tenho certeza de que lidarão com ele do jeito que o rei julgar apropriado.

Meus olhos se enchem de lágrimas.

— Você não mencionou que queria me cortejar. Você mentiu.

Morris franze a testa.

— Não diga que você estava feliz com o cortejo de Luke.

— Eu estava.

Ele suspira pesadamente e pega minha mão, apertando-a com força.

— Não me envergonhe na frente de todas essas pessoas. Preciso que você sorria, e, mesmo que não esteja feliz, precisará fingir.

Morris se inclina e pressiona os lábios contra os meus. Tento me afastar, mas ele me segura. Ele tem cheiro de vinho e suor, e tudo o que quero é ficar longe dele.

Dou um passo para trás e ergo o joelho com o máximo de força que consigo reunir — bem entre as pernas dele. O grito abafado faz as pessoas ao nosso redor pararem e olharem. A expressão no rosto de Morris muda de raiva para choque, e por fim agonia. Antes que ele tenha a chance de se recuperar do susto, eu me livro de seu toque e corro para o banheiro vazio. Bato a porta e procuro por uma saída.

A única porta é aquela pela qual entrei, e há apenas uma janela estreita. Sem armários, sem guarda-roupas, sem lugar para me esconder. Meu coração bate forte no peito. Olho para a janela novamente.

Enfio a mão debaixo da saia e tiro a crinolina, desenganchando-a e a deixando cair ao redor dos meus tornozelos. Tiro as camadas de anáguas, deixando apenas a carcaça do vestido. Com as mãos para trás, tenho dificuldade em desfazer o nó nas costas do espartilho. Não consigo. Depois de tirar os sapatos, abro a janelinha e me lanço para cima. Estou na metade do caminho quando alguém agarra meu tornozelo.

11

— Temos uma fugitiva! — grita o guarda.

Imagens da mulher que eles capturaram na fronteira surgem na minha mente. Ergo minha perna e chuto o guarda o mais forte que consigo, me livrando de seu toque. Passo o resto do meu corpo pela abertura, caindo sobre o telhado de outra estrutura logo abaixo da janela.

O ar está frio, e posso ver a parte de trás do terreno do castelo. O vento sopra a barra do meu vestido e a chicoteia em meus tornozelos. Eu luto para me manter de pé enquanto ando devagar pelo telhado. O guarda grita, tentando sair pela janela e me seguir, mas não consegue passar. Continuo me movendo e espio a beirada. O chão não está tão distante. Vou conseguir se pular.

Preparo a mim mesma para o salto quando o telhado em que estou cede com uma rachadura repentina. Tentando agarrar o nada, eu caio de costas, o ar arrancado de mim.

Giro para o lado, arfando, a dor se alastrando em ondas pela perna. Fico de pé com dificuldade e olho ao redor. Fria e úmida, a passagem tem cheiro de poeira e água parada. É escura, exceto pela luz da lua que brilha através de uma fileira de pequenas janelas no topo da parede externa e através do buraco no teto por onde caí. Há várias portas na parede interna, todas trancadas pelo lado de fora com grandes fechaduras de bronze. O som da água pingando ecoa pelo corredor, e a música do salão entra ali feito um sussurro.

Eu caminho pelo corredor apertado olhando para trás, quase esperando que os guardas entrem a qualquer momento. Quando chego ao final, vejo que uma porta se projeta para fora da parede externa.

Tem que ser uma saída.

Quando giro a maçaneta, escuto um som fraco. Tão fraco que quase o perco na melodia distante da valsa da banda. Eu paro e escuto. Ouço o som novamente. Só pode estar vindo do outro lado da porta oposta a mim. Coloco uma das orelhas contra as ripas de madeira. Uma luz fraca e trêmula vem da abertura perto do chão. Alguém chora baixinho atrás da porta trancada.

— Olá? — eu chamo.

O choro para, e escuto o barulho de algo roçando. Pressiono com mais força a orelha contra a porta.

— Olá? — chamo de novo.

A porta cede levemente, como se alguém estivesse se apoiando nela do outro lado.

— Olá? — diz uma voz, pouco mais alto do que um sussurro. — Tem alguém aí?

Olho para o corredor, temendo perder minha chance de escapar.

— Sim. Estou aqui.

— Por que você está aqui?

Que pergunta estranha vinda de alguém que está atrás de uma porta trancada.

— Há um baile acontecendo — respondo. O choro recomeça. — Quem é você? Por que está presa?

— Fuja. Nunca mais volte. Salve-se.

— Para onde ela foi? — a voz de um homem corta a escuridão e ecoa pelo corredor, e um grito agudo deixa a minha garganta.

Eu saio pela porta da parede exterior e cruzo o terreno bem-cuidado, até encontrar abrigo nas árvores. Agachada, observo as lamparinas se movendo como vaga-lumes na distância. Quero encontrar Luke, Liv e Erin, mas não posso voltar. Se os homens do rei me pegarem, vão me executar. Eu me viro e corro direto para a floresta.

Tropeçando na vegetação rasteira e nas raízes expostas das árvores, fico confiante de estar me afastando do palácio, porque as árvores são mais abundantes e a escuridão mais intensa. Mas não tenho ideia se estou indo em direção à estrada principal ou apenas andando em círculos. A copa das árvores encobre o pouco do luar que ainda está visível no céu noturno.

Não paro de pensar na voz vinda de trás da porta. Estou envergonhada por abandonar quem quer que ela fosse, mas preciso focar em escapar.

Sigo em frente pelo que parecem horas. O frio está cortante, e sua ardência gelada nos meus braços e pés me deixa anestesiada. Não encontrei uma estrada ou trilha ou qualquer cerca dos limites do terreno do castelo. A propriedade é vasta, e temo talvez estar perdida demais para encontrar a saída. Onde foi que eu me meti?

Meus dentes batem uns nos outros, e eu tremo sem parar. Lutando para conseguir enxergar na escuridão, percebo que as árvores estão começando a rarear. Espero que sejam os limites da floresta, mas há apenas uma clareira. Do outro lado, mais árvores e mais escuridão.

Entro no espaço aberto onde há uma estrutura grande e retangular. Tão alta quanto a minha casa e quase tão larga quanto, a estrutura brilha com a luz da lua. Veias cinzentas marcam as paredes de mármore branco. Enquanto meus olhos se ajustam, percebo que é um mausoléu, e o nome esculpido em letra cursiva é tão familiar para mim quanto o meu próprio.

12

A hera sobe por toda a fachada, cobrindo a estrutura com um emaranhado de gavinhas. A grama ao redor alcança meus joelhos, morta e seca. O túmulo se agiganta na escuridão, e, de pé diante dele, no meio da noite, quebrando as leis do rei pela milésima vez, sinto que estou vendo algo que ninguém deveria ver. Este lugar não deveria existir.

Ando com dificuldade pela grama e chego a três largos degraus de mármore que levam às portas do mausoléu. Buquês de flores desbotadas e caindo aos pedaços amontoam-se na escada. Pequenos brinquedos e centenas de pedaços de papel dobrados em diversos estágios de decomposição poluem o monumento. Alguns desses papéis estão só um pouco amarelados nas bordas, enquanto outros não passam de pequenas pilhas de pó. Pego um que parece resistente o bastante para aguentar meu toque. Desdobrando-o, leio as palavras escritas dentro.

Por favor, permita que minha filha seja escolhida. Por favor, faça-a se destacar entre as outras.

Pegando um após o outro, leio o máximo de bilhetes ainda legíveis que consigo.

Por favor, nos ajude a achar uma maneira de pagar pelo vestido dela.

Me encontre no lugar onde o homem pegou nossa irmã no último dia da temporada de plantio. Traga apenas o que conseguir carregar.

São essencialmente a mesma coisa. Pedidos de ajuda ou bons augúrios, sorte ou proteção. O último parece alguém traçando um plano de fuga. É óbvio que o destinatário nunca o recebeu, porque está apodrecendo aqui à sombra do túmulo da Cinderela.

Eram mais do que quinquilharias, como as ajudantes da minha mãe disseram. Eram pedidos, rezas. Olhando para o túmulo, me pergunto se Cinderela ouviu esses pedidos. Ou se ela ao menos se importava, para começo de conversa. É mais provável que esteja rindo de quão miseravelmente falhamos em atender suas expectativas.

Subo os degraus até o par de portas duplas protegendo a entrada. Gravada no vidro manchado dos painéis está uma representação da carruagem da Cinderela, levada por quatro cavalos brancos.

Um lampejo de luz brilha pelas portas de vidro, e eu congelo. Uma luz branco-azulada ilumina o santuário do mausoléu e se demora por um momento, antes de morrer novamente. Tento ver através do vidro colorido, mas há apenas um brilho fraco nos fundos da câmara.

Eu deveria correr para casa. Preciso fugir daqui antes que os guardas me encontrem e me arrastem de volta para o palácio.

Um galho se parte em algum lugar. Há alguém aqui. Me arriscando com a luz tremeluzente, abro as portas e entro, fechando-as atrás de mim. Não escuto coisa alguma, mas fico parada, prendendo a respiração.

Diretamente à minha frente, Cinderela está deitada em uma laje de pedra no meio da cripta.

Dou um pulo, meu coração martelando no peito. Duzentos anos na cripta deveria ter reduzido o corpo dela a pó e ossos. Estreito os olhos na escuridão e vejo que a figura na laje é apenas uma estátua de mármore da Cinderela. Suspirando aliviada, me apoio na parede interna da tumba.

No final da história, Cinderela e o Príncipe Encantado se abraçam, se beijam e ela vai viver uma vida de luxo no palácio. Não diz nada sobre como ela se escondeu no palácio enquanto seu povo sofria, a prolongada doença que tirou sua vida, ou como ela agora jaz em um túmulo abandonado no meio da floresta.

As paredes do túmulo são altas. Um ar parado e úmido preenche o espaço, e eu esfrego os braços, tentando me esquentar. Caminho junto da parede interna, observando a estátua em tamanho real de Cinderela. A escultura parece muito com as pinturas que vi dela. Ela está deitada de costas, as mãos juntas sobre o peito segurando um buquê de flores de mármore. A caixa retangular onde está deitada, que chega ao chão, também é feita de mármore branco brilhante.

A luz estranha torna a brilhar nos fundos da cripta, iluminando a escuridão em explosões curtas. Em uma alcova, há uma caixinha de vidro quadrada no topo de um pedestal com acabamento de metal em torno, como uma gaiola. Os painéis de vidro da caixa estão embaçados, e há folhas quebradas à sua volta. Eu afasto os destroços e limpo um ponto do vidro com meus dedos, para conseguir enxergar lá dentro. A luz branco-azulada ilumina a caixa. Um par de sapatos, pequenos e quase completamente translúcidos, está aninhado lá dentro. São os sapatinhos de cristal da história.

— Então parece que a lenda era verdadeira — digo em voz alta.

— Não totalmente.

Eu me viro, batendo o joelho na base do pedestal. Uma figura aparece na cripta. A pessoa usa uma capa longa, com um capuz cobrindo o rosto.

— Eu não queria atrapalhar, juro — digo, agarrando o joelho.

O vulto está em silêncio. Será que veio me levar de volta para o palácio? Tento pensar no que fazer.

— Cinderela está morta — diz a figura, a voz calma, suave. — Duvido que ela vai se importar de você se esconder no túmulo dela.

— Não estou me escondendo — respondo, procurando algo por perto que eu possa usar como arma. — E se você tocar em mim...

— Tocar em você? Eu não ousaria. — A pessoa levanta as mãos e retira o capuz. Cachos vermelhos emolduram seu rosto jovem. Ela inclina a cabeça para o lado, me olhando de cima a baixo. — A não ser que você queira.

Fico sem palavras.

— Você... você não trabalha para o rei, então?

Tenho dificuldade em entender quem é ela e o que está fazendo aqui.

— Eu preferia morrer antes de servi-lo — o tom dela fica sério de repente.

Mantenho o sarcófago de Cinderela entre nós e caminho em direção à porta.

— Eu já estava de saída.

— E para onde você vai? — pergunta.

Ela está segurando um pequeno lampião, que ilumina apenas o suficiente para que eu consiga ver seu rosto. Temos a mesma altura e porte físico e provavelmente idades próximas. Sua pele marrom-clara, vistosa e macia, parece brilhar de dentro para fora.

Sinto uma pontada de culpa. Eu não deveria estar admirando a beleza de uma estranha numa hora dessas.

— Estou tentando ir para casa.

— Em uma noite assim? Uma garota bonita como você deveria estar no palácio, em busca de um pretendente. — Ela me encara com atenção enquanto fala.

— Acabei de sair de lá — respondo. O jeito que ela disse a palavra "bonita" me faz parar. É um elogio, mas há algo mais em sua voz. Eu evito os olhos dela. — Não vou voltar. Não importa quantos guardas o rei mande atrás de mim.

— Você não quer encontrar um marido e ficar quietinha no seu lugar? — Sutileza não é o ponto forte dessa garota. O sarcasmo permeia cada uma de suas palavras.

— Não quero saber de marido nem de ficar no meu lugar.

— E por que não? — pergunta ela.

— Porque essa não é a minha escolha. Não é o que eu quero. — Provavelmente é um erro contar meus segredos para ela, mas sinto que tenho cada vez menos a perder a cada momento que passa.

Ela sorri para mim e meu rosto fica corado e quente.

— Então, você veio aqui homenagear a Cinderela? — diz ela, colocando a lamparina no chão e tirando um pequeno buquê de flores de dentro da capa.

Eu sinto um arrepio quando ela o coloca no caixão da Cinderela, passando a mão sobre o mármore liso.

— Não — digo simplesmente. — Mas, pelo que parece, muitas pessoas homenagearam. Eu achava que esse lugar não existia mais. — Meus dentes batem uns nos outros enquanto eu tento espantar o frio.

A jovem se aproxima de mim, retira a capa e a coloca sobre os meus ombros.

— Melhor?

— Sim, obrigada. — Eu quase desfaleço no calor da capa. Sinto o perfume dela, uma mistura de flores silvestres e lavanda. Preciso me forçar a me concentrar.

Ela está usando calças justas e uma túnica. Um cinto grosso envolve sua cintura, e nele está pendurada uma adaga brilhante. Ela se aproxima das portas e olha para fora através de um pequeno lascado no vidro. Seu rosto relaxa quando ela torna a se virar para mim.

— Por que você está vestida assim? — pergunto.

Ela está linda, mas nunca vi uma mulher usar calças e túnica.

— Os bolsos — diz ela, colocando a mão neles e dando uma voltinha. — Amo bolsos.

Eu sorrio, apesar do frio, apesar das terríveis circunstâncias.

— Você disse antes que eu estava errada sobre a lenda ser verdadeira. O que você quis dizer?

O olhar dela vai até os sapatinhos de cristal.

— Todos os contos de fadas têm um pouco de verdade. Mas separar essa verdade das mentiras pode ser um pouco complicado.

— Questionar a história é contra a lei.

Ela fica tensa.

— Desculpe. Não estou te ameaçando — digo rapidamente. — É que é muito raro ouvir alguém dizer que mesmo apenas partes da história são ficção. A maioria das pessoas acredita em cada palavra.

— E você não?

— Não sei mais em que acreditar. — O peso de tudo o que aconteceu cai sobre mim de uma vez. — Preciso ir. Se os guardas me encontrarem...

— Eles não vão te encontrar se você ficar aqui — diz ela.

— Como é que você pode saber disso? — pergunto, direta. Uma onda de pânico toma conta de mim. — Não sei o que devo fazer agora, mas preciso fazer algo.

A garota me encara por um momento.

— A oeste do centro da cidade, a mais ou menos oito quilômetros, a estrada se divide em duas bifurcações. Aquela mais à direita continua por mais alguns quilômetros, e leva a um portão. Me encontre lá amanhã.

— Eu provavelmente não estarei viva amanhã — comento. — Estarei apodrecendo em alguma masmorra do rei.

Ela franze a testa, como se isso a perturbasse. Então se agacha atrás do caixão e pega uma bolsa pequena. Depois de procurar dentro, tira um conjunto de roupas — um par de calças e outra túnica, além de um par de botas — e o joga para mim.

— Vista isto.

Tiro a capa e pego as calças, jogando para o lado o que sobrou do meu vestido. Deslizo a túnica sobre a cabeça enquanto a garota se aproxima de mim, a pequena adaga brilhando sob a luz da lamparina. Meu coração dá um salto. Percebo que tola fui ao confiar tanto em uma estranha. Eu me viro para correr, mas, com um movimento rápido, ela corta os laços do meu espartilho, e pela primeira vez no dia consigo respirar. Meu coração bate forte por causa do medo, mas também por outra coisa. Alegria? Pânico? Eu me sinto livre de muito mais do que tecido e laços.

— Fique aqui — diz ela quando a encaro. — Fique escondida. E amanhã, venha me encontrar, se conseguir, porque acho que você provavelmente está certa sobre os homens do rei. Eles não vão parar de te procurar. — Ela endireita a postura. — Qual é o seu nome?

— Sophia — respondo.

— Eu sou a Constance — diz ela. — Vou atrair os guardas para longe de você. Quando você sair daqui ao amanhecer, fique longe da estrada principal.

— Eu nem sei para que lado ir — digo, me sentindo mais sem esperança a cada segundo que passa.

— O centro da cidade fica na direção do nascer do sol — explica Constance. — Lembre-se, saia assim que amanhecer.

Ela se vira para a porta, mas eu ofereço sua capa de volta.

— Fique com ela — diz Constance. — Você pode devolver quando me encontrar.

13

Eu não durmo, e assim que o céu clareia, saio do túmulo da Cinderela. Seguindo o sol nascente, abro caminho pela floresta, tropeçando nas botas que são dois números maiores que meus pés. A estrada principal fica visível depois de um tempo, mas não ando por ela. Fico nos confins escuros das árvores até chegar no ponto da junção que leva ao coração de Lille.

Hesito ao pensar na garota. Constance. Se eu for encontrá-la agora, meus pais ficarão se perguntando o que aconteceu. O rei mandará homens até a minha casa, não tenho dúvidas, mas o que eles dirão? Vão admitir que eu fugi deles? Não posso deixar meus pais sem saber se estou viva ou morta. Mantenho o capuz da capa levantado enquanto cruzo a estrada principal e sigo em direção à minha casa.

Quando chego na minha rua, um trio de guardas do palácio está saindo da minha casa, pisando duro. Eles montam nos cavalos enquanto eu continuo abaixada, com as costas pressionadas contra uma parede do jardim. Eles passam por mim cavalgando, resvalando pedacinhos de terra e pedrinha em mim. Eu me levanto quando o som dos cavalos fica distante, e me aproximo da entrada dos fundos. A porta está trancada. Bato gentilmente no vidro até que o rosto molhado de lágrimas da minha mãe aparece. Ela abre a porta e me puxa para dentro, tampando minha boca com a mão. Meu pai aparece à porta, e seus olhos se arregalam. Ele olha para trás, por cima do ombro.

— Apresse-se com o chá, mulher — uma voz grossa grita da sala de estar.

Minha mãe vai até o fogão, onde uma chaleira ferve. Meu pai gesticula para que eu saia da porta. Ele vai até a sala de estar.

— Vou ao jardim da frente tirar as roupas do varal — diz meu pai.

— Isso é trabalho de mulher — retruca o outro homem.

— É sim — responde meu pai. — Mas minha mulher está preparando o seu chá.

O homem bufa. A porta da frente se abre, e então meu pai grita.

— Sophia!

O homem na sala fica de pé e vai até a porta.

— Cadê ela? — pergunta.

— Eu a vi! Ali!

As botas do homem pisam duro no chão enquanto ele corre para seja lá qual direção meu pai indicou. Minha mãe me abraça enquanto meu pai anda de um lado para o outro em uma onda de fúria silenciosa.

— Eles vieram te procurar — diz ele entre dentes. — Há guardas patrulhando o final da rua.

Minha mãe sai da frente. Eu nunca o vi tão raivoso.

— É verdade que você agrediu um dos pretendentes e fugiu? — pergunta minha mãe.

— Eu não tive escolha — respondo.

— Como você pôde nos colocar nessa posição? — pergunta meu pai.

— E a posição em que vocês me colocaram? — Não acredito que eles vão fazer parecer que tudo isso é minha culpa.

— Colocamos você em posição de ser bem-sucedida em encontrar um bom partido. Você poderia ter encantado o próprio rei. Você poderia ter sido escolhida por alguém. — Meu pai esfrega a testa, mantendo os olhos cerrados.

— Você nem sabe o que aconteceu lá! Foi pior do que qualquer coisa que eu poderia ter imaginado. Alguns dos homens eram mais velhos que o vovô, e alguns deles estavam atrás de duas garotas ao mesmo tempo.

Minha mãe parece que vai passar mal.

— É nojento, Morgan — diz ela para o meu pai.

Isso me deixa em silêncio. É raro que ela expresse qualquer crítica sobre as leis do rei ou sobre o baile.

— Você infringiu a lei — diz meu pai. — Você não liga para nada além dos seus desejos egoístas?

As palavras me atingem feito um tapa. Cambaleio para trás até trombar em uma cadeira da mesa da cozinha; uma torrente nauseante de puro desespero tomando conta de mim. Meu pai sequer se deu ao trabalho de perguntar se estou bem.

— Você nos colocou em uma situação horrível, Sophia. Não temos como te defender. O palácio pode achar que somos cúmplices. — Ele olha para a minha mãe e então para mim. — Você não pode estar aqui quando os guardas voltarem.

— E para onde eu vou? — pergunto, chocada. Olho para a minha mãe, que balança a cabeça.

— Você me deixou sem escolha. — Os olhos do meu pai estão arregalados e atentos. Ele quase cai, e minha mãe enlaça a cintura dele. — Suas amigas provavelmente encontraram pretendentes. Você volta para casa suja, desgrenhada, e com os guardas do palácio nos calcanhares.

— O rei humilhou a Liv na frente de todos, descartou ela como se fosse lixo, e você está preocupado com as minhas roupas sujas?

— A família dela não tem condições, Sophia — diz meu pai. — Eles tentaram ao máximo garantir que ela estivesse preparada, mas falharam com ela. Eu queria algo diferente para você. Trabalhei duro para garantir que você ficasse bem, e agora... agora você será entregue como infratora.

Minha mãe treme sem parar. Ela corre até mim e me abraça.

— Não! Não vou permitir! — Ela me agarra, me segurando com força.

— Não há outra opção, Eve.

— Não vou voltar para o palácio — afirmo. — Vou embora, se é isso o que você quer, mas não serei uma prisioneira do rei.

Meu pai se mantém firme, e eu o observo. Esse homem que eu adoro tanto se tornou alguém que eu não quero conhecer. As palavras dele me destroem. Caminho até a porta dos fundos como se estivesse em um transe.

— Espere — pede minha mãe, correndo para bloquear a porta. — Por favor, nós podemos escondê-la. Podemos fazê-la se desculpar com o rei. Podemos...

— Ela precisa ir, Eve.

A dor é terrível demais. Começo a chorar enquanto minha mãe grita com meu pai.

— Morgan, pare com isso! Pare agora! É a nossa filha. Ela precisa da gente...

— Para quê? — grita meu pai. — Para continuar quebrando a lei? Para continuar a desafiar o rei? O melhor que ela pode fazer é fugir. — Ele escancara a porta. Um vento frio atinge meu rosto. — Vá. Fuja para o mais longe que conseguir.

Eu o encaro. As lágrimas descem pelo meu rosto, mas reprimo a vontade de gritar e soluçar.

— Não posso te proteger aqui — diz ele. — Nem a sua mãe. Você precisa ir, ou vamos todos morrer.

— E se eu for embora, apenas eu morro?

Ele não responde, e de novo fico sem palavras. Ele sabe disso. Está disposto a deixar acontecer.

— Você não pode me proteger porque está com medo demais de enfrentar o rei.

Minhas palavras o machucam. Os olhos dele se enchem de lágrimas, e ele pisca para que elas não caiam.

— Por favor, vá enquanto você ainda pode, antes que os guardas voltem. Esta é a nossa melhor chance. Sua mãe e eu podemos evitar cair em suspeita se eu disser aos guardas que você nunca voltou para casa.

Quero gritar, sacudi-los e dizer a eles para abrirem os olhos, para verem como isso é errado. Eu saio e a porta é trancada às minhas costas. O choro da minha mãe ecoa do lado de dentro da casa, e a voz abafada do meu pai tenta acalmá-la enquanto ela grita o meu nome.

Caminho para a rua, lágrimas descendo por meu rosto e a raiva crescendo no fundo do meu ser, tão quente que percorre pelo meu corpo como fogo.

Fico perto das construções para evitar as patrulhas e os acendedores Dentro das casas, imagino que algumas garotas estejam sentindo a dor aguda da rejeição, enquanto outras celebram, nenhuma delas sabendo o que o futuro lhes aguarda.

Mesmo enquanto minha cabeça gira com as palavras de meu pai, só consigo pensar nas minhas amigas. Liv e eu seremos excluídas, e embora eu não saiba o que fizeram com Luke, o que seja que tenha acontecido é culpa minha. Ele não estaria lá se não fosse por mim.

Puxo a capa ao redor do corpo, e o cheiro de lavanda me envolve, me fazendo lembrar da garota na cripta. Oito quilômetros a oeste. É para onde preciso ir. É o único lugar em que consigo pensar.

Há apenas uma estrada que leva a oeste e vai até a fronteira da cidade. Enquanto caminho até lá, o som de carruagens e cavalos me deixa apreensiva. Os homens do rei estão procurando por mim, mas quantos deles poderiam me identificar em uma multidão?

Quanto mais longe da cidade estou, menos pessoas há por perto. Depois de um tempo, fico sozinha, e só consigo pensar em meus pais, Erin e tudo o que se passou.

Ouço vozes de homens atrás de mim. Rapidamente me escondo em um pequeno conjunto de árvores à beira da estrada, me pressionando contra uma árvore e tentando prender a respiração. As vozes se propagam quando eles param na beira de um barranco íngreme em frente a mim.

— Temos certeza de que ela estava no baile? — pergunta um deles.

— Os pais disseram que estava, mas ela é velha demais — diz outro. — Olhe para o cabelo dela. É branco como papel.

Dou uma olhada por entre as árvores. Guardas. Estão olhando barranco abaixo.

— Ela tem dezessete anos. Foi o que a mãe disse. Descreveu as roupas dela e tudo. É uma vergonha, enviá-la ao baile vestida dessa forma.

Um deles assente.

— Bem, vamos precisar de uma carroça. E um de nós deveria voltar à casa e garantir que o pai dela não venha até aqui.

Todos eles dão meia-volta e cavalgam estrada acima. Fico parada até que eu os perca de vista e eu não consiga mais escutar suas zombarias. Meu coração se acelera no peito enquanto me aproximo do barranco. Algo dentro de mim me impulsiona a olhar.

A encosta íngreme leva a uma vala onde um pouco de água se acumulou. Há uma pessoa caída lá. Eu arfo. Reconheço o vestido. Olhos que um dia brilharam de alegria e uma boca que um dia sussurrou piadas bobas estão escancarados, presos em um grito. Cubro a boca com a mão para conter a náusea. Minha querida Liv.

Eu nunca vi um cadáver antes. Não sei qual aparência deveria ter, mas o que vejo é estranho. O cabelo de Liv, que já foi castanho, agora está branco como a neve. A pele está enrugada e acinzentada. Os braços estão erguidos na frente do corpo, as mãos rígidas, os dedos curvados em garras.

Dou um passo para trás, e meu estômago se revira. Caindo na estrada, sinto os músculos debaixo da língua se contraírem enquanto vomito. Nada além de um líquido fedorento sai do meu corpo. Não consigo acreditar. Ela não pode estar morta. Não a minha Liv.

Vozes masculinas surgem novamente à distância, e eu limpo a boca com as costas da mão, tropeçando até as árvores, onde me deixo deslizar para o chão e chorar. Sem fazer um som sequer e tomada pela dor, eu me encolho e me agarro à capa, enfiando meu rosto nela enquanto o barulho de rodas na estrada se aproxima atrás de mim.

Observo os guardas voltando a pé, puxando uma pequena carroça aberta. Eles se espalham pela estrada e, juntos, tiram o corpo de Liv do barranco, colocando-a sobre a carroça. Vou vomitar de novo.

— Temos um cobertor? — pergunta um deles.

— Ah, você está preocupado com a dignidade dela? — ironiza outro.

— Não, só não quero ver a cara feia dela. É aterrorizante. — Ele finge tremer de medo, e todos riem. — Eu também teria me matado, se tivesse um rosto desses.

Um dos guardas, um homem mais velho, dá um passo à frente.

— Cubra ela e cale a boca. É a filha de alguém.

O guarda mais jovem não parece se abalar, mas fica quieto e cobre o corpo de Liv com um cobertor. Eles se afastam e voltam para a cidade.

Fico sentada à sombra do carvalho, chorando com a cabeça apoiada nas mãos. Não consigo ver nada através da torrente de lágrimas. Puxo o ar e grito, deitando e pressionando meu rosto no chão. Quero entrar na terra, desaparecer, qualquer coisa que me faça esquecer o que vi.

14

Eu pisco. O reflexo intenso dos raios de sol entra pelos galhos e faz meus olhos doerem. Acabei pegando no sono, com Liv indo e voltando na minha cabeça. Minhas roupas estão encharcadas por conta do chão frio e molhado, me deixando gelada até os ossos. As lágrimas recomeçam, e eu as reprimo, com raiva. Meu corpo dói enquanto um peso toma conta do meu peito. Cambaleando, saio do perímetro das árvores, as pernas feito chumbo trabalhando contra mim.

O sol está baixo no céu, e a escuridão se aproxima. Não estou sequer na metade do caminho para o lugar onde Constance disse que eu deveria encontrá-la. Espero que ela ainda esteja lá. Espero que não seja tarde demais para encontrá-la, agora que não há outro lugar para onde eu possa ir. Sigo em frente, atordoada. Atrás de mim, o som de cavalos e pessoas me assusta. Eu corro barranco abaixo e fico rente ao chão, para evitar ser vista quando as carroças passarem a toda a velocidade. Quando o som se afasta, eu me levanto com cuidado e olho para a estrada. Uma carroça cheia de guardas do palácio fortemente armados desaparece ao longe.

O rosto de Liv continua na minha mente enquanto caminho. Não consigo evitar sentir que falhei com ela. Quando Luke me disse que me escolheria para nos dar uma chance de escapar, achei que poderia levar

Liv e Erin com a gente. Achei que poderíamos nos salvar. A ausência dela ressoa em cada respiração que eu dou. O peso da perda dela me destrói.

Seus pais devem estar em agonia. Pensar nisso me traz ainda mais tristeza.

À medida que o sol vai se pondo, me sinto cada vez mais exausta e incapaz de contar os minutos; o sino batendo ao longe a única indicação do tempo que se passou. A estrada é pavimentada com pedras pela maior parte do caminho antes de se tornar apenas terra. Quanto mais eu ando, menos há para ver. Há árvores espalhadas em todas as direções, com suas folhas amareladas. Até elas sabem que o inverno se aproxima.

O sol mergulha mais e mais no horizonte, e chego a um lugar onde a estrada se divide em dois trechos. O da esquerda está coberto de poeira e cascalho, chapado por conta da passagem constante de carruagens. O da direita parece não ser usado há anos. A grama está toda alta, e o chão, tomado por pedras enormes quase da altura da minha cintura.

— Decisões, decisões — diz uma voz.

Dou um passo para trás, tropeçando nos meus próprios pés e caindo no chão com tudo. Do barranco do outro lado da estrada emerge um rosto familiar.

Constance.

— Você me deu um baita susto! — grito, me levantando e tentando evitar que o coração salte do peito. — O que está fazendo aqui?

— Esperando por você — responde ela, sorrindo.

— Como você sabia que eu viria?

— Eu não sabia. Mas esperava que viesse.

O cabelo ruivo dela, preso em uma longa trança alcançando as costas, se assemelha com chamas bruxuleantes no brilho laranja do pôr do sol. Chegando mais perto, eu vejo uma constelação de sardas sobre seu nariz e em suas bochechas, que não havia notado antes. O sorriso dela desaparece rapidamente enquanto ela olha para mim.

— Você está bem?

Eu me atrapalho com minhas palavras, recontando o horror dos eventos da manhã. Mal consigo falar o nome de Liv.

Constance suspira, e seus ombros caem.

— Sinto muito. De verdade.

Ela se aproxima de mim e coloca um braço ao redor da minha cintura, me mantendo de pé quando minhas pernas ameaçam parar de funcionar.

— O jeito como ela estava — digo, secando as lágrimas. — Tinha alguma coisa errada.

O corpo de Constance tensiona.

— O jeito como ela estava?

Tenho dificuldade em encontrar as palavras para descrever o que vi.

— O cabelo dela estava branco feito neve, mas costumava ser castanho antes. Toda a cor dela tinha sido sugada, e a pele estava enrugada e cinzenta.

— Venha comigo — diz ela.

Olho ao redor. A estrada está vazia. Nada de casas, nada de prédios. As torres de vigia nos observam à distância e, para além delas, o vasto espaço conhecido como Floresta Branca.

— Ir com você aonde?

— Você é sempre desconfiada assim? — pergunta Constance.

— Você é sempre vaga e misteriosa assim? — devolvo.

— Eu tento ser — diz ela, sorrindo gentilmente.

Eu deixo que ela me conduza para o lado da bifurcação completamente desgastado. Abrimos caminho por árvores e arbustos, antes de chegarmos a um portão de ferro imponente. As barras de três metros de altura estão tomadas de vinhas e buganvílias, cujas flores de um rosa incandescente estão murchas e caindo aos pedaços no ar do final do outono.

Passamos pelo portão e subimos por um caminho longo e curvo, ladeado por carvalhos antigos e muito altos, cada um de seus galhos coberto por cortinas de musgo, seus troncos nodosos tão largos quanto a lateral de uma carruagem. O sol poente ilumina os contornos nebulosos das aveludadas pétalas vermelhas e laranja das papoulas que crescem selvagens e abundantes, seus núcleos escuros pontilhando a paisagem como um milhão de alfinetes.

— Elas não deviam estar mortas a essa altura? — pergunto, olhando para as flores que colorem a paisagem seca e marrom.

Constance olha para as papoulas.

— Não pensei muito nisso, mas acho que você está certa.

Fazemos uma curva, e uma casa enorme aparece. Um dos lados desabou, e as vinhas tomaram conta de quase todo o resto dos lados visíveis. Tábuas de madeira cobrem as janelas no andar inferior, enquanto as do andar de cima estão abertas. A pintura, que deve ter sido branca um dia, está rachada e descascada, e a porta da frente está pendendo das dobradiças.

— Você sabe que lugar é este? — pergunta Constance.

— Deveria saber?

Encaro a casa. Estamos a quilômetros da cidade, e, ao contrário da fronteira a leste, que é a mais fortificada porque além dela ficam as Terras Proibidas, a fronteira a oeste de Lille é praticamente abandonada. Afinal, não é ao lado de um grande território que leva diretamente para o lugar onde os potenciais futuros reis de Lille nascem e são criados.

— Cinderela viveu aqui com sua família. É onde tudo começou.

Torno a olhar para a casa. É idêntica às ilustrações do meu exemplar da história da Cinderela.

— Pensei que fosse do outro lado do Lago Cinzento, no Sul de Lille? E a casa não pegou fogo?

Constance balança a cabeça.

— Mentiras. Ela sempre esteve aqui. Se bem que não tem muito mais coisa para se ver agora — diz ela, com um toque de tristeza na voz.

Ela me ajuda a subir os degraus da frente, e nós entramos. Logo na entrada, passo a me importar menos com a aparência do lugar e mais com o fato de ela estar ou não em condições de ficar de pé. Há um buraco enorme no teto do vestíbulo. Folhas e destroços estão espalhados pelo chão de mármore rachado, e uma escadaria ampla com degraus quebrados e outros faltando leva ao segundo andar. O corrimão caiu e está em pedaços no chão.

Constance me vê olhando a escada.

— Não se preocupe. Não precisamos ir lá para cima.

Sigo Constance até um cômodo logo saindo do corredor principal, minhas pernas ainda trombando uma na outra. É uma salinha em que a lareira já está acesa. Há uma ou outra mobília danificada espalhada pelo lugar, mas ele está seco e quente, e vejo uma pilha de cobertores cuidadosamente dobrados no canto. Parece que Constance acampou aqui por várias noites.

Ela me entrega uma cesta grande com uma alça alta. Eu abro a tampa e quase desmaio de pura animação. Lá dentro há uvas, um queijo pequeno, pão e uma garrafinha de leite fechada com uma rolha.

— Pegue o quanto quiser.

Metade do pão desaparece antes que eu possa me segurar.

— Tem certeza de que você não quer um pouco?

— Não. Pode comer tudo.

Ela não precisa falar duas vezes. Continuo comendo, e o peso que vem com um estômago cheio me satisfaz.

— Não tenho como te agradecer o suficiente.

— Imagina — diz Constance. Ela sorri, e mais uma vez fico encantada. Mas a culpa espanta esse sentimento.

— Eu não tinha um plano na cabeça quando saí do palácio. Eu apenas corri. — A tristeza me abate novamente. — Não sei bem o que estou fazendo aqui.

— Você está aqui comigo — responde dela.

— E quem é você exatamente? — pergunto. — Sei o seu nome, mas... você é de Lille? O que você estava fazendo no túmulo da Cinderela?

Constance empurra o cabelo para as costas e pigarreia. A maneira como ela fala lembra alguém lendo uma história em voz alta.

— *As irmãs não eram melhores do que a mãe* — narra ela. — *Comuns e igualmente cruéis, elas perturbavam Cinderela sem parar. A meia-irmã mais velha, Gabrielle, tinha o cabelo vermelho como as chamas do inferno e um rosto que apenas o diabo poderia amar.*

Eu ergo uma das mãos.

— Conheço a história. E, sem querer ser mal-educada, mas não quero ouvi-la de novo. Olhe para onde essa história me levou.

— Sim — diz Constance. — Olhe para onde te levou. — A luz do fogo brilha sobre ela, e os pelinhos na minha nuca se arrepiam. Constance ergue o queixo e inclina a cabeça para o lado. — Eu sempre me ofendi com essa descrição da Gabrielle. Há muitas gerações entre nós, mas o sangue dela é forte. Sempre me disseram que me pareço com ela.

Fico chocada.

— Você... você tem parentesco com a Gabrielle? A meia-irmã malvada?

— Malvada? Não. Meia-irmã, sim.

Dou um passo para trás e colido contra a parede. Minha mente está reunindo os fragmentos da história. Diz que as meias-irmãs foram excessivamente cruéis com Cinderela, e elas são descritas como aberrações monstruosas. Nenhuma das histórias menciona que tiveram filhos ou qualquer família.

— Isso te torna parente da Cinderela — digo, tentando entender a árvore genealógica.

— Uma sobrinha-neta de sexto grau — informa Constance.

Não consigo pensar direito.

— Se você estiver falando sério...

— Estou — confirma Constance.

Eu me sento devagar. Meus pensamentos voltam para a questão mais imediata — os homens do rei.

— Os guardas estão me procurando, e não quero te colocar em uma situação ruim. Eles te matariam só por você estar me ajudando.

— Eles poderiam tentar — diz ela, pensativa. Ela se vira um pouco, revelando a adaga pendurada no cinto. — E para onde você poderia ir sem que o rei Manford te encontrasse?

Não pensei nessa parte. Tudo o que sei é que preciso me afastar de Lille o máximo possível.

— Planejei andar até que minhas pernas não aguentassem mais. Não tenho certeza do destino.

— Essa é uma ideia horrível. — Constance cruza os braços.

— Ainda bem que eu não preciso da sua permissão.

Ela pisca várias vezes, sorrindo um pouquinho e assentindo.

— Eu não tenho uma sugestão melhor. Não acho que você estaria segura em qualquer cidade de Mersailles. Ele jamais permitiria que você o desafiasse e saísse impune.

— Se eu ficar longe, talvez ele se esqueça — digo.

— Ele não vai.

— Como é que você sabe tanto sobre o que ele faria ou não? — pergunto.

Constance suspira, deixando os ombros caírem.

— Porque eu sei as histórias que mais ninguém tem permissão de ouvir, as coisas que Manford e seus predecessores não querem que ninguém saiba, a verdadeira história da minha família.

— A verdadeira história? — questiono.

Ela arrasta uma cadeira e se senta diretamente de frente para mim.

— Você já pensou que tipo de pessoa teria um filho e daria o nome de Encantado?

— Nunca pensei sobre isso — respondo. E, agora que estou pensando, parece mesmo um pouco ridículo. — Você está dizendo que esse não era o verdadeiro nome dele?

— Ninguém sabe qual era o verdadeiro nome dele — diz Constance.

Eu rio, mas ela não. Constance está falando sério, e eu me contenho, permitindo que ela continue.

— Você sabia que o pai da Cinderela era o principal conselheiro, a pessoa mais próxima do velho rei que governava Mersailles antes do Príncipe Encantado assumir?

— Não — digo, chocada. — Nunca ouvi falar disso.

— Ele era. Mas o Príncipe Encantado veio a Mersailles em um tempo de seca e fome tão devastadoras que era diferente de qualquer coisa que as pessoas já haviam presenciado. Elas estavam desesperadas, e Encantado disse que poderia salvá-las se fizessem dele o rei. No começo, elas recusaram, confiando no rei que tinham. Encantado esperou, e quando as coisas pioraram, ele ofereceu ajuda novamente. Dessa vez, as pessoas concordaram e depuseram o velho rei, fazendo do Encantado o novo governante.

— E ele fez o que disse que faria — digo.

Também conheço essa história. A fundação de nosso reino pelo benevolente Príncipe Encantado.

— As plantações voltaram a crescer; os rios correram pelas terras tomadas pela seca. Falava-se em magia, maldições de alguma forma quebradas, mas as pessoas de Mersailles se ajoelharam aos pés dele. — Constance balança a cabeça em negativa. — Assim que Encantado estava com todos na palma da mão, as coisas começaram a mudar. Os pais de Cinderela falaram abertamente sobre como as leis que Encantado estava implementando eram injustas e perigosas. Enquanto o pai de Cinderela tentava conseguir apoio político para derrubar Encantado, a mãe tentava conseguir o apoio das pessoas, para que elas se organizassem e protestassem. Quando Encantado ficou sabendo dos esforços dela, ordenou que seus guardas a prendessem. Ela não desistiria sem lutar, então eles a executaram diante da casa.

Olho para a entrada da casa. Será que passei sobre o lugar onde a mãe de Cinderela morreu?

Volto a me virar para Constance.

— Minha avó se manifestou contra o rei Stephan, o antecessor de Manford — digo, medindo as palavras, tentando não chorar. — Ela foi levada e presa. Executada.

Constance hesita por um momento. Seus olhos se enchem de lágrimas, e eu desvio o olhar.

— Então você consegue entender tudo isso — reflete ela.

Eu assinto.

— O pai de Cinderela se casou novamente, e sua nova esposa, a Lady Davis, tinha tanta aversão à conduta de Encantado quanto a mãe de Cinderela tivera — continua Constance. — Mas ela achou que a melhor maneira de enfrentá-lo seria treinar, aprender a lutar, planejar cuidadosamente sua queda. Ela passava mensagens para outros que estavam dispostos a lutar, um tipo de rede secreta de resistência.

— Nunca ouvi ninguém falar da Lady Davis como uma boa pessoa — digo, questionando tudo o que pensei ser real sobre o conto. — Ela é a vilã da história.

Constance balança a cabeça mais uma vez.

— Ela jurou manter suas meninas em segurança não importava o que custasse, mas não acho que ela tivesse ideia de qual seria o custo. O Príncipe Encantado ordenou que o pai de Cinderela fosse ao palácio para ser interrogado, e ele nunca mais foi visto.

— O Príncipe Encantado o matou — digo. Não é uma pergunta, mas uma desagradável constatação. É óbvio que ele o matou.

— Não havia provas, mas o pai de Cinderela amava a família. Lady Davis acreditava que ele teria voltado para casa se fosse possível. A essa altura, Cinderela tinha dezoito anos. O Príncipe Encantado ofereceu seu primeiro baile, e todos foram obrigados a ir e, bem... o resto da história você já sabe.

— Mas a história... a história de Cinderela não fala nada sobre isso. Não é assim que está escrito.

— É uma mentira — diz Constance.

Ficamos em silêncio por um longo momento.

— Você quer que eu continue? — pergunta ela. — A verdade é complicada. As pessoas querem saber a verdade, mas, quando descobrem, às vezes desejam que não tivessem.

Penso sobre isso com cuidado. Tudo o que aconteceu no palácio passa pela minha mente.

— Sim, quero saber. Me conte tudo.

Constance respira fundo e continua.

— Pouco depois que o Príncipe Encantado se casou com Cinderela, as leis sobre o baile e sobre o tratamento dado a mulheres e garotas em Lille ficaram ainda piores. Algumas pessoas se rebelaram, mas Encantado acabou com qualquer resistência.

Ela coloca a mão para trás e puxa a trança para a frente, apoiada no ombro. Torce a ponta, que toca seu colo, entre os dedos. A luz do fogo brilha em seus olhos castanhos enquanto ela olha para mim. Constance me vê encarando e, embora eu esteja um pouco constrangida, não desvio o olhar. Os cantos de sua boca se erguem, divertidos.

— Quando o Príncipe Encantado morreu, acho que as pessoas de Mersailles realmente acharam que conseguiriam mudar as coisas, mas continuou tudo igual, porque o sucessor dele, rei Eustice, era ainda pior do que ele era — diz Constance. — Tenho uma carta da minha tataravó para a filha, contando sobre as coisas horríveis que o rei Eustice fez.

— Os reis de Mersailles seguiram os mesmos princípios que o Príncipe Encantado estabeleceu — digo. — As pessoas são tão medrosas que preferem ficar quietas a dizer ou fazer qualquer coisa. — Enquanto tento absorver tudo o que ouvi, uma coisa fica na minha cabeça. — Cinderela foi ao castelo por livre e espontânea vontade. Mesmo depois de tudo o que o Príncipe Encantado fez? Por quê?

Constance junta as mãos na frente do corpo.

— Essa é a pergunta, não é? — Ela abaixa o tom. Raiva e frustração se misturam em sua voz. — É algo que assombra minha família por todas as gerações entre Gabrielle e eu. Ninguém conseguiu entender, nem eu. Ir ao castelo para ver o homem que destruiu com a sua família? Quem faz uma coisa dessas?

— O que sua família acha? — pergunto.

Constance deixa escapar um suspiro suave.

— Minha mãe suspeitava que a fada madrinha teve algo a ver com isso.

— A fada madrinha era amiga de Cinderela — digo. — Ela a ajudou.

Constance balança a cabeça.

— Você precisa esquecer a história que acha que conhece, Sophia.

Meu nome nos lábios dela soa como uma melodia. Abaixo o olhar. Quando finalmente crio coragem para voltá-lo para Constance, ela está segurando as lágrimas, uma expressão de dor tomando seu rosto.

— Você não precisa continuar — digo. — Posso ver como é difícil.

— Quero te contar. Preciso contar a alguém. — Ela suspira pesadamente, e sua expressão é pura tristeza. — O príncipe as prendeu a estacas além das torres, a Lady Davis, Gabrielle e sua irmã mais nova, e as deixou para morrer. Gabrielle conseguiu se soltar e soltar as outras depois de três dias. Elas estavam famintas e quase congeladas, mas escaparam.

Para manter as aparências, o Príncipe Encantado disse que elas haviam sido exiladas. Imagino que ele ficou furioso quando elas conseguiram fugir.

— Para onde elas foram? — pergunto.

— Para o interior, depois da Floresta Branca. Elas se mudavam constantemente, com medo de serem pegas.

— O que aconteceu com elas?

— Lady Davis morreu vinte anos depois da fuga. — Constance volta a torcer a ponta do cabelo. — Gabrielle e a irmã se estabeleceram longe daqui, mas nunca desistiram de Lille. Com o passar dos anos, seus descendentes foram treinados, lutaram e morreram tentando consertar as coisas por aqui, continuando o legado da mãe de Cinderela e da Lady Davis, mas foi em vão. Tentei derrubar aquela estátua na praça há algumas noites, mas a carga não foi forte o bastante.

Lembrei do círculo de grama queimada.

— Foi você?

Constance assente. Então seu rosto muda de repente e ela se inclina na minha direção.

— Eu sou a última. A última que sabe a verdade.

— Sinto muito, Constance. — Não sei o que mais posso dizer.

— Ele virá atrás de você agora. — Ela pressiona os joelhos nos meus de forma proposital, testando seus limites um pouquinho. Eu não me afasto. — Ele não vai parar.

— Não, provavelmente não vai — respondo. — Mas eu também não vou.

Ela comprime os lábios e ergue o queixo um pouco.

— Você vai fugir pra sempre?

— Não é exatamente o que eu tinha em mente — digo. Uma ideia ousada está se formando na minha cabeça. — Talvez eu vá até ele antes que ele venha até mim.

15

O fogo se apaga conforme as horas passam e a noite se aproxima. Eu esperava que Constance risse quando contei que talvez eu vá atrás do rei antes que ele consiga me encontrar, mas ela fica quieta, me observando. Depois de alguns minutos, ela se inclina para a frente, cruzando os braços sobre as pernas. Eu tento não perder o foco.

— Minha mãe me contou que Gabrielle recebeu uma carta da Cinderela pouco antes de morrer, marcando um encontro aqui, nesta casa, quando estivesse escuro, mas quando Gabrielle apareceu, Cinderela estava sendo arrastada pelos guardas do rei.

— O que ela queria com esse encontro? — pergunto.

— Gabrielle a ouviu gritar que… — Constance faz suspense.

— Gritar o quê?

— Ela disse que o príncipe era uma maldição que caíra sobre Mersailles e que para salvar a todos era preciso impedi-lo.

— Mas ele está morto agora — digo. — E nada mudou.

Constance suspira e mexe no cabelo, que agora está solto sobre seu ombro.

— Você não pode ir para casa. Também não acho que valeria a pena voltar para o chalé da minha família, mas não tenho certeza do que fazer daqui pra frente. — Ela se levanta e vai até a pequena lareira, cutucando as brasas até que o fogo torne a queimar forte.

Iluminado por trás pelas chamas, seu corpo parece uma visão. Ela é alta e forte. Está com as mangas enroladas, e uma cicatriz larga e irregular cobre os músculos da parte superior do braço. Eles se tensionam enquanto ela atiça as chamas. Eu imagino como seria ter seus braços ao meu redor, e me pergunto se ela percebeu o quão fascinada estou por ela.

— Posso te perguntar uma coisa? — digo, tentando pensar em outra coisa.

— Sim. — Constance olha para o fogo, e só consigo ver o rosto dela de perfil; as maçãs do rosto se erguem, sorrindo. Ela percebeu que eu a estava observando.

— Você acredita em maldições?

— Não sei. E o que significa isso também, afinal? Quem é que conseguiria fazer algo assim?

— Alguém poderoso — digo, enquanto uma ideia vai tomando forma. — Talvez alguém que conseguisse transformar uma abóbora em carruagem, alguém que fosse capaz de encantar um par de sapatinhos de cristal.

— A fada madrinha? — Constance exagera cada sílaba. — Você está dizendo que ela poderia saber mais sobre a maldição que Cinderela contou a Gabrielle? — Ela não parece convencida.

— Talvez — respondo. — E pense nisso. Toda essa coisa da fada madrinha provavelmente é mais uma mentira. Que tipo de mulher tem o poder de transformar objetos e fazer um vestido se materializar do nada?

Constance encara o fogo, sem expressão.

— Uma bruxa.

Um arrepio corre pelo meu corpo. Eu me levanto.

— Uma bruxa?

Em Mersailles, a crença na magia é quase forçada em nós. As habilidades fantásticas da fada madrinha permeiam toda a história da Cinderela. Mas não conheço ninguém que tenha visto magia de verdade. Penso em Liv e seu prêmio na celebração bicentenária, a réplica da varinha. Ela acreditava sem questionar — assim como a maioria das pessoas — até mesmo nas partes mais fantasiosas da história.

Bruxaria é diferente. Nunca ouvi ninguém sugerir que a fada madrinha pudesse ter sido uma bruxa.

— Você sabe o que aconteceu com ela? — pergunto.

Constance dá de ombros.

— Quando a Cinderela morreu, a fada madrinha desapareceu. Houve rumores de que ela foi para o coração da Floresta Branca para viver seus últimos dias.

O plano de Luke para nossa fuga incluía nos aventurarmos na Floresta Branca. Penso no rosto dele enquanto os guardas o levavam embora. Meu coração volta a ficar apertado.

— Quero tentar encontrar alguém que a conheceu — digo. — Ela estava lá, e depois de tudo o que aconteceu, principalmente se aconteceu do jeito que você diz, deve haver algum tipo de registro. Talvez ela conhecesse pessoas da região?

— Estamos falando de uma mulher que viveu há quase duzentos anos — relembra Constance. — Qualquer um que a conheceu está morto agora.

— Você carregou a história da sua família todo esse tempo. Talvez algo parecido tenha acontecido com ela. Acho que devemos ir ao último lugar onde sabemos que ela esteve.

— A Floresta Branca? Você quer ir atrás de respostas lá? — pergunta Constance, a voz mais alta.

— Precisamos tentar. Ou, acho, *eu* preciso tentar. Você não precisa vir comigo, mas eu gostaria de ter a sua companhia. Se existirem outras pessoas como você e sua família, pessoas que carregam uma história assim, talvez possamos encontrá-las e elas possam nos ajudar a entender essa maldição.

— Você gostaria da minha companhia? — questiona ela.

Eu assinto.

— Não tenho como dizer não a isso — diz Constance suavemente. — Não acho que vamos conseguir, mas quem não gostaria de ficar sozinho em uma floresta assustadora com você? — Constance se aproxima e fica em frente a mim. — Já tive pessoas ao meu lado antes, mas nenhuma tão teimosa quanto você.

— Isso é uma coisa boa? — pergunto.

Ela gentilmente me empurra com o ombro enquanto passa por mim e fala em um sussurro, bem próximo da minha orelha:

— Acho que vamos descobrir.

Uma onda quente se espalha pelo meu corpo. Na minha mente, lembro do rosto de Erin e me sinto culpada de novo. Me afasto de Constance, envergonhada pelo meu comportamento. Ela retorce as mãos na frente do corpo e balança a cabeça como se tivesse feito algo errado.

— Partiremos amanhã — diz ela.

Eu assinto mais uma vez.

— Se ela estava no coração da Floresta Branca, acho que podemos simplesmente ir em direção ao meio e ver o que encontramos.

— Então não temos um plano de verdade. Nem mapa. Nada.

— Não é verdade — retruco. — Sei a direção, por alto, e meu plano é chegar ao centro da Floresta Branca viva, com você ao meu lado.

— Tudo em uma missão para derrubar o rei e seu reino? — pergunta Constance.

— Mais ou menos isso — digo, rindo.

Ela dá um sorriso largo, e consigo ver o lascado em um de seus dentes inferiores da frente, os olhos enrugados nos cantos. Quero passar o resto da noite conversando com ela, descobrindo cada mínimo detalhe a seu respeito.

— Bem, nesse caso, vamos precisar de descanso. — Constance tira as calças, e eu ajeito os cobertores para evitar encará-la.

Ela fica em um canto sobre uma pilha de cobertores perto do fogo, e eu ouço sua respiração diminuir até atingir um padrão lento e constante enquanto luto para aquietar minha mente. Fico deitada acordada, e a lua com seu rosto triste brilha sua luz etérea sobre mim através da janela da sala de estar. Liv nunca mais verá algo tão perfeito e bonito.

Tento dormir. Meu corpo dói e minha mente está cansada, mas toda vez que fecho os olhos, vejo Liv deitada naquela vala.

Acho que consigo ficar sem dormir por um tempo.

Fico sentada inquieta na cadeira, observando Constance dormir. Quero sair logo, mas não tenho coragem de acordá-la. Ela se mexe e se vira, os olhos ainda fechados, os lábios entreabertos, o cabelo uma rede de cachos pequenininhos espalhados debaixo da cabeça como uma almofada carmim.

Seus olhos se abrem.

— Bom dia — digo.

— Bom dia. — Constance esfrega os olhos, se sentando, suas pernas nuas saindo de baixo do cobertor. Ela me dá uma olhada. — Você não dormiu, não é?

Balanço a cabeça.

— Estou ansiosa para sair.

Ela fica de pé e se espreguiça.

— Deveríamos ir para a cidade pegar mantimentos. — Constance deixa o olhar passar sobre mim, dos pés à cabeça. Ainda estou usando as calças e a túnica que ela me deu no túmulo da Cinderela. Ela sorri. Um pequeno arrepio pulsa em mim. — Você já está vestida. Eu só preciso de um minuto.

Constance vasculha um grande saco de estopa no canto do cômodo, pegando uma bola de roupas amassada, que joga em uma cadeira. Ela se vira para a bolsa e pega um par de botas para adicionar às vestes e à túnica.

— Onde você arranjou tudo isso? — pergunto.

— Você sabe como as pessoas são. Elas vão nadar, querem se exibir um pouco, então se despem e mergulham. Elas quase nunca deixam as roupas em um lugar seguro, e mais de uma vez eu encontrei um par de calças em ótimo estado.

Ergo uma sobrancelha e solto uma risada. Pelo volume do estoque dela, há ao menos seis ou sete pessoas nuas em algum lugar na floresta. Ela pega um par de calças bem parecido com o meu, exceto que o dela só fica no lugar com a ajuda de um suspensório de couro.

— Bem, o que você acha? — pergunta ela.

Não posso evitar sorrir.

— Você está adorável. — O franzir imediato na testa dela me faz temer tê-la ofendido. — Não, é que... quero dizer que você está bonita. Você está ótima.

— Não é bem o que eu pretendia. Duas mulheres viajando sozinhas atrairiam atenção demais — diz Constance, vestindo um par brilhante de botas pretas de montaria. Ela me joga um casaco de lã forrada. — Essas roupas são nossa melhor chance de sair da cidade sem que ninguém perceba.

Olho para o meu peito.

— Não vou enganar ninguém vestida assim.

Constance não tenta esconder o sorrisinho que se espalha em seus lábios.

— Deixe sua camisa solta na frente, e não a coloque para dentro da calça.

Minhas bochechas queimam.

— Vamos trançar seu cabelo para trás, e se você usar uma touca e ficar de cabeça baixa, não teremos problema.

Constance me coloca em uma cadeira na frente do fogo. Ela fica atrás de mim e passa os dedos pelo meu cabelo, repartindo-o e trançando as partes soltas para que fiquem rentes à minha cabeça. Às vezes, quando eu era pequena, minha mãe trançava meu cabelo assim, decorando as pontas com continhas de vidro, cantando para si mesma enquanto trabalhava e puxando meu couro cabeludo um pouco demais quando eu cochilava ou tentava fugir. A lembrança machuca.

Constance repete o processo de uma orelha à outra, juntando as pontas em um coque apertado e baixo. Enquanto ela termina, seus dedos tocam a pele sensível da minha nuca e enviam um arrepio pelas minhas costas.

O toque final é uma touca de lã larga, ajustada na minha cabeça. Constance pega um espelho pequeno na bolsa, entrega-o a mim e me olha, orgulhosa de sua obra. Eu entendo por que ela está tão confiante nesse disfarce. Qualquer um que passe por mim na rua pode achar que sou apenas mais um rapaz.

— Talvez eu precise da sua ajuda para ajeitar meu cabelo — diz Constance. Ela se senta e separa uma parte. — Segure o restante enquanto eu tranço esta parte.

Fico de pé e reúno o cabelo dela, quase trinta centímetros mais longo que o meu, atrás do ombro. Ele é macio e grosso, com perfume de água de rosas, e deixo minhas mãos ficarem em seus cachos. Estou atraída por ela, e fico esperando que Constance me diga as mesmas coisas que Erin — que quero algo impossível —, mas ela não faz isso, e fico tonta de entusiasmo, embora dividida pela culpa que sinto.

Quando ela termina de trançar o cabelo, não consegue fazer as pontas caberem debaixo da touca, então apenas as escondemos nas costas da camisa. Ela então enrola um lenço grosso no pescoço.

— Olhe para nós. — Constance dá uma viradinha. — Gosto mais dessa roupa do que de qualquer vestido que tenha. — Ela enfia a mão no bolso e sorri.

— Eu gosto de vestidos — digo. — Mas também gostaria de usar isso às vezes.

Constance sorri, e fico desnorteada com o quanto ela está linda.

Balanço a cabeça. Preciso me conter.

— Vamos ao mercado — diz Constance. — Tenho uma carroça pequena. O cavalo deve dar conta.

Eu a sigo até o lado de fora da casa, onde o cavalo está amarrado. Enquanto ela carrega a carroça com seus pertences, percebo que a casa está construída em um terreno quadrado, cujo interior abre para o pátio. Há uma árvore enorme que está no meio, de um tipo que nunca vi, os galhos descansando no telhado da casa. Seu tronco gigantesco é tão amplo quanto os das árvores que ladeiam a entrada, mas esta tem uma cor diferente. Em vez dos tons apagados de marrom que marcam os troncos das outras, este é cinza-prateado com retalhos de amarelo-dourado na parte de baixo dos galhos. Uma cortina de musgo pende dela, e o chilrear dos pardais que fixaram residência em sua ampla copa chega até nós.

— Ali é onde a mãe da Cinderela está enterrada — diz Constance, gesticulando para a árvore. — Na história, ela sequer tem um nome.

Como se seguindo um comando, o vento sopra, empurrando o musgo para revelar uma pequena lápide de mármore na base da árvore. Constance vai até a lateral da casa e colhe um grande punhado de lírios silvestres. Ela o arruma em um buquê enquanto eu a sigo até a lápide, que diz: Alexandra Hochadel, Amada Mãe, Esposa e Amiga.

— Eu queria saber mais sobre ela — diz Constance, colocando o buquê na lápide.

— Por que você acha que ela foi deixada de fora da história? — pergunto.

— Porque ela era determinada? Inteligente? Disposta a morrer pela família? Pode escolher. Qualquer uma dessas razões é boa o suficiente para garantir que ela fosse apagada. — Constance se levanta e olha para a árvore. — É linda, não é?

— É sim — respondo.

— Aparentemente, o broto nasceu na noite em que Cinderela escapou para o baile.

Sou tomada pela noção de que a árvore está observando, escutando, como uma coisa viva.

— Estranho — digo.

— Estranho, de fato — concorda Constance.

Um vento forte me faz puxar meu casaco para que cubra meu pescoço. Meus dedos tocam o colar que meu pai me deu, e suas palavras duras voltam a soar na minha cabeça. Eu tiro o colar e o coloco na lápide. Se lembrar da mãe de Cinderela é considerado um ato de rebeldia, estou feliz por fazê-lo.

16

Estamos a dois quilômetros do centro da cidade, sentadas lado a lado. A cada buraco na estrada, minha apreensão cresce. O que acontecerá se os guardas na cidade descobrirem que eu sou a garota que eles estão procurando? Eu seria presa com certeza, mas talvez minha punição fosse ainda pior. E o que aconteceria com Constance? Já decidi que qualquer forma de existência é melhor do que a que eu estava vivendo, mas não quero que Constance precise sofrer por isso.

— Parece que você está com a cabeça cheia — comenta Constance, olhando para mim por debaixo da touca enquanto conduz o cavalo até a cidade.

— Estou. Tudo parece diferente para mim agora. Eu não tinha a intenção de que tudo isso acontecesse, sabe? Quando saí do baile, eu só queria me afastar de toda aquela loucura.

— É assim que as coisas acontecem às vezes — diz Constance, pensativa. — Algo pequeno. Uma escolha que fazemos porque, no momento, era necessário. Mas isso não significa que tenha menos importância. Eu acredito que as coisas acontecem por um motivo, Sophia. Se você não tivesse saído do baile naquela hora, nós nunca teríamos nos conhecido.

— Deve ser o destino — digo. Ela assente. É reconfortante saber que ela está do meu lado. — Nesse tempo com você, tive um vislumbre de como é não ter que medir o que digo ou fingir ser algo que não sou. — Quero ser honesta, mas me sinto muito exposta, como se estivesse mostrando a ela as partes mais frágeis e secretas de mim.

Constance aperta a minha mão, fazendo com que aquela faísca já familiar percorra meu corpo mais uma vez.

— Minha mãe me ensinou que sou uma pessoa completa com ou sem marido — diz ela enfaticamente. — Quem eu sou por dentro e como trato os outros são as únicas coisas que importam. A mesma coisa vale para você. Não deixe ninguém te dizer o contrário.

— Sim, senhora — digo, sorrindo. Outra pergunta aparece na minha cabeça enquanto a carroça balança na estrada. — Então você gostaria de ter um marido? Ou pelo menos consideraria isso uma opção? — Eu tento soar curiosa e esconder o quão incrivelmente nervosa estou para saber a resposta.

Constance faz uma pausa.

— Não. Isso não é para mim.

Eu não a pressiono, embora minha mente fervilhe com dezenas de perguntas.

— Posso ser sincera com você? — pergunta ela.

— Achei que era isso que estávamos fazendo — digo.

— Não quero só direitos iguais em Lille. Quero muito mais do que isso.

Eu olho para Constance, confusa.

— Direitos iguais parecem muito bons para mim.

— É um começo — diz ela. — Mas você sabe o que vai acontecer? Teremos que forçar as pessoas a nos dar o que queremos.

— Quando você diz nós, você quer dizer você e eu? — pergunto.

— Sim, mas há outras pessoas — explica Constance. — Ao menos, havia.

Eu endireito a postura.

— Outras?

— Não muitas, mas sim. Outras. Pessoas que conseguiram escapar do rei, a maioria mulheres que acham que não tem nada a perder. Você ouviu falar do incidente em Chione?

— Aquilo foi você também? — pergunto, totalmente chocada.

— Não. Foi a Émile, uma aliada minha. Mas ela se foi agora.

Os folhetos que o rei espalhou deixaram óbvio que as pessoas responsáveis foram executadas. Sei pela expressão de Constance que ela também os viu.

— Os vigias guardam cada canto da fronteira — digo. — Ninguém entra ou sai sem a autorização do rei.

— Nem todas as fronteiras de Lille são tão vigiadas assim. A fronteira oeste que leva à Floresta Branca tem apenas duas torres e os guardas são complacentes. Eles acham que o medo da floresta é suficiente para manter as pessoas longe. — Constance faz um murmúrio de desdém. — O palácio subestima a engenhosidade das mulheres forçadas a ficar em um lugar escuro e perigoso.

Me lembro do marido da costureira, de como ele ficara completamente ofendido só de pensar que ela pudesse ter ficado com um centavo que fosse do dinheiro que ganhara. Penso em seu filho aterrorizado e no hematoma no pescoço dela. Essas coisas podem ser suficientes para fazer alguém arriscar uma travessia ilegal.

— O que você acha que precisa acontecer em Lille? — pergunto.

Ela me encara, seus olhos castanhos brilhando, um olhar sério no rosto.

— Acho que precisamos queimar tudo e recomeçar. Todo o sistema, os ideais que foram integrados a esta sociedade. Tudo tem que acabar.

— Isso parece uma coisa impossível de fazer — observo.

— Se eu tivesse te dito há uma semana que você fugiria do baile a pé e encontraria o túmulo da Cinderela, o que você teria falado?

— Eu diria que era impossível. — Olho em sua direção. — Mas há uma semana eu não te conhecia. Se não fosse por você, talvez eu nem tivesse conseguido sair do túmulo.

— E se não fosse por você, eu poderia não estar indo para a Floresta Branca para encontrar o que sobrou da única mulher que conhecia toda a verdade sobre por que Cinderela foi até o palácio aquela noite, ou sobre que maldição afligiu o Príncipe Encantado e o que isso significou para nós todos esses anos. — Constance sorri. — Somos nós duas juntas que faremos a diferença.

Nunca fui boa em me diminuir — e talvez com Constance eu não precise fazer isso. Eu quero tirar o rei do trono, e ela vai me ajudar.

17

Entramos na cidade e passamos rápido pelas ruas, mantendo a cabeça baixa. As pessoas estão cuidando de suas vidas como se há um dia suas filhas não tivessem sido arrancadas deles, como se Liv não tivesse morrido. Fico ressentida por estar aqui de novo.

O mercado está barulhento e cheio, como sempre. Gritos do leilão de gado se misturam ao bate-papo mundano dos outros presentes, e isso me irrita. Mesmo com a multidão de pessoas circulando e quase nenhuma delas olhando na minha direção, tenho medo de que o disfarce não seja bom o suficiente. De que alguém me reconheça. Constance para a carroça em um beco entre duas lojas e desce.

— Vamos precisar de uma saca de arroz e alguns tubérculos, coisas que durem por alguns dias ou mais. — Ela coloca um punhado de moedas de prata na minha mão e ajeita minha touca, deixando seus dedos passarem por minha orelha e pela lateral do meu pescoço. Uma onda de prazer surge dentro de mim. — Encontre comigo aqui na carroça em trinta minutos. Não pare. Não fale com ninguém se você puder evitar. Tente se misturar. — Constance aperta meu ombro e vai embora.

O mercado fica na praça da cidade, onde todos os vestígios das celebrações bicentenárias foram retirados. Barracas maiores circundam a borda externa da área, e pequenas bancas e tendas lotam o interior. O cheiro de esterco paira no ar, e a manhã mais quente do que o normal o deixa particularmente forte.

Os comerciantes gritam, anunciando suas mercadorias, nenhum deles prestando atenção aos arredores. Observo um menininho enfiar no bolso uma colher de prata, enquanto o homem dessa mesa barganha com um de seus clientes. Meu primeiro instinto é alertar o comerciante, mas quando ele faz um comentário sobre o tamanho da saia de uma menina e como suas pernas são simplesmente convidativas demais para resistir, eu me interrompo. Ele merece ter suas coisas roubadas.

Abrindo caminho pela multidão, ouço partes das conversas das pessoas.

— ... foi até lá usando o vestido da mãe. Eles a encontraram em uma vala. Ela se matou. — O homem está rindo tanto que suas bochechas estão vermelhas e uma camada fina de suor cobre sua testa. Eu desvio o olhar. A raiva familiar toma conta e faz meu rosto esquentar.

— ... elas eram lindas, o melhor grupo dos últimos anos. Ouvi dizer que um barão de Chione escolheu duas esposas.

— Isso é permitido? Duas de uma vez? — Ouço uma mulher perguntar.

Reduzindo a velocidade, torno a erguer o rosto. O marido dela lhe lança um olhar penetrante e vira de costas para a mulher.

— Eu teria pegado duas se tivesse pensado nisso na época, mas agora preciso aturar você. — O marido e seus amigos riem enquanto a mulher dá um daqueles sorrisos falsos, a boca repuxada e os olhos sérios. Conheço esse sorriso, e um pedacinho de mim morre toda vez que preciso usá-lo.

Saio logo de perto para me afastar deles. Constance está certa. Mesmo que encontremos uma maneira de acabar com o reinado de Manford, os homens não vão de repente parar de passar a mão nas mulheres, ficar quietinhos ou permitir que elas tenham os mesmos direitos que eles. Teremos que lutar por isso, e não consigo deixar de imaginar qual será o custo.

Sigo em frente e encontro a barraca que vende grãos. Sacos e barris de tudo, desde centeio e trigo a farinha e arroz, estão empilhados. Um menininho espanta os ratos para longe dos sacos, e há um homem mais velho sentado à mesa de madeira na frente da barraca. Ele não ergue a cabeça quando me aproximo.

— Com licença — digo, antes de me interromper. Minha voz com certeza vai me denunciar. Eu finjo tossir, cobrindo a boca com a mão e a usando para abafar minha voz. — Preciso de um saco de arroz.

— Dois ou quatro quilos? — pergunta o homem, olhando para cima.

— Quatro — respondo.

Vamos levar o quanto formos capazes de carregar. Continuo a fingir uma tosse.

— Você está bem? — pergunta ele.

Eu me repreendo. Estou tentando evitar suspeitas, mas consegui provocar a dele. Pigarreio.

— Sim, estou bem.

O homem fica de pé e se inclina por sobre a mesa. Eu dou um passo para trás.

— Sua voz... é toda melódica. É sempre assim?

Agora ele está sendo intrometido. O menino arrasta o saco de arroz enquanto eu jogo quatro moedas na mesa. Pego o saco pela alça de tecido, assinto para o homem e me afasto rápido. Olho para trás e o vejo coçando a cabeça e esticando o pescoço na minha direção. Ele sabe que algo está errado.

Eu ajeito o saco na carroça e me encosto na parede, esperando ansiosamente pela volta de Constance. Se o homem me seguiu, não consigo distingui-lo entre tantos rostos. A multidão se move, mulheres carregando crianças, homens conversando com os amigos. Minha mãe talvez esteja por aqui em algum lugar. Procuro na multidão, e um rosto familiar surge.

Erin.

Eu nem considerei que ela pudesse estar aqui.

Paro antes de chamá-la, um hábito que não tenho mais o luxo de praticar. Olho para ela através dos rostos desconhecidos, e ela se vira na minha direção como se respondesse ao meu chamado silencioso. Quando os olhos dela encontram os meus, ela parece confusa, mas eu estou horrorizada.

O olho esquerdo de Erin está inchado, o lábio inferior também, e ela tem um hematoma no lado direito do pescoço. Eu dou um passo à frente, tentando ter uma visão melhor. A confusão se torna reconhecimento, e ela sorri. Mesmo com o disfarce, ela me conhece. Erin sussurra algo para o homem que está ao lado dela e rapidamente ziguezagueia pela multidão em minha direção, ficando no canto da parede. Ela puxa o capuz da capa de forma que cubra seu pescoço e olha para baixo enquanto fala.

— Achei que você estava morta — sussurra ela. — Eu estava tão preocupada. Não consigo expressar o quanto estou feliz por ver você.

— Erin, o que aconteceu com o seu rosto?

— Estou prometida agora, Sophia. Não é maravilhoso? — Ela sufoca as lágrimas.

— Você foi escolhida? — pergunto.

É óbvio que foi. Erin é tudo o que eu sempre quis. O fato de mais alguém vê-la dessa forma não me surpreende. Só não quero acreditar que alguém que a escolheu a machucaria.

— Sim, na primeira rodada. Meu pai está nas nuvens.

Como é que o pai dela pode estar feliz? Ele viu o rosto dela?

— O que ele fez com você?

— Não se preocupe comigo — responde ela, mexendo em sua bolsa.

— Você está prometida há pouco mais de um dia e seu rosto já está...

— Shh! — Erin apoia as costas na quina da parede, seu ombro quase tocando o meu. — Saia daqui. — Ela olha para mim, e meu coração se parte. — Mesmo nessas roupas, você é linda, Sophia. — Ela está tentando mudar de assunto.

As lágrimas fazem meus olhos arderem.

— Venha comigo. Estamos indo embora. Você pode vir com a gente.

— Não posso. Meu pai me deserdaria. Você soube o que aconteceu com Liv?

Eu assinto.

— Ela está em um lugar bem melhor do que você e eu... ou talvez só melhor que o meu. — Erin força um sorriso através da torrente de lágrimas. Ela esconde o rosto nas mãos e eu toco seu braço. — Eu queria que as coisas fossem diferentes, mas sei que é impossível. Ele pagou um preço alto por mim.

— O quê? Quem?

— Meu prometido. Ele pagou seis meses de despesas para garantir que me teria.

— Erin, eu... — Não consigo falar.

— Se eu não ficar com ele, tenho certeza de que ele reclamaria com o rei, e minha família seria responsabilizada. Não posso fazer isso.

— Você sabe o que aconteceu com Luke? — pergunto. — Sabe para onde podem ter levado ele?

— Provavelmente para a ala de execuções — diz Erin, desviando o olhar. Eu me enrijeço, e o rosto dela suaviza um pouco. — Sinto muito.

Lágrimas silenciosas descem por meu rosto, e então essa tristeza de súbito se torna uma raiva ardente no meu estômago. Eu me movo na direção dela e agarro sua mão; ela consegue se libertar do meu toque e se afasta. Não me importo se a família dela for arruinada. Não me importo se o noivo dela reclamar. Procuro por ele na multidão e me pergunto se conseguiria atropelá-lo com a carroça e fugir antes que alguém avisasse aos guardas.

Erin balança a cabeça.

— Este lugar vai te destruir se você ficar. Se você pode fugir, deveria fazer isso. Por favor, Sophia, por favor, vá.

Erin desaparece na multidão, reaparecendo um momento depois ao lado do noivo. Ele enlaça a cintura dela, e então percebo que sei quem ele é. Édouard. E os homens virando o rosto como se não pudessem olhar para Erin são Morris e seu amigo. Estou enojada.

Constance aparece ao meu lado. Ela tem uma adaga pequena e vários outros itens em uma bolsinha de couro. Vira tudo na palma da mão e enfia os itens alegremente nos bolsos. Ela segue meu olhar até Erin.

— Você a conhece? — pergunta.

Rapidamente, seco as lágrimas.

Assinto, e Constance coloca a mão no meu ombro, me olhando com atenção.

— Você está com raiva. Entendo, mas não podemos fazer uma cena aqui. Seríamos presas na mesma hora.

— Ele fez aquilo com ela. — Aponto para Édouard, que agora está acariciando o pescoço de Erin de um jeito possessivo. Quero quebrar sua cara arrogante.

De repente, o som das trombetas interrompe o burburinho. Constance me puxa de volta para a parede enquanto uma fila de guardas reais marcha para o mercado, empurrando as pessoas e mesas para abrir caminho para a procissão. Atrás dos numerosos guardas, o rei Manford aparece em um corcel branco como a neve, mantendo o queixo erguido. Todos se curvam. Constance me puxa para baixo, e as trombetas soam de novo. Será que ele está aqui por minha causa? Não, não pode ser. Olho de relance para a carroça. Podemos sair correndo, mas Constance segura meu braço com força, balançando a cabeça.

— Se corrermos, vamos morrer — sussurra ela. — Não se mexa. Não faça nenhum barulho.

Mantenho a cabeça baixa enquanto o rei desmonta e anda devagar na frente da multidão.

— Estou tão desapontado — começa ele. — O baile é uma tradição sagrada. Mas, como tenho certeza de que vocês já sabem, a noite da festividade não aconteceu de acordo com os planos.

Meu coração acelera.

— A desobediência tem consequências. Pensei que todos soubessem disso. — Ele pousa a mão no cabo da espada e encara a multidão. — Parece que vocês precisam de um lembrete.

18

Um silêncio se alastra pela multidão, e quando o rei se vira na minha direção, eu rapidamente abaixo a cabeça e encaro o chão.

— Vocês não respeitam as leis que foram definidas para vocês? — pergunta o rei.

É óbvio que ele não está atrás de uma resposta sincera, mas alguém na multidão se pronuncia.

— Respeitamos sim! — Uma mulher sai da multidão e faz uma reverência na frente do rei. — Alteza.

Quando ela se endireita, vejo que o rei está sorrindo de uma maneira que me surpreende. Ele parece feliz em vê-la.

— Lady Hollins. — O rei pega a mão dela e a beija.

— Somos gratos por sua benevolência — diz a mulher. — Estamos indignados que alguém entre nós o desafiou tão descaradamente. Não aceitaremos isso.

Não sei por que ela sente a necessidade de tal exposição pública, mas está se esforçando para afirmar a lealdade a ele, e o rei presta atenção. Conforme a observo, fica óbvio que ela acredita em cada palavra que está dizendo.

— Nossas tradições são sagradas — diz o rei. Com um gesto sutil, ele dispensa Lady Hollins, e ela volta ao seu lugar na multidão. — Nossos costumes são absolutos — continua ele. — Príncipe Encantado salvou Mersailles da devastação, salvou nossa amada Cinderela de uma existência perdida, e nós o honramos ao continuar a seguir o exemplo que ele nos deu. Meus predecessores e eu definimos as leis para o seu bem, e como é que vocês retribuem essa gentileza? Me desafiando. — A voz dele assume um tom sombrio que me faz tremer. — Uma de vocês deixou o baile sem permissão. Ela foi localizada e despachada.

Constance olha para mim.

Mentiroso.

— No entanto, fiquei sabendo que uma das pessoas boas aqui presentes pode ter ajudado essa garota a escapar. E isso, meu humilde povo, não pode ficar impune.

Atrás dele, uma carroça aparece. Nos fundos está uma mulher usando um vestido esfarrapado, com os pulsos atados e um capuz na cabeça. O guarda tira a prisioneira da carroça com gestos brutos e a força a se ajoelhar diante do rei. Ele retira o capuz dela, revelando o rosto manchado de lágrimas da costureira. Dou um passo à frente, e Constance quase quebra meu braço ao tentar me manter no lugar. O que é isso?

— O marido desta mulher me informou que a garota que deixou o baile foi até o ateliê para buscar os serviços desta costureira — diz o rei, enfurecido. — E ele, sendo o indivíduo diligente e leal que é, percebeu que os lucros de sua esposa estavam baixos. É da minha opinião que ela ajudou a fugitiva, dando-lhe dinheiro para custear a viagem.

A costureira balança a cabeça rapidamente.

— Não é verdade! — chora ela. Seus olhos estão vermelhos, e ela treme de forma violenta.

— Você está me chamando de mentiroso? — acusa o rei.

A mulher deixa a cabeça tombar, derrotada.

— Não, Alteza. Eu jamais faria isso.

Mas ele é. Ele é um mentiroso.

— Havia ou não uma jovem no ateliê? — pergunta o rei.

— Havia muitas jovens no meu ateliê, Alteza.

— *Seu* ateliê? — o rei parece perplexo. — Seu marido é o dono do ateliê, não é?

A costureira assente.

— Aqueles que ajudam uma fugitiva são tão culpados quanto ela — grita o rei, olhando para a multidão enquanto o povo de Lille se encolhe de medo. — Como posso fazer vocês entenderem que simplesmente não vale a pena tentar me desafiar? Vocês não têm como vencer.

Ele caminha até uma menininha na frente da multidão, que deve ter uns dez ou onze anos, e segura o queixo dela.

— Sorria. Você é muito mais bonita quando sorri.

Não consigo ver o rosto dela, mas a garota deve assentir, porque o rei sorri para ela de uma maneira que faz minha pele se arrepiar.

Um homem parrudo de capuz preto fica atrás da costureira. Ele segura um machado brilhante, sua lâmina tão larga quanto uma roda de carruagem, e, embora o céu esteja nublado, ela brilha.

— Fique olhando para lá — diz o rei Manford para a garota, apontando para o homem.

Tenho uma lembrança, tão apagada que mal posso vê-la em minha mente. Minha mãe, eu — ainda uma garotinha —, uma multidão reunida na praça. Minha mãe imóvel à medida que um homem de capuz preto atravessava a multidão. Ela tapou meus olhos enquanto arquejos soaram de todos os lados.

Isto é uma execução.

— Não… — A palavra sai quase silenciosa dos meus lábios, como se soubesse que é melhor não ser ouvida.

Um murmúrio se espalha pela multidão, e o rosto de Constance congela em uma expressão de horror e nojo. Um guarda rola um toco na frente da costureira e empurra sua cabeça para a chapa de corte improvisada.

O rei olha para ela.

— Diga-me, mulher. Ajudar uma camponesa estúpida a fugir de seu destino valeu a sua vida?

Eu não consigo respirar. Ela não fez isso, mas o que ela poderia dizer?

— Se minha vida pudesse servir a um propósito — começa a mulher, erguendo a cabeça um pouco e olhando diretamente para o rei —, então que seja. Eu morreria para dar até mesmo a apenas uma pessoa a chance de fugir de você.

A multidão arqueja. As pessoas passam a se entreolhar.

O rosto do rei se contorce em uma carranca medonha.

— E você fará isso — diz ele.

O rei gesticula, e o homem de capuz ergue o machado. Ele se equilibra ao erguê-lo, hesita, e então o desce de uma vez, em um só movimento. A cabeça da costureira cai no chão sujo.

Um grito sufocado escapa da minha garganta, mas o som nasce e morre no mesmo instante. Há mais arquejos da multidão, o som de alguém vomitando, chorando. O rei monta em seu cavalo e encara as pessoas.

— Lembrem-se do que viram aqui. A vida dela era inútil, e ela morreu por conta da própria imprudência. Suas vidas são um presente meu. E eu permitirei que vocês as tenham enquanto as leis forem obedecidas.

Ele enfia os calcanhares nas laterais do cavalo e cavalga para longe, acompanhado dos guardas.

Eu caio de joelhos e olho para o céu.

Isso é culpa minha. Fui ao ateliê pegar as fitas e deixei minha teimosia, meu ódio às leis do rei, interferirem naquela tarefa simples. Eu só quis ajudar a costureira e o filho dela. O filho. Será que agora o pai vai bater no garoto, se é que já não bate?

Constance enlaça minha cintura e me ajuda a levantar. Mal sinto o chão debaixo dos meus pés. Eu apenas a encaro em silêncio e horror.

— Precisamos sair daqui agora — diz ela.

É por isso que ninguém se impõe. Manford não tem escrúpulos em matar alguém por capricho. Poderia ser qualquer um de nós. Estamos ocupados demais tentando sobreviver para nos preocupar com qualquer outra coisa. Corremos para a carroça, e eu começo a subir.

— Ah, mas espera aí — rosna uma voz.

Sou puxada para trás e caio no chão duro. Uma dor abrasadora toma a lateral do meu corpo. Minha touca cai, e as tranças se soltam.

— Eu sabia que você era uma mulher.

O homem da barraca de grãos está de pé diante de mim, me olhando ameaçadoramente. Ele me agarra pela lapela do meu casaco e me atira contra a parede do beco. Minha cabeça bate no tijolo, e minha visão fica borrada.

— E não é que você é uma coisinha bonita? — O homem assobia, soprando seu hálito rançoso no meu rosto. — Por que você está vestida como um homem?

As pessoas passando nos olham, mas ninguém para. Minha cabeça pulsa a cada batida do meu coração.

— Tire as mãos de mim — digo. Enfio os dedos nos braços dele, mas ele não se mexe.

— Mulheres não têm permissão para ficar com dinheiro nenhum. Onde você arranjou aquelas moedas? Você as roubou, não foi? Você não viu o que acabou de acontecer? Deve ser uma tola para...

De repente, o corpo dele endurece. Uma lâmina brilhante pressionada contra sua garganta o convence a me libertar. Enquanto Constance continua a guiá-lo para a parede do beco, eu recoloco a touca, enfiando por baixo dela as pontas soltas das minhas tranças. Estou tonta pela dor cortante na lateral do corpo. Os olhos do homem vão e voltam entre mim e Constance.

— O que vocês duas estão tramando? — pergunta ele. Um filete de sangue desce por seu pescoço.

— O que te faz pensar que pode colocar suas mãos nela? — A voz de Constance se torna sombria, cada sílaba pausada. A mão dela não se mexe.

— Você vai me matar, mulher? — pergunta o homem, incrédulo. Ele não acha que ela fará isso, mas eu tenho certeza que ela vai.

— Eu poderia — sussurra Constance, os lábios próximos à orelha dele. — E com facilidade. Te abrir que nem um peixe e deixar suas vísceras caírem no chão. Suspeito que nem os cachorros tocariam nas suas entranhas, seu homenzinho desprezível.

Enquanto ela se afasta dele, o homem percebe algo nos olhos dela que o faz levá-la a sério pela primeira vez.

— Não — diz ele. — Você não quer me machucar de verdade. Uma moça bonita como você não faria isso.

O canto da boca de Constance treme.

— Você tentando me elogiar quando eu estou com uma lâmina na sua garganta me faz querer cortá-la e poupar o mundo da sua ignorância.

Ouço um som parecido com água pingando na calçada e vejo que ele mijou nas calças. O poder de Constance é como uma espada, um poder que eu nem sabia que era possível ter. Fico maravilhada com ela.

— Vamos — sussurro. Tenho certeza que alguém nos verá se ficarmos aqui tempo demais.

Constance afasta a faca do pescoço dele.

— Eu não ia querer sujar minha lâmina. — Ela dá um passo para trás, e o homem respira fundo.

— Ainda bem pra você, senhorita. Ouso dizer que quando as autoridades souberem sobre isso, você será enforcada, mas...

Constance ergue a faca e bate com o cabo no topo da cabeça do homem, fazendo um *crack!* alto ecoar pelo beco. Ele cai de cara no chão, murmurando algo incoerente. Nós subimos na carroça e conduzimos o cavalo para a estrada principal.

— Você acha que ele está morto? — pergunto, tentando decidir se me importo.

— Não — responde Constance, e, pelo seu tom de voz, ela parece bastante desapontada com isso.

Nunca vi uma pessoa tão habilidosa com uma faca, e se ela teve medo ao ameaçar aquele homem, com certeza não demonstrou.

— Espero que a dor de cabeça que ele tiver quando acordar nunca passe — continua ela. — E quem era aquela mulher da multidão? Lady Hollins?

— Nunca a tinha visto antes — respondo.

— Ela teria traído qualquer um de nós em um piscar de olhos — diz Constance. — Pessoas como ela são uma ameaça maior do que a maioria.

Paramos a meio quilômetro da fronteira oeste da cidade. As torres de vigia nos aguardam. Essa é a primeira vez que me aproximo delas com a intenção de passar despercebida.

— Como passaremos? — indago.

Constance coloca a mão no alforje e pega uma garrafa pequena e bulbosa feita de argila. A parte superior se afunila até uma ponta com um pedaço de pano enrolado como uma corda, enfiado dentro da abertura.

— Vamos precisar de uma distração — diz Constance, sorrindo de um jeito que seria engraçado se eu não estivesse tão nervosa com o fato de termos que passar pelos guardas.

Chegamos a uma pequena inclinação no caminho. As árvores que o ladeiam criam um corredor que leva direto à fronteira e à quase impenetrável escuridão da Floresta Branca. Dois guardas do palácio patrulham a parte plana entre as duas torres. Não há cobertura nem lugar algum para se esconder.

— Vou acender isso na base da torre — sussurra Constance, apontando para um dos pontos mais distantes à nossa esquerda. — Assim que explodir, avançamos com a carroça pelo caminho.

— Assim que o que explodir? — Torno a olhar para a garrafinha de argila.

— A bomba. — Ela ergue a garrafa, sacudindo-a como se eu já devesse saber o que é.

— Você fez isso? — perguntei.

— Óbvio — responde ela, tranquila. — Minha mãe me ensinou.

— Minha mãe me ensinou a fazer pão.

O canto da boca dela se ergue.

— Bem, isso também é útil.

— Eles vão nos seguir — eu digo, meu coração batendo forte no peito.

— Não vão não — retruca Constance. — Eles nem vão nos ver, e, mesmo que vejam, eles têm medo do que tem para lá, então não vão nos seguir.

— Isso não me faz sentir melhor.

— Fique na carroça — diz Constance. — Se prepare. O pavio vai queimar por cinco minutos, o que deve me dar tempo suficiente para voltar aqui e atravessar com você.

Imaginei minha fuga de Lille um milhão de vezes. Mas em nenhum momento pensei no tanto de medo que sentiria se realmente conseguisse uma chance de fugir.

— É arriscado — afirma Constance, lendo minha expressão. — Mas às vezes essa é a única maneira de fazer as coisas. Assumir o risco, acender o pavio. E seguir em frente. — Seu otimismo implacável arrefeceu um pouco, e vejo um lado dela tão determinado e feroz que eu estaria assustada se não estivesse tão inspirada. Ela salta e desaparece nas árvores ao lado da trilha.

Agarro as rédeas enquanto observo o caminho à minha frente. É uma linha reta diretamente para dentro da Floresta Branca. Olho para trás. Não há nada lá para mim além de uma longa lista de motivos pelos quais eu preciso encontrar um jeito de acabar com Manford.

Em frente.

19

— Estou cansado dessas patrulhas — diz um homem. — Ninguém vem para cá.

Eu congelo. A voz se aproxima. Posso ver a silhueta de dois homens passando pela trilha. Eu desço rapidamente para a reentrância rasa ao lado da estrada e me pressiono na terra úmida, tentando não respirar.

— Estamos aqui porque o rei não acha que somos bons o suficiente para outros postos — diz outro homem.

— O que é isso? — escuto o primeiro homem perguntar.

— Uma carroça — responde o segundo. — Sem passageiros. Você deixou alguém passar?

— Não — diz o outro.

Chego ainda mais perto do chão e evito que meu corpo trema enquanto os passos se aproximam. O cheiro bolorento da terra enche minhas narinas e minha boca.

— Por aqui — fala uma voz que soa como se estivesse diretamente acima de mim. Eu fecho as mãos em punho e me preparo para lutar.

Um barulho parecido com o de um canhão ecoa longe. O chão treme com o estrondo, e os homens próximos à carroça gritam, correndo em direção ao som. De repente, um par de braços me puxa. Luto para colocar minhas mãos ao redor do pescoço da pessoa.

— Sou eu — grita Constance. — Vamos!

Nós pulamos na carroça e eu agarro as rédeas, estalando-as rapidamente. O cavalo dispara em linha reta. Constance olha para trás enquanto os guardas ficam parados na base da torre, gritando e tropeçando em si mesmos. Ela agarra a lateral da carroça para evitar cair enquanto nós desaparecemos dentro da Floresta Branca.

O chão se torna irregular, e o cavalo desacelera um pouco.

— Precisamos continuar em movimento — diz Constance.

Uma sensação de mau presságio permeia a floresta à medida que a luz no céu começa a desaparecer, colocando a escuridão sombria ao nosso redor. Constance olha para trás conforme adentramos mais a floresta. Quando ela tem certeza de que não estamos sendo seguidas, ela volta a cabeça para a frente.

— Você estava tentando me enforcar lá trás? — pergunta ela.

— Pensei que você fosse um dos guardas — respondo, com meu rosto esquentando. — Sinto muito de verdade.

— Você não pode enforcar um homem adulto. Você tem que esfaqueá-lo e passar a carroça em cima dele. Preste atenção, Sophia. — Ela ajeita o casaco e se reclina no assento, sorrindo.

Algo sai do meio das árvores, voando, passa por cima da carroça e pousa em um galho próximo à estrada. É o maior corvo que já vi. Escuras feito a madrugada, quando abertas, suas asas são tão largas quanto a minha altura. Seus olhos pretos e redondos brilham na escuridão. Eu me encolho.

— Nem quero saber que outros tipos de criaturas moram nessa floresta.

— Nem eu — concorda Constance. — Infelizmente para nós, vamos demorar pelo menos mais quatro dias para chegar ao nosso destino.

Isso não é o que eu quero ouvir.

— Quatro dias? Podemos viajar tanto assim e não alcançar o outro lado?

— Parece impossível, eu sei. Mas é onde fica o coração da floresta. O último lugar em que dizem que a fada madrinha esteve. Se foi para lá que ela foi, escolheu o lugar perfeito. Ninguém em sã consciência a incomodaria lá. Exceto aqueles muito desesperados.

— E agora estamos indo para lá — digo. — O que isso faz de nós?

— Eu diria que estamos bastante desesperadas.

Um arrepio percorre minha pele enquanto o vento sopra. As árvores ao longo da trilha tremem, jogando na terra uma chuva de folhas vermelhas, douradas e marrons, os tons familiares do outono cobrindo o chão da floresta. Mas mais à frente, os troncos das árvores estão escurecidos, e seus galhos não têm folhas. Constance respira fundo quando passamos pelo ponto de transição entre as árvores.

— Perdi minha paciência lá no beco. Desculpe. — Ela está tentando se distrair de qualquer que tenha sido o sentimento que a tomou.

— Você não precisa se desculpar — respondo. — Sua mãe também te ensinou como manejar a faca?

Constance assente.

— Ela queria que eu estivesse preparada para qualquer coisa. Eu posso te ensinar, se quiser.

Eu sempre quis aprender a usar uma espada, uma adaga, qualquer coisa que pudesse me ajudar a me proteger. Minha mãe certamente teria desmaiado se soubesse que eu estava apaixonada por uma garota *e* pensando em aprender a usar uma espada.

— Então você vai me ensinar depois que sobrevivermos a esse pequeno passeio no lugar mais assustador do reino? Parece que eu posso precisar aprender quanto antes.

Um pio vem das árvores, e Constance arregala os olhos.

— Você provavelmente está certa. Mas você esteve dentro do palácio. Este lugar não pode ser tão ruim quanto aquilo.

Ela tem razão.

Um farfalhar quase me faz pular de susto. Dou uma olhada na escuridão à nossa frente.

— Quando precisarmos voltar, como vamos entrar em Lille? — pergunto, tentando manter minha mente ocupada. — Imagino que você não deva ter mais uma bomba por aí.

— Na verdade, eu tenho sim. — Constance sorri maliciosamente. — Mas não acho que é inteligente causar uma explosão toda vez que cruzarmos a fronteira. Ficaremos escondidas, mas da próxima vez será bem à vista.

Constance vira para a parte de trás da carroça e remexe no saco de estopa, puxando um pequeno envelope. Ela o entrega para mim.

— É o que eu acho que é?

Eu nunca segurei, ou sequer vi, um passe oficial do rei. Uma parte de mim pensava que eram apenas um mito, algo que os pais contam aos filhos para dar esperança de que há algo além das fronteiras de Mersailles, longe do domínio opressivo do rei. Constance pega as rédeas enquanto eu viro a carta em minhas mãos como se fosse feita de vidro. O envelope é similar ao do convite para o baile. Eu o abro e pego o pedaço de papel dobrado. As palavras estão escritas na mesma fonte preta cursiva, e listam dois nomes: Martin e Thomas Kennowith. Detalhes de seu trajeto aprovado seguem abaixo. Eles saíram de Lille para pegar uma nova carroça e vão voltar depois, em uma data não especificada. Embaixo, uma frase em letras pequenas diz: *O não cumprimento dos parâmetros deste passe resultará em prisão e multa*. Há duas caixas ao lado, o carimbo de cera vermelha do brasão real em uma e nada na outra.

— Podemos usar isso para voltar. E aí deixamos as bombas para outra oportunidade — diz Constance.

— Onde você arrumou isto?

— Eu roubei — afirma ela, com o mesmo tom tranquilo.

— Você tem mesmo tudo sob controle.

— Bem, não tudo. Ainda não descobri como fazer você me olhar do jeito que olhou quando eu estava de pé perto do fogo, lá na casa. Não sei se alguém já me olhou daquele jeito antes. — Constance morde o lábio inferior, como se tivesse falado demais.

Meu coração dispara. Acho que fui menos discreta do que pensei. Evito o olhar dela.

— Duvido que ninguém tenha olhado para você daquele jeito antes. Você deve saber como outras pessoas a veem.

— Não me importo como sou vista por outras pessoas — afirma ela, se inclinando para ficar bem perto de mim. — Mas eu gostaria muito de saber como *você* me vê.

Constance é direta. Não acho que tenho nada a perder em ser honesta. O calor do corpo dela, tão próximo ao meu, me faz esquecer onde estamos e o que presenciamos.

— Você é inteligente. Engraçada. Você derrubou um homem com um apenas um golpe...

— Um belo exemplo de quem eu realmente sou — diz ela em um tom meio sério.

— Acho que você é a pessoa mais interessante que eu já conheci.

— Interessante? — Ela se reclina, um sorrisinho tomando seus lábios. — Pode falar mais sobre isso?

Agora é como se fosse um jogo. Um bate e volta entre nós.

— Sinto que você olhou para os decretos de Lille e decidiu fazer exatamente o oposto.

— Isso não é bem verdade, mas também não está tão distante. E você? Foi isso o que fez?

Eu balanço a cabeça, pegando as rédeas.

— Não. Eu tentei seguir o que todo mundo queria. Acho que eu só não era muito boa em seguir as regras.

— Parece que somos iguais nesse sentido — diz Constance. — Talvez em alguns outros também.

Eu quase conduzo a carroça direto para uma vala.

À medida que seguimos cada vez mais para o interior da floresta, é como se tivéssemos entrado em uma sala sem janelas. As árvores passam a estar tão próximas umas das outras que a única maneira de continuar é por um caminho que mal acomoda a largura de nossa carroça. As rodas sobem nos bancos de terra e quase capotamos várias vezes, o que nos leva a ter que nos realinhar na trilha. Meus dentes batem uns nos outros, e eu olho para a frente, temendo ver alguma criatura medonha se olhar para os lados. Constance me entrega uma lamparina e uma caixinha de fósforos. A luz ilumina apenas a área da carroça onde nos sentamos e não penetra a cortina de escuridão à frente do cavalo.

— Pelo menos, se algo nos atacar, não o veremos se aproximando — diz Constance.

Me viro para ela, mas ela apenas dá de ombros.

Mantemos um ritmo constante por horas até que rosnados — não de uma criatura sedenta por sangue na escuridão, mas de nossos estômagos — nos forçam a parar. Na primeira noite, acampamos no meio da trilha. Constance tem certeza de que ninguém virá por aqui, e eu me recuso a entrar na floresta. Ela constrói uma fogueira modesta enquanto eu preparo um mingau horrível na pequena panela de ferro fundido que trouxemos. Constance consegue colocar colheradas dele na boca sem engasgar. Ela sorri para mim.

— Estamos acampadas em uma estrada no meio da Floresta Branca. A menor das minhas preocupações são suas habilidades culinárias.

Enquanto estamos sentadas perto do fogo, penso em Constance e sua família, vivendo à margem da sociedade, fora do alcance do rei, e como eles preservaram a verdade, esperando ter a chance de ajudar o povo de Mersailles. Não consigo deixar de pensar que nem mereço estar aqui com ela.

— Lá vai você de novo — diz Constance. — Perdida em seus pensamentos.

— Eu só estava me perguntando se você não acha que eu sou apenas uma garota boba — digo, um pouco envergonhada. — Eu cresci em Lille, e nunca conheci outra forma de viver que não fosse sob as leis do rei. E aqui está você, com todas essas revelações e habilidades, e fico me sentindo como se eu estivesse vivendo no escuro todo esse tempo.

Constance me encara do outro lado da fogueira, atiçando algo desconhecido dentro de mim. Um fogo, mas não de raiva. É algo completamente diferente.

— Eu não acho que você é uma boba — diz ela. — Nós viemos de lugares diferentes. Eu cresci sabendo de tudo isso. Você está só agora começando a entender. Mas tudo bem.

— Como? — Não estou convencida. Eu deveria ter confiado no meu instinto sobre a história da Cinderela. Eu deveria saber que não é a verdade toda.

— Porque eu valorizo sua perspectiva. Você cresceu na cidade, bem no meio da crueldade e do caos. Isso pode ser importante para encontrar uma maneira de parar Manford. — Constance muda de posição no chão e se reclina no saco de estopa, fechando os olhos e cruzando as pernas. — Dê mais crédito a si mesma. Você é linda, corajosa, e sabia que algo estava errado em Lille antes mesmo que alguém confirmasse isso para você.

De novo, sua sinceridade me conforta e intimida ao mesmo tempo. Também não deixo de reparar que ela me chamou de linda.

Eu espero para ver se Constance dirá mais alguma coisa, mas o vagaroso subir e descer de seu peito me diz que ela adormeceu. O fogo começa a se apagar, mas eu não consigo ficar quieta o bastante para dormir, então repito as palavras de Constance na minha mente, esperando que mantenham longe as imagens do mercado. Enquanto espero a manhã chegar, o corvo volta e se empertiga em uma árvore à beira da trilha. Enquanto ele está ali, eu não durmo.

20

Constance sabe muito melhor do que eu quando o dia acabou, então eu sigo sua deixa por três dias. O sono fugiu de mim na primeira noite, mas nas noites seguintes, caio em um sono profundo, às vezes incapaz de acordar sozinha. De manhã, Constance gentilmente me acorda, e horas se passaram, mesmo que pareça que foram apenas segundos.

No quarto dia, o caminho que vínhamos seguindo chega ao fim de repente, sua continuação nada mais é do que uma trilha estreita desaparecendo na parede retorcida de árvores.

— A carroça não pode continuar — diz Constance. — Teremos que andar a partir daqui.

— E o cavalo?

— Vamos levá-lo. Se o deixarmos sozinho, os lobos vão alcançá-lo rapidinho. Ele consegue atravessar o terreno melhor do que nós.

A aglomeração de árvores é mais densa do que em qualquer outro ponto que vi até agora. Posso passar entre elas se ficar de lado, mas não consigo nem pensar em como continuar o resto da viagem desse jeito, e por mais que eu queira levar o cavalo, não acho que ele vai conseguir passar.

Constance desce da carroça para transferir suprimentos que durarão um dia, um livro grande e várias pilhas de papel amarradas com barbante em duas bolsas de couro. Eu solto o cavalo, me preparando para passar pela enorme parede de árvores à nossa frente, embora tudo em mim esteja me dizendo para dar meia-volta e correr. Seguro as rédeas com força e dou um passo à frente. O cavalo não se mexe.

— Está tudo bem — digo para ele, acariciando seu focinho, tentando confortá-lo com uma mentira.

E então meu ouvido estala do mesmo jeito que faz quando as nuvens de tempestade cobrem a montanha. A pressão no ar ao meu redor muda, abafando todo o som. Minha pele formiga enquanto o cavalo se empina, bufando. Tento contê-lo, mas as rédeas se enrolam dolorosamente na minha mão.

O cavalo raspa os cascos no chão e relincha, os olhos arregalados, lufadas de ar úmido jorrando de suas narinas. Ele balança a cabeça, e minha mão se dobra, presa na corda enrolada. Eu grito. Constance pega a adaga e corta a corda. Uma vez partida, o cavalo se liberta.

— Você está bem? — pergunta Constance, tomando minha mão entre as suas e examinando-a à luz da lamparina. Uma faixa irregular de pele saiu da lateral da minha palma e o sangue escorre pelo meu braço. Constance arranca um pedaço de pano da barra da túnica e rapidamente enrola o ferimento. O sangue empapa a bandagem. Eu me apoio em uma árvore e respiro fundo. Constance agarra o meu braço, uma expressão de genuína preocupação em seu rosto.

O cavalo anda em círculos à nossa frente, bufando e reclamando.

— O que há de errado com ele? — pergunto.

— Algo o assustou — responde Constance, um tom de desconforto em sua voz. — Teremos que deixá-lo aqui, se ele não vier com a gente por livre e espontânea vontade.

Enquanto eu pego uma bolsa, um uivo longo, baixo e quase triste corta o ar, e sinto um calafrio. Inclino a cabeça para o lado quando outro uivo — desta vez de uma direção diferente — ecoa o que veio antes.

As mãos de Constance se movem para a adaga, e eu me repreendo por não ter insistido em ter uma arma antes de chegarmos à floresta.

— Eles sentiram o cheiro dele — diz Constance. Ela se vira para mim, seus olhos castanhos brilhando na escuridão. — Os lobos.

Eu vi um lobo na cidade uma vez. Estava vagando com uma perna quebrada e foi abatido na rua. Vendo-o caído ali, eu tive certeza de que sua pata era do tamanho da minha cabeça, talvez maior. Se os lobos nesta parte da floresta forem ao menos metade daquele que vi, o cavalo não vai ter chance, e nós também não, se encontrarmos um.

Um galho estala perto da trilha. Constance brande a adaga. Eu procuro algo que possa ser usado como arma e vejo um galho grande que quebrou na extremidade, criando uma ponta afiada.

Uma figura enorme emerge das árvores à nossa direita. Rosnando, ele se esgueira pelo chão. É um lobo, e duas vezes maior do que aquele que vi na cidade. O topo de sua cabeça é da altura do meu peito, e mesmo na escuridão posso ver sua boca se abrir apenas o suficiente para mostrar os dentes amarelos. Minha respiração fica presa na garganta. Eu ergo o galho, agarrando-o com ambas as mãos.

Da esquerda, outro lobo surge das árvores. Este é menor e cinzento. Rosna alto, e o cavalo empina. Os lobos o circundam, rosnando. O lobo menor ataca a perna do cavalo, abrindo um talho. Ele bufa. Nuvens de fumaça branca saem de suas narinas, os olhos arregalados. Eu ergo o galho e o abaixo com força nas costas do lobo menor, que grita como um cachorro ferido. Ele se vira e ataca meu pé. Constance me puxa para trás, e nós caímos entre as árvores apertadas. Ela chuta o focinho do lobo enquanto ele se inclina sobre nós.

O lobo maior abriu uma ferida na lateral do cavalo, e o sangue espirra no chão. O lobo cinzento se vira e se junta ao outro para derrubar o cavalo, em um coro de uivos e grunhidos.

— Vamos! — grita Constance.

Ela pendura o saco no ombro e agarra a lamparina enquanto me levanto. Começamos a correr. As árvores quase se tocam em quase todas as direções. Seus galhos se embaralham como dedos entrelaçados. A vegetação rasteira espinhosa e baixa arranha meus tornozelos e rasga minhas calças. O rosnado dos lobos se esvai, mas ainda arrisco uma olhada para trás a cada poucos minutos para ter certeza de que nada nos seguiu.

Constance mantém a lamparina erguida, mas o fogo é constantemente apagado pelas fortes rajadas de vento que vem de repente. O ar tem cheiro de terra e folhas mortas. Eu tento ignorar os novos sons que ouço — não de animais ou insetos, mas sussurros, tão fracos que talvez eu os esteja imaginando.

— Constance, quanto mais você acha que teremos que andar? — pergunto, tentando conter meu pânico. — Eu pensei ter ouvido...

— Não sei. Devemos estar nos aproximando do coração da floresta, mas... — Constance para e ergue a mão, pedindo silêncio.

O vento passa por mim e, com ele, um barulho fraco. Uma melodia. Olho para Constance, que pressiona o indicador contra os lábios. O som vem de novo, e, dessa vez, parece acompanhado de palavras.

— Quem pode estar cantando aqui? — sussurro.

Já não ouvimos mais os sons das criaturas noturnas, restando apenas a melodia assustadora no vento. As árvores se movem acima de nossa cabeça, seus galhos nus se entrelaçando para formar uma cobertura impenetrável. Eu agarro o casaco de Constance com força, temendo que, se nos separarmos, não conseguiremos nos encontrar novamente. A música vai e vem conforme avançamos. Mais uma vez, perco a noção do tempo. Minhas pernas doem e minha mão lateja.

— Há quanto tempo você acha que estamos caminhando? — questiono.

— Eu... eu não sei. Talvez horas, talvez... — A incerteza de Constance me agita ainda mais.

A melodia de repente ecoa e fica mais alta, atingindo um crescendo antes de cessar completamente. Um movimento nas sombras chama minha atenção. Grunhidos nos cercam por todos os lados.

— Os lobos — sussurro.

Constance agarra minha mão e dispara. Não podemos correr, mas nos movemos o mais rápido que conseguimos. Algo puxa meu ombro, e um grito agudo irrompe da minha garganta. Constance corta a escuridão atrás de mim com sua adaga, então me puxa para a frente através de um denso grupo de árvores onde meu pé se prende em uma raiz, nos derrubando. Ficando de pé, puxo Constance para o meu lado e tropeçamos em uma grande clareira onde o céu noturno é visível. Alguém derrubou as árvores em um círculo perfeito. No centro há uma pequena casa. Eu respiro fundo. O alívio toma conta de mim. Conseguimos sair, mas o medo surge novamente quando percebo que não estamos sozinhas.

21

Uma mulher emerge da sombras na varanda coberta. Ela fica parada lá como um fantasma, fundindo-se à escuridão. O enorme corvo que esteve nos seguindo pousa no corrimão quebrado da varanda, ao lado dela. Ela passa a mão pelas costas do corvo, que voa, batendo as asas em direção à copa das árvores. Constance se posiciona à minha frente, com a mão na adaga. A velha cantarola aquela melodia assustadora. Seus olhos, pretos como carvão, pousam em nós. Sua pele enrugada forma sulcos quando ela dá um sorriso enorme.

— Vocês estão longe de casa — começa ela, a voz rouca e baixa. — Sempre sei quando alguém está por perto. Os lobos começam a uivar. Eles têm muita fome nesta época do ano.

Nenhuma de nós se mexe. A mulher caminha até a beirada da varanda. Ela mantém os olhos sobre mim. Algo farfalha nas árvores atrás de nós. A qualquer momento, os lobos podem surgir da floresta e nos destroçar. Rosnados e estalos à distância se aproximam.

— Vocês vão entrar ou não? — pergunta a mulher. — Vocês também podem ficar aqui fora, é óbvio.

Ela olha para a floresta atrás de nós. Seus dedos tremem quando ela sussurra algo baixinho. Os rosnados se afastam de nós. Ela se vira e desaparece porta adentro. Constance sinaliza para que eu a siga, e o uivo dos lobos cessa de uma vez. Rapidamente subimos os degraus e entramos.

A cabana está em estado precário. O telhado se inclina para baixo em um ângulo acentuado e, quando o vento sopra, toda a estrutura estremece. Há dezenas de ervas penduradas em recipientes nas vigas sob o teto, e a parede traseira é coberta, do chão ao teto, com prateleiras tomadas por potes cheios de todos os tipos de coisas estranhas — ervas secas, líquidos e até mesmo partes diferentes de pequenos animais suspensos em um líquido viscoso.

Um caldeirão preto está suspenso sobre o fogo intenso, borbulhando com uma mistura de cheiro delicioso. Velas cobrem cada superfície disponível, algumas acesas, algumas nada mais que montes de cera derretida. O ar está nebuloso e denso. Assim que cruzo a soleira, uma estranha sensação de calma me envolve. Meu medo dos lobos, a inquietação da Floresta Branca — tudo desaparece.

— Vocês vieram de muito longe — diz a mulher. — Se aventurar tão adentro da Floresta Branca só pode significar uma coisa: ou vocês são muito tolas ou estão muito desesperadas.

— Estamos atrás de informações sobre a fada madrinha — respondo.

A mulher se enrijece e solta um murmúrio de desdém, irritada.

— Sentem-se.

Ela gesticula para a mesa de madeira na cozinha, acompanhada de cadeiras que não combinam.

— Desculpe se estamos hesitantes — diz Constance. Sua mão não sai de cima da adaga.

— Vocês estão com medo — presume a mulher. — E não as culpo, mas se você pegar essa adaga, será a última coisa que fará na vida. — Ela se senta perto do fogo, o olhar duro como aço. — Quando vocês dizem que estão em busca de informações sobre a fada madrinha, o que querem realmente dizer é que estão atrás da magia dela. Do que é que vocês precisam? Uma poção para persuadir a pessoa amada? Um elixir de beleza? Precisam que alguém morra?

Um arrepio percorre minhas costas.

— Você faz isso?

O que é que encontramos nessa floresta abandonada?

— Eu faço muitas coisas — diz a velha.

— E quem é você exatamente? — pergunta Constance.

— Ah, por favor — resmunga a mulher em um tom muito mais sério. — Vocês agem como se não soubessem que me encontrariam aqui.

Ela dá batidinhas com o pé no chão e cantarola uma canção.

Olho para Constance, que está petrificada, os lábios entreabertos.

— Houve um mal-entendido — digo. — Estamos atrás de informações sobre a fada madrinha.

— Minha querida garota, não sei quem nesta floresta amaldiçoada me conheceria melhor do que eu me conheço, e, se você tem perguntas, sugiro que comece a fazê-las antes que eu jogue vocês duas pra fora.

— Não pode ser — sussurra Constance.

Me aproximo da cadeira da mulher. Ela me observa em silêncio. Seu cabelo, de um tom de cinza que derrete em um preto meia-noite perto das pontas, está reunido em dezenas de mechas apertadas, todas puxadas para trás e torcidas em uma única trança. Ela tem uma aparência forte, firme, a pele de um marrom profundo e luminoso. Usa um vestido simples de algodão com um longo xale cinza.

— A história da Cinderela tem duzentos anos — digo.

Minha mente se acelera quando a mulher assente.

— De fato — confirma ela.

— O que estou perdendo? — pergunta Constance, com uma pontinha de raiva na voz.

— Muitas coisas, aparentemente — responde a mulher.

Constance dá passos pesados ao redor da cadeira da mulher e a olha bem nos olhos.

— Não passamos pela Floresta Branca para zombarem de nós. Viemos em busca de respostas sobre a Cinderela, sobre por que ela traiu a família ao se casar com o Príncipe Encantado, e por que os reis de Lille governam dessa maneira tão autocrática.

Devagar, a mulher olha para Constance.

— Por que essas coisas importam para você?

— Porque a família da Cinderela é a *minha família* — diz Constance, a mão ainda no cabo da adaga.

A mulher encara Constance como se a estivesse vendo pela primeira vez. Os olhos se arregalam e os cantos da boca despencam. Ela cruza os braços sobre o peito.

— Você parece muito com Gabrielle. — Ela olha para um pequeno retrato pendurado acima da lareira. Um menininho de olhos escuros, talvez de seis ou sete anos, a encara de volta. — Suponho que ela tenha conseguido construir uma vida em algum lugar no mundo.

Constance cerra os punhos.

— Se você considera lutar para arranjar comida, estar constantemente com medo e ser uma das mulheres mais odiadas do reino como uma vida.

A mulher torna a olhar para Constance.

— Nunca pensei que veria o dia em que parentes das meias-irmãs malvadas estariam aqui em minha humilde morada.

Constance trava o maxilar, e eu vou para o seu lado.

— Gabrielle era muitas coisas, mas não era má nem cruel, da mesma forma que tenho certeza de que você nunca foi uma madrinha que concedia desejos, nem fada, nem nada.

Constance e a mulher trocam olhares irritados.

— Qualquer um com olhos pode ver que esse não é o caso, mas você tem ideia do que eu realmente sou? — pergunta a mulher.

— Uma bruxa — responde Constance. É uma acusação, quase maldosa.

— Não sou a favor de rótulos, mas gosto desse. Não soa tão bem quanto fada madrinha, mas acho que vai servir. — Ela inclina a cabeça e olha para mim.

Eu nunca teria imaginado que esta é a lendária fada madrinha. A mulher da história é uma criatura mais parecida com uma ninfa, com asas e uma varinha que solta pó mágico. O rosto desta mulher é transpassado por linhas, com sulcos ao redor da boca e olhos profundos.

— Precisamos de informação, não de feitiços — digo.

Ela junta as mãos sobre o colo e se balança para a frente e para trás na cadeira.

— É um pedido estranho. A maioria das pessoas me procura por algo mais material.

— As pessoas ainda procuram por você? Elas sabem que você ainda existe?

Eu nunca ouvi nem uma palavra sobre ela.

— Elas sabem — responde a mulher. — Às vezes eu as ajudo, às vezes não, mas, quando voltam para casa, elas tendem a esquecer onde estiveram e por quê.

— Com o que você as ajuda? — pergunto. — Vestidos? Carruagens? Sapatinhos de cristal?

— Essa história afetou você, não é? — devolve ela, e me encara como se tivesse pena de mim. — Qualquer coisa que eles acham que os ajudará no baile.

A mulher encara o fogo, se reclinando na cadeira. Ela mede suas palavras e movimentos, como se estivesse acostumada a controlar algo que se esconde logo abaixo da superfície de seu exterior calmo.

— Você sabe que a história da Cinderela é uma mentira? — indago.

A velha estremece e então sorri.

— Qual parte?

— Quero saber que papel você desempenhou na ida de Cinderela ao baile naquela noite — diz Constance. — Sei que a história não é verdadeira.

— O que você sabe sobre a verdade? — a mulher parece entretida. — Você acha que apenas porque é parente da Gabrielle eu te devo alguma coisa? — Ela fecha a cara para Constance.

— Conheço a história da minha família — rebate Constance, irritada. — Sabemos que você trabalhou para a família real quando Cinderela estava viva.

— Viu? — diz a mulher. — Você já está errada. Não estou, nem nunca estive, a serviço de ninguém no palácio. — Ela ergue o nariz, zombeteira. — Eu estive lá porque quis, mas não vejo como isso é da sua conta.

— O rei está atrás de mim — digo. — Fugi do baile. Coloquei toda a minha família e todos com quem me importo em risco, e quero destruí-lo antes que ele tenha a chance de me machucar ou machucar alguém.

A postura de Constance muda. Ela se ergue um pouco mais e pressiona o ombro contra o meu.

A mulher balança a cabeça.

— Ambições enormes, querida.

Ela se vira e olha nos meus olhos tão intensamente que eu dou um passo para trás, meu coração batendo forte. É como se ela pudesse ver meu interior.

— Você sabe como são as coisas em Lille? — pergunta Constance. — Você entende o dano que o conto da Cinderela causou nas mulheres e garotas que vivem na cidade?

Eu me recomponho.

— Minha amiga morreu depois de ir ao baile. — Constance e a mulher olham para mim. — Minha outra amiga, Erin, está sofrendo de um destino pior do que a morte. Nós acabamos de ver uma mulher ser executada porque o rei pensou que ela havia me ajudado a escapar.

— As pessoas são responsáveis pelas próprias decisões — diz a mulher. — Você não pode culpar o rei por todos os seus problemas.

Eu me aproximo. Constance me alerta com um pequeno movimento da mão, que eu ignoro. Olho para a mulher. Uma energia palpável emana dela, mas eu me preparo.

— Quando o líder deste reino trata as mulheres como propriedades, ele lança um precedente terrível. As pessoas acham que está tudo bem se fizerem o mesmo.

— Eu nunca entendi por que as pessoas fazem as coisas sem questionar — murmura ela. — Mesmo quando sabem que algo está errado, fazem assim mesmo. Talvez vocês devessem começar a pensar por si mesmos.

Constance se move em direção à porta.

— Vir aqui foi um erro. Ela não pode nos ajudar.

— Espera — digo. Eu me ajoelho ao lado da mulher. — Qual é o seu nome? Seu nome verdadeiro. Não essa bobagem de fada madrinha. — Não fui quase devorada por lobos para ir embora de mãos abanando.

Ela desvia o olhar.

— Não importa.

— Importa para mim — replico. — Por mais que o rei tente fazer com que não tenhamos nomes, nós temos.

Um sorriso fraco surge nos lábios dela.

— Minha mãe me chamava de Amina, mas não ouço esse nome em voz alta há muitos e muitos anos. — Algo se suaviza nela. Sua atitude desafiadora é só uma máscara. Mesmo aqui, na parte mais sombria da Floresta Branca, esta mulher tem medo.

— Por favor, Amina, precisamos saber tudo o que você puder nos contar sobre a história verdadeira da Cinderela, sobre os reis que governaram Mersailles, especialmente o Príncipe Encantado, o passado dele, de onde ele veio, tudo.

— E o que você fará com essa informação? — pergunta ela.

— Iremos usá-la para acabar com o reinado de homens como Manford — diz Constance, cujo tom permanece firme. — Para sempre.

Amina solta um suspiro pesado, os ombros despencando. Ela passa a mão pela testa e deixa as pontas dos dedos repousarem nos lábios.

— Mesmo que eu contasse a verdade, vocês não acreditariam em mim. Às vezes eu mesma tenho dificuldade em acreditar. Vocês realmente acham que homens como ele podem ser impedidos? — O tom dela sugere que ela já refletiu muito sobre essa pergunta.

— Sim — respondo. Não sei se é verdade, mas quero que seja. — Talvez, se você nos contar o que sabe, poderá nos ajudar.

Por mais que Amina mantenha uma postura tensa com Constance, vejo uma suavidade em seus olhos, uma disposição a se abrir para mim.

— Eu nunca me livrarei desse fardo, não importa quão honesta eu escolha ser — diz Amina, olhando diretamente para o meu rosto. — Eu o levarei comigo para a próxima vida, como punição pelo que fiz.

— Seja lá o que for, não pode ser pior do que os reis de Mersailles fizeram.

— Não tem como você saber disso — refuta Amina.

O olhar dela é penetrante, e uma onda primitiva de medo me invade. Por mais delicada que pareça, esta mulher é poderosa, mas se esforça muito para disfarçar tal poder em nossa presença.

— Eu fiz coisas que você não seria nem capaz de compreender. Fui mais perversa do que você pode imaginar. — Não é um aviso. Não é uma ameaça. É uma confissão.

— Conte-nos o que você sabe — pede novamente Constance. Ela pega uma cadeira e se senta.

Amina se inclina para a frente e suspira, se resignando.

— Muito bem. Mas não serei responsável pela desesperança, pelo vazio que vocês sentirão quando eu terminar.

O aviso dela ecoa o de Constance. E se as revelações de Amina forem tão transformadoras quanto as que Constance compartilhou comigo, não haverá como voltar atrás. Eu me sento no chão e espero que ela continue.

Ela ri suavemente.

— Garota tola.

22

— O rei que ocupa o trono hoje não é um homem normal. — Amina ajeita o xale e caminha até as prateleiras no fundo da sala. Ela pega um pequeno frasco de vidro com rolha de cortiça, volta para a cadeira e se senta. Então, se inclina para frente e pega minha mão, tirando o curativo. Eu estremeço quando ela puxa o pano da ferida e abre o frasco. Um cheiro doce sai do vidro.

— Mel e confrei — digo, reconhecendo o cheiro do mel e das folhas pegajosas da planta.

Ela sorri. Quando ela molha os dedos na mistura e espalha o bálsamo pungente na minha mão, noto que eles estão todos marcados com tinta em um padrão triangular. Depois que ela refaz o curativo, deixo minha mão repousar no colo. A dor já está começando a passar.

— É difícil pra mim dizer o que o rei é ou não — prossegue Amina. — Um homem, um monstro, ou alguma combinação terrível das duas coisas.

— Mas como assim? — pergunta Constance, tensa.

Eu a encaro, pedindo que seja paciente, e ela junta as mãos sobre o colo. Não quero que ela fique em silêncio. Só quero que ela tente manter a calma. Precisamos ouvir o que Amina tem a dizer.

Amina continua, sem se deixar afetar pela impaciência de Constance.

— Vocês gostariam da versão longa ou da curta? — pergunta ela.

Constance se recosta na cadeira, ainda irritada. Espero que ela consiga escutar a história toda antes de perder a paciência.

— A versão longa — respondo.

Amina sorri para mim e então franze a testa propositalmente para Constance, que revira os olhos. Ela enfia a mão embaixo da cadeira e tira uma pequena caixa retangular. Retira dela um longo cachimbo de barro. A câmara tem flores e folhas entalhadas de forma elaborada, e o cabo é quase tão comprido quanto meu antebraço. Ela enche o cachimbo com algo que retira de uma bolsinha de algodão e começa a acendê-lo. Dá uma longa tragada, exalando lentamente

— Por toda a minha vida, eu pratiquei a magia. Minha mãe me criou no ofício, me ensinou desde que eu era jovem. Você ouvirá pessoas falarem sobre luz e escuridão, mas, pela minha experiência, diria que é necessário conhecer bem ambas para encontrar o equilíbrio. Quando cheguei à idade adulta, eu já tinha uma reputação considerável. As pessoas vinham de perto e de longe em busca dos meus serviços.

Amina olha para a prateleira. Sigo seu olhar até um livro mais grosso do que todos os outros, mais gasto e com uma encadernação de couro. Por algum motivo estranho, quero puxá-lo da prateleira, mas volto a atenção para Amina enquanto ela continua sua história.

— Elas também traziam acusações e rumores. Quando um bebê nascia com uma marca estranha, quando os ovos das galinhas estavam rajados de sangue, quando a lua parecia brilhante demais, me culpavam. E um dia bateram na minha porta, acenderam uma pira e me arrastaram da minha casa, preparadas para me enviar de volta ao meu criador.

— O que os impediu? — pergunto.

— Um homem — responde Amina. — Ele afastou o povo do vilarejo da minha porta, salvou minha vida. Veio até mim procurando o que todos os homens procuram, poder, quando se deparou com aquela cena horrível. Ele me pediu para ajudá-lo em seus esforços para persuadir um reino em expansão a torná-lo seu governante. Pediu que eu fizesse os rios secarem, fizesse o trigo morrer nos campos, fizesse a chuva cessar.

Sinto um choque terrível quando algo em minha mente se encaixa. Conheço essa história.

— Quem era ele? — pergunta Constance. Há medo na voz dela, um tremor. — Quem era esse homem que foi até a sua porta?

Amina apoia o cachimbo no braço da cadeira e encara o fogo.

— O mesmo que está sentado no trono agora.

Eu escuto o respirar pesado de Constance.

— Não — digo. — Como isso é possível?

— Lille teve quatro governantes desde a época da Cinderela — diz Amina. — Príncipe Encantado, rei Eustice, rei Stephan, e seu governante atual, Manford. Encantado viveu até quase os cem anos, assim como seu sucessor, Eustice. Mas me digam, minhas queridas, eles passam o reino para um filho? Para um parente?

— Todos os sucessores são escolhidos a dedo de uma cidade anexa, nas Terras Proibidas. — Dizendo em voz alta, percebo quão ridículo soa, quão conveniente.

Amina grunhe.

— O rei sempre escolhe seu sucessor — digo. — Fazem isso para evitar conflitos internos.

— E como isso funciona? — pergunta Amina. — Os reis nesta terra vivem mais do que qualquer pessoa ao redor deles. Ninguém vivo se lembra de como o rei se parecia na juventude. E então o que acontece? O rei entra em reclusão para murchar e morrer e é enterrado sem pompa ou cerimônia antes que um jovem escolhido pelo rei moribundo chegue das Terras Proibidas e assuma o poder, parecendo conhecer todas as leis e todas as regras como se ele mesmo as tivesse criado?

Minhas mãos tremem, e o medo cresce em mim de novo, mas desta vez estou completamente abalada. Sinto como se estivesse vendo a base da minha vida, a coisa na qual ela é toda construída, desmoronar.

— É assim que sempre foi.

— Mersailles teve sempre o mesmo governante desde o tempo da Cinderela — diz Amina. — Não há nenhuma cidade nas Terras Proibidas produzindo potenciais herdeiros para o trono. Encantado é Manford. Manford é Encantado.

Não consigo processar o que ela está falando. Constance está boquiaberta, os olhos arregalados.

— Como... como isso pode ser verdade? — pergunto, enquanto tento compreender o significado de tudo.

— Ele tem um poder — diz Amina. — Algo que o sustenta. Não sei como, mas o que é certo é que o príncipe do conto da Cinderela, seus sucessores e o homem que você chama de rei Manford são a mesma pessoa.

Constance balança a cabeça, e Amina olha para ela.

— Estou sentada aqui diante de vocês — diz Amina. — Uma testemunha dos eventos que acabei de revelar, e você ainda tem dúvidas. Esse é o tipo de ignorância na qual o rei depende para manter sua fraude. Só porque você não acredita não significa que não pode ser verdade.

Constance abre a boca para falar, mas eu a interrompo.

— Você fez o que ele pediu? Você foi a responsável pela fome que devastou Mersailles todos esses anos atrás?

Amina se move desconfortavelmente na cadeira.

— Sim.

— Minha avó me contou histórias que ouvia daquele tempo — digo. — Pessoas passando fome, morrendo. Você fez isso?

Amina balança a cabeça e encara o chão.

— Eu disse que eu era uma bruxa. Nunca disse que era uma bruxa boa. Eu disse que fiz coisas perversas. Você não acreditou em mim? — Ela apaga o cachimbo e o coloca de volta na caixa. — Quando a devastação se tornou excessiva, as pessoas se desesperaram. Pessoas desesperadas fazem coisas estúpidas. Eles colocaram Encantado no trono, e eu forneci a magia que trouxe de volta as colheitas, os rios, tudo. Eles se ajoelharam a seus pés e imploraram que os mantivesse alimentados, e ele o fez. Ele se tornou seu líder benevolente.

— E o que você ganhou com tudo isso? — questiona Constance. — Duvido que você o tenha ajudado sem receber nada em troca.

— Ele fez de mim um de seus conselheiros mais próximos — diz Amina de um jeito quase desapontado. — Ele continuou seu reinado amaldiçoado, e em troca ele garantiu que eu não tivesse que me preocupar que alguém decidisse que uma bruxa seria boa para lenha.

— Amaldiçoado — digo baixinho. — Tem que ser isso o que Cinderela quis dizer quando falou da maldição dele.

Constance assente.

— Precisamos saber como ele se mantém. Se descobrirmos essa parte, talvez encontremos uma maneira de pará-lo.

— Eu não posso ajudar vocês — diz Amina. — Não sei como ele faz isso. Ninguém sabe. É o que ele mantém em segredo.

— Você entende o que isso significa? — pergunta Constance, parecendo ter chegado a uma revelação horrível. — Com essa coisa, ele pode continuar a machucar pessoas. E pode fazer isso para sempre, se encontrou um jeito de enganar a morte. — Constance encara Amina. — Como *você* fez? Você ainda está viva. Talvez ele esteja fazendo a mesma coisa que você.

— Não — diz Amina, seca. — Eu envelheço. Não fico jovem de repente quando é melhor pra mim. Uso ervas, feitiços. É um esforço constante, mas não vou conseguir fazer isso para sempre.

— Você não pode ficar jovem, mas se é tão velha quanto diz ser... — Não sei como dizer isso sem parecer um insulto.

— Por que eu não me pareço com um corpo em decomposição? — completa Amina.

Eu assinto.

— É um encantamento, uma ilusão. Eu o aperfeiçoei ao longo dos anos, e estou usando agora para não assustar a sua amiga. — Ela dá uma piscadela para Constance, que cruza os braços, a encarando de volta.

— Por que você decidiu ficar por todo esse tempo? — pergunto.

Amina fica quieta.

— Porque tenho que fazer isso.

Penso em Manford governando Lille para sempre, encontrando novas e terríveis maneiras de nos machucar. Não posso deixar isso acontecer.

— Quando um homem consegue um gostinho do tipo de poder que ele tem agora, ele não desiste facilmente — diz Amina.

— Vamos arrancar o poder dele à força — digo. Fico em silêncio por um momento antes de fazer uma pergunta que sei que Constance quer que seja respondida. — Por que você levou a Cinderela para ele? Por que você a ajudou a ir ao baile se sabia o que ele era?

O exterior irritado de Constance se esvai, e um olhar de desespero entra em seu lugar. Ela precisa de respostas.

Amina balança a cabeça.

— Os pais de Cinderela atiçaram as chamas da rebelião depois que Encantado começou a implementar leis e regras que eram tão restritivas e prejudiciais ao povo de Lille que eles começaram a questionar sua capacidade de ser um governante justo.

— Os decretos — digo.

Amina assente.

— Se você deixar um sapo cair em uma panela com água fervente, ele pulará fora. Mas se você atiçar o fogo lentamente, ele se deixará ser fervido até a morte. As mudanças no início foram sutis. Um toque de recolher foi imposto para a segurança das mulheres. As mulheres eram obrigadas a usar vestidos longos para proteger sua modéstia. Os homens foram elevados a posições de poder porque tinham mais conhecimento. — Amina suspira exageradamente. — Tudo foi feito de maneira que pareceria atender aos interesses do povo.

— E o povo simplesmente permitiu que ele fizesse isso? — pergunto.

— Óbvio — responde Amina. — Por que não permitiriam? Ele era o salvador deles, o protetor.

— Você não parecia tão preocupada com o bem-estar do povo quando deixou várias pessoas morrerem de fome — rebate Constance.

— Ele salvou a *minha* vida. Eu devia a ele — diz Amina. Pela primeira vez, vejo algo parecido com arrependimento nos olhos dela. — Depois que os pais de Cinderela foram assassinados, ele deu o primeiro baile anual. Enviou convites que instruíam as moças a se apresentarem para serem escolhidas. Ele determinou que o não comparecimento resultasse em pena de morte. Eu percebi que tinha que fazer algo para impedi-lo, e que teria que tomar medidas extremas para isso.

— Você tentou matá-lo? — pergunta Constance.

— Não. — Amina hesita. — Eu não poderia, não depois do que ele fez por mim.

— Então o que você fez? — questiono.

— Encontrei alguém que queria se livrar dele tanto quanto eu. Alguém que poderia se aproveitar do desejo dele por belas jovens, talvez alguém de quem ele já tivesse roubado tudo.

Eu olho para Constance, e seu rosto empalidece.

— Eu sabia o que ele tinha feito com os pais da Cinderela — continua Amina. — Eles morreram por causa dele. Eu fui até Cinderela esperando encontrar uma garota sem pais, de luto pela morte da família, disposta a fazer o impossível por puro desespero. Em vez disso, encontrei uma madrasta, a Lady Davis, feroz como um incêndio, que quase cortou minha garganta ao me ver. Encontrei três jovens, Cinderela entre elas, a mais jovem, prontas para esmagar Manford sob suas botas. Elas estavam preparadas para agir contra ele. Eu dei a Cinderela tudo de que ela precisava e a acompanhei ao baile, disfarçada.

— Ela foi até lá para matá-lo? — pergunta Constance, chocada.

Amina assente.

Relembro a história que Constance compartilhou comigo. É o único mistério que parecia assombrá-la mais — por que Cinderela teria se casado com o Príncipe Encantado depois de tudo que ele fez à família dela?

— Ele ainda está vivo — eu digo. — Por que ela não o matou? O que aconteceu?

Amina abaixa a cabeça.

— Quando ele a viu pela primeira vez, o olhar dele... Ele a queria mais do que qualquer coisa e me disse que se pudesse tê-la, se eu pudesse ajudá-lo nisso, ele seria um homem melhor, um rei melhor. Eu pensei que talvez, se ele conseguisse amar e ser amado, ele pudesse se redimir pelas coisas que fez.

— Isso não faz nenhum sentido — diz Constance. — Ele não é capaz de amar outra pessoa além de si mesmo.

— Não é isso o que o amor faz? — pergunta Amina. — Muda as pessoas. Faz com que elas queiram ser melhores.

Constance se inclina para a frente.

— Ela vai até lá para matá-lo e acaba noiva dele? Explique, Amina.

Amina fecha os olhos como se sentisse dor, franzindo as sobrancelhas respirando fundo.

— Sou uma bruxa. Usei uma poção, dei a ela em uma taça de ponche antes que ela tivesse a chance de assassiná-lo. Ela se apaixonou por ele assim que se viram, e nada que ele fizera no passado passou a importar mais.

Minha boca se escancara, em choque. Constance não diz nada.

— Lady Davis e Gabrielle tentaram arrastá-la de volta para a casa, o que a fez perder o sapatinho de cristal. Elas a levaram para casa e a trancaram lá, mas era impossível fugir dele. Ele foi até a casa com o sapatinho em mãos, e fez disso um espetáculo. Ele fez com que artistas do palácio registrassem o evento, imortalizando o que se tornaria a primeira versão sancionada pelo palácio da história da Cinderela. Ele a tomou como esposa, e, por um breve momento, pareceu que as tensões em Mersailles seriam atenuadas.

Constance fica de pé, punhos fechados.

— Foi tudo baseado em uma mentira. Você... você a enganou.

— A lei dos três diz que seja lá o que você faça voltará para você três vezes mais — diz Amina. — Tenho certeza de que receberei seja lá o que estiver vindo para mim. Só espere.

— E você merece tudo o que vier — dispara Constance, cerrando os dentes.

O tamanho das mentiras dele e toda a sua enganação são demais para a minha cabeça. A história da Cinderela é bem mais complicada do que pensei. Nunca teria pensado que essa poderia ser a verdade. Mas o que eu suspeitava, que Manford era o monstro da história, acabou sendo verdade, e da maneira mais terrível possível.

— Como podemos pará-lo? — pergunto. É a única pergunta que importa agora.

— É impossível — responde Amina. — Vocês não são páreo para ele. Não há nada que possa ser feito.

— Não acredito nisso — retruco.

— Você não tem ideia do quão poderoso ele se tornou — diz Amina bruscamente. — Derrotá-lo não é uma possibilidade. O melhor conselho que posso dar a vocês é que corram, se escondam e se salvem se puderem.

— Você não pode ser tão covarde assim — solta Constance.

Amina se vira devagar, e uma onda de raiva silenciosa pulsa dela. Eu me levanto e me coloco entre elas.

— Por favor — digo, tanto para Amina quanto para Constance. — Precisamos da sua ajuda.

Constance fala com Amina sem olhar para ela.

— Nós não podemos voltar. Você precisa nos ajudar.

Amina olha para mim, seu rosto suavizando novamente. Então olha ao redor da pequena sala, murmurando algo para si mesma.

Ela balança a cabeça para mim em um gesto positivo.

— Você pode dormir perto do fogo. Você… — ela olha para Constance — pode dormir até lá fora, não me importo. Não tenho muito espaço extra, como vocês podem ver, mas fiquem e discutiremos isso de manhã, depois que eu conseguir organizar um pouco meus pensamentos.

Amina se afasta e eu relaxo, aliviada por ela e Constance não terem se atacado. As coisas que Amina nos contou parecem grandes demais, impossíveis demais. Será que devo simplesmente acreditar nas palavras dela? Acreditar que magia existe e é muito mais perigosa do que pensei ser possível?

Constance por um momento considera seguir o conselho de Amina e ir dormir lá fora, mas muda de ideia quando os uivos dos lobos voltam a ecoar, junto a um vento tempestuoso. Amina joga uma pilha de cobertores para mim antes de se acomodar no colchão de palha no canto mais distante da sala. A casa tem vários armários, mas, pelo que vejo, não parece ter outros cômodos.

Constance e eu nos revezamos para manter o fogo aceso e, consequentemente, a pequena cabana quente durante a noite. Conforme adormecemos e acordamos, mantenho alguma distância entre nós, embora várias vezes acorde e encontre o rosto dela muito perto do meu, os olhos fechados, a respiração suave e quente. Tenho medo de estar sonhando, de tentar tocá-la e ela desaparecer. Mas me permito pensar como seria passar meus dias com ela livremente, em um futuro criado por nós.

23

Constance acorda antes de Amina. Ela se senta, esfregando os olhos. O corpo se tensiona de repente.

— Você está bem? — pergunto.

Ela geme e massageia o ombro, rodando a cabeça de um lado para o outro e alongando o pescoço.

— O chão não perdoa. Você dormiu bem?

— Não muito. — Eu tiro a atadura da minha mão e vejo que a ferida está quase completamente curada.

— Olha isso — diz Constance. — Acho que a bruxa serve para alguma coisa.

Olho para onde Amina está dormindo.

— Se ela vai nos ajudar ou não é outra história.

Tenho a sensação de que Amina quer nos ajudar. Ela não compartilharia sua história se não quisesse. Mas ela obviamente não é uma pessoa que faz as coisas por pura bondade, então entendo o ceticismo de Constance.

Constance se mexe na pilha de cobertores. A túnica que está usando é muito grande para ela e escorrega de seu ombro. Meu coração acelera um pouco, e eu desvio o olhar. Quando torno a fitá-la, ela está sorrindo para mim, o que só faz meu coração bater mais rápido. Ela franze os lábios, então os deixa se separar, puxando um pouco de ar. Ela sorri mais uma vez, e noto uma covinha funda em sua bochecha direita. Se eu estivesse em pé, talvez precisasse me sentar.

— Uma coisa — digo, mudando meu fluxo de pensamento.

— Sim? — Constance ergue uma de suas sobrancelhas ruivas.

— Sei que você tem muitos motivos para estar com raiva. E não te culpo, mas nós não temos nenhuma ideia melhor. — Eu olho na direção de Amina. — Precisamos que ela nos conte o que sabe, e gostaria que ela não usasse o poder que tem, seja lá qual for, para nos destruir primeiro.

— Nós nem sabemos se ela está dizendo a verdade.

Eu havia pensado a mesma coisa, mas olho para o machucado quase completamente curado na minha mão. Os livros e misturas revestem as paredes, e tenho certeza de que há algo que ainda não entendo acontecendo aqui.

— Também não sei bem o que ela é — confesso. — Mas me prometa que não vai provocá-la antes que possamos descobrir mais coisas.

— Vou tentar — diz Constance. — Por você. Não porque tenho medo dela.

— Óbvio que não — concordo, sorrindo.

Amina se vira e se senta. Há pedaços de feno se projetando para fora de seu cabelo despenteado, e ela parece confusa por um momento.

— Acordou, vovó? — pergunta Constance, uma ponta de irritação ainda em sua voz.

Eu a encaro, e ela franze a testa dramaticamente, dizendo "desculpe" baixinho para mim.

— Infelizmente. Faz muito tempo que eu não acordo ao raiar do dia. A culpa é dessa conversa de vocês. — Ela se levanta e cambaleia. — Coloque a chaleira e a panela no fogo. Precisamos comer. O que será… olho de salamandra ou língua de cachorro! — Amina ri.

— Que nojento — resmunga Constance.

Coloco a panela sobre o fogo e cutuco as brasas antes de adicionar mais lenha.

— Nós queríamos repassar algumas coisas — digo.

— Vou precisar de café, do meu cachimbo e de um momento para acordar antes de fazermos isso — diz Amina. Ela pega uma caneca de barro e sua caixinha de cedro e se senta na cadeira perto do fogo. Dá uma baforada no cachimbo, depois estende a mão diante de si. — Pode começar, então.

— Cinderela mandou uma mensagem a Gabrielle, pedindo um encontro em segredo — afirma Constance.

— É mesmo? — Amina parece intrigada.

Constance vai até a bolsa e pega seus pertences. Ela desembrulha um maço de bilhetes. Alguns estão desbotados e parecem delicados demais para serem tocados. Ela os entrega para Amina.

— Uma das ideias mais brilhantes da Lady Davis foi instituir uma rede de pessoas dispostas a passar mensagens para organizar seus esforços. Com o tempo, a rede diminuiu, principalmente porque o rei estava aumentando seu controle sobre as mulheres de Mersailles. Estes são alguns dos bilhetes.

Eu espio por cima do ombro de Amina.

Diga a M que consegui.

Nos encontre no bosque à meia-noite.

Traga os suplementos do celeiro.

Minha pele se arrepia.

— Vi um bilhete assim no túmulo da Cinderela na noite em que fugi do baile.

Constance inclina a cabeça.

— Não me surpreende. O túmulo era um lugar perfeito para deixar uma mensagem. Tantas pessoas costumavam deixar bilhetinhos lá que uma mensagem assim nem seria notada.

Amina passa as mensagens restantes e examina um pedaço de papel particularmente amarelado e amassado.

Me encontre no lugar onde crescemos, no dia em que minha mãe faleceu, quando a lua tiver saído do céu.

— Este aqui é da Cinderela para Gabrielle, cinco anos antes da morte de Cinderela — explica Constance. — Gabrielle a encontrou, e Cinderela tentou lhe contar algo, mas os guardas a encontraram e a levaram embora. Ela arriscou a vida para entregar uma mensagem.

— Não é como se ele a mantivesse em uma cela — diz Amina baixinho. — Ela tinha o próprio quarto no palácio. Era bastante agradável, na verdade.

— Uma prisão ainda é uma prisão, não importa quão bem decorada — contesta Constance. A paciência dela estava por um fio. Amina continua em silêncio. — Pensar que ela era algum tipo de princesa mimada te faz sentir melhor?

Constance não consegue deixar seus sentimentos de lado, e seria errado pedir que fizesse isso. Tudo que sente é compreensível. Só espero que Amina ainda queira nos ajudar.

— Por que você acha que eu passei esses últimos anos nesta floresta esquecida? — questiona Amina. — Não é pela paisagem. Eu sei o que fiz, e vocês poderiam me deixar aqui para apodrecer como mereço, mas não. Vocês vieram até aqui me perturbar.

Constance olha para mim, e eu forço um sorriso rápido só para mostrar que não vou ficar em seu caminho.

— O que aconteceu quando o feitiço acabou? — pergunta ela. — Você deu a ela uma poção do amor. Suponho que não tenha durado para sempre, então o que aconteceu quando acabou?

Amina suspira.

— O que dei a ela durou um ciclo inteiro da lua. O feitiço perdeu a potência logo depois que eles se casaram, e ela começou a se sentir diferente em relação a ele.

— Ser responsável pela morte dos pais parece um bom motivo para detestar alguém — diz Constance.

Amina assente.

— Ele a queria mais do que tudo. E, mais importante, ele queria que ela sentisse a mesma coisa. À medida que o efeito da poção foi passando, ficou óbvio que ela nunca o amaria do jeito que ele queria, mas ele não conseguia deixar isso para lá. O orgulho dele era grande demais para deixá-la ir embora. Ele a manteve no palácio até a morte dela.

— As pessoas dizem que ela estava doente, de cama nos últimos anos de vida — digo.

— Ela ficou trancada no palácio durante os últimos anos de vida — conta Amina. — Ninguém tinha permissão para vê-la ou falar com ela, exceto por uma serva, uma mulher muito velha que morreu logo depois de Cinderela. E o próprio Manford, é óbvio. — Amina se vira para Constance e fala diretamente com ela. — Não sei o que ela pretendia dizer à sua Gabrielle. O que quer que Cinderela soubesse, levou consigo para o túmulo.

Constance passa a mão na testa e afunda na cadeira.

— Talvez você deva deixar para lá — diz Amina. — Cinderela viveu e morreu há muito tempo, e o que está acontecendo em Mersailles, especialmente em Lille, é trágico, mas o que você pode fazer? Nada mudou em duzentos anos. Talvez nunca mude.

Constance balança a cabeça.

— Covarde.

Amina ergue uma sobrancelha e então torna a olha para o fogo.

— Você pode me chamar do que quiser, isso não muda o fato de que você não pode fazer nada para pará-lo.

Amina vai até a prateleira, pega o livro estranho que vi antes e o abre na mesa da cozinha. Depois de correr o dedo pelas palavras ali escritas, ela adiciona no caldeirão ingredientes das jarras na parede dos fundos.

Eu a observo com atenção.

— O que você está fazendo?

— Me tornando invisível para que sua amiga não continue me encarando como se quisesse me matar. — Ela lança um olhar raivoso para Constance.

— Está falando sério? — pergunto.

Amina ri.

— Não, mas é algo que preciso fazer, a não ser que você queira me ver como realmente sou.

Constance se empertiga.

— Quer dizer que você não é apenas uma vovozinha malvada?

Amina para, os ingredientes borbulhando no caldeirão. De repente, seu rosto se contorce, adquirindo um tom amarelo-claro, a boca voltada para baixo. Sua pele começa a pender enquanto sua fisionomia muda. Ela se transforma em um cadáver de aparência ancestral, abatido e podre. Cubro minha boca para abafar um engasgo, e Constance recua, derrubando uma pilha de potes e pratos de barro. Então, Amina volta rapidamente à sua aparência anterior e sorri.

— Não deixe essa fachada enganar você. Não sou sua vovó. Não brinque comigo. Entendeu?

— Tudo bem! — grita Constance.

Sinto como se meu coração estivesse tentando escapar do meu peito enquanto Amina enche um copo no caldeirão e bebe a mistura, com uma leve expressão de nojo no rosto. Ela enche o cachimbo e fuma feito uma chaminé até seus olhos se tornarem fendas.

Vou para a cozinha. Amina resmunga para si mesma, e Constance me segue e desliza pela parede para se sentar no chão. Meu coração ainda está acelerado quando minha atenção é atraída pelo livro que está aberto no balcão.

Eu me aproximo dele. Tem cheiro de papel queimado e carne podre. Coloco uma das mãos sobre a boca enquanto leio as palavras. Parece uma receita, mas os ingredientes são coisas de que nunca ouvi falar: a coroação de um galo, Alteza John o Conquistador, pele de cobra recém-trocada. Eu olho de relance para Amina e, em seguida, viro a página. Cada uma é repleta de receitas e feitiços, todos escritos à mão e com anotações riscadas nas margens. Papéis e bilhetes estão enfiados entre as páginas.

Perto do final do livro, há um capítulo inteiro amarrado com fitas vermelhas em uma série de nós intrincados e marcado com um selo de cera. O título é *Necromancia*.

— O que é necromancia? — pergunto.

Amina vira a cabeça e me olha de canto de olho, mas não diz nada. Constance espia por cima do meu ombro para ver o livro.

— É quando você se comunica com os mortos — diz ela.

Amina dá um risinho.

— Você sabe de tudo, não sabe?

— Mas não é isso? — pergunta Constance.

— Não — responde Amina. — Não é. Não dá para se comunicar com os mortos. Eles estão mortos.

Constance coloca a mão na cintura.

— Não. Já ouvi falar disso. É para se comunicar com os mortos. Tenho certeza. Ela está mentindo.

Amina se levanta e marcha na nossa direção, e por um segundo acho que ela vai pegar uma varinha e jogar uma maldição sobre nós. Até Constance parece ter se arrependido do que disse.

— Você não faz ideia do que está falando — rebate Amina. — É necessário chamar o espírito de volta para se comunicar com ele.

Sinto uma ideia surgir. Eu tento deixá-la para lá, mas ela já se enraizou. Ela floresce e fica na minha mente, chamando atenção.

E é assustadora.

— Podemos... podemos fazer isso com a Cinderela? Podemos nos comunicar com ela para descobrir o que ela estava tentando dizer a Gabrielle?

Constance me encara sem expressão.

Amina faz uma carranca.

— Cinderela está morta há quase duzentos anos. Um feitiço de necromancia para ela precisaria de... — Ela para e olha diretamente para mim, e me preocupo que de alguma forma ela também tenha sentido a ideia que tomou conta da minha mente. Tão horrível e inimaginável que eu não quero nem dizê-la em voz alta.

— Precisaria de quê? — questiono. Espero para saber se o que é necessário é tão horrível quanto acho que pode ser.

— Um corpo. — Amina dá uma tragada profunda no cachimbo e a fumaça rodeia sua cabeça. — O corpo *dela*.

Agora eu encaro Amina. Penso em pedir a ela que explique, mas sua expressão me impede. Suas feições endurecem até se tornarem uma máscara de pedra, e ela balança a cabeça e murmura algo para si mesma. Constance está perdida em pensamentos. Ela levanta a cabeça para olhar para mim, mas não diz nada. Espero que ela não pense que sou um monstro pelo que estou prestes a dizer.

— Cinderela é a única que talvez saiba como pará-lo — digo, medindo minhas palavras. — A única que talvez saiba qual é a fraqueza dele.

— Não vou te ajudar — interrompe Amina. Ela me encara enquanto fala entredentes. — Como você ousa me pedir isso?

— Espera — pede Constance, o olhar indo de um lado para o outro, entre Amina e eu. — Você está sugerindo que a gente traga Cinderela de volta dos mortos?

— Vocês não entendem — diz Amina. — Eles não voltam como as pessoas que costumavam ser. São mortos-vivos, mudados. Não vou fazer isso.

— Precisamos falar com ela — reforço. — Todos os outros que poderiam ser úteis estão mortos. Cinderela estava lá com o Príncipe Encantado no castelo. É assim que vamos descobrir o que ela queria contar a Gabrielle. Você nos deve isso.

— Não devo nada para vocês. — Os dedos de Amina tremem enquanto ela agarra seu copo e volta para a cadeira.

Constance caminha até ela e se abaixa para olhá-la nos olhos.

— Você ajudou a colocar Manford no trono. Você viu o que ele fez, o que ele se tornou, e só agora você resolveu ter consciência? Onde ela estava quando você fez Cinderela se apaixonar por ele contra a vontade dela?

— Eu errei! — grita Amina, a voz falhando. — Um erro que não pode ser consertado, porque eu não tenho como... — Ela para e se recompõe. — Eu não tenho como consertar as coisas.

— Você nem tentou — diz Constance, com raiva.

— Parem. — Eu pego o livro e o levo para Amina. Olho bem no rosto dela. Ela está sofrendo. — Todos fazemos escolhas das quais nos arrependemos. Mas não podemos mudar o que já aconteceu. A única coisa que podemos fazer é tentar tornar as coisas melhores agora. As pessoas ainda estão sofrendo. — Eu entrego o livro a ela. — Você pode ajudar a elas e a nós.

Um silêncio nos envolve. Amina olha para o fogo por um longo tempo antes de se levantar e fechar o livro, colocando-o na estante. Ela inclina a cabeça para trás e fecha os olhos, respirando fundo como se tivesse se conformado com alguma coisa.

— Vamos precisar reunir e preparar os ingredientes. O ritual é complicado.

— Então você vai nos ajudar? — pergunto.

Amina assente e meu coração dá um salto.

— Necromancia pode ser muito perigosa, mais do que vocês podem imaginar — diz ela em voz baixa. — Nós nos abrimos para uma outra esfera onde espíritos e outras coisas inumanas residem. Precisamos tomar todas as precauções possíveis. Quando você abre a porta entre esta vida e o que vem depois, bem, tenho certeza de que vocês conseguem imaginar os horrores que podem aparecer. E alguns espíritos são difíceis de se livrar. Precisamos ter cautela.

— O que fez você mudar de ideia? — pergunto.

— Você, Sophia — responde Amina. — Você é uma espada afiada. Um verdadeiro incêndio.

Isso me pega de surpresa. Não me vejo assim de jeito nenhum. Na verdade, essas palavras descrevem mais Constance do que eu.

— Ela não está errada — afirma Constance, assentindo como se também visse essas coisas em mim.

— Então enfim vocês concordam em alguma coisa — digo.

— Não coloque tanta importância nisso, querida — diz Amina. — Eu não ligo para essa aí. — Ela gesticula para Constance.

— O sentimento é mútuo, vovó — replica Constance.

24

Nossa preparação para o ritual começa naquela mesma noite. Amina leva Constance e eu ao jardim. Talvez essas plantas cresçam na sombra ou sob o luar, porque, mesmo sendo final de outono, há flores e folhas verdes. Ela caminha, descrevendo o que precisa e fazendo uma lista das coisas que não tem.

— Você reconhece isto? — pergunta Amina, apontando para uma planta na altura da cintura com dezenas de flores em forma de dedal em tons de ametista, todas agrupadas como favos de mel de uma colmeia.

Eu balanço a cabeça, me sentando nos pequenos degraus que levam ao seu jardim. Constance se senta ao meu lado.

— Dedaleira — explica Amina. — Útil para ressuscitar os mortos ou, no caso contrário, para parar o coração. O veneno é mortal. E esta aqui? — Ela aponta para um arbusto pequeno com folhinhas de trevo e flores de um amarelo forte.

— Arruda — respondo, feliz por conhecer pelo menos uma das plantas. — Minha avó fazia um chá com essa planta quando estava tossindo ou quando tinha dor de estômago.

Amina parece muito satisfeita com minha resposta.

— Sua avó era uma mulher sábia. Também é usada para proteção e adivinhação. — Ela parece pensativa. — Vamos colher o que precisamos na primeira noite de lua cheia. Há algumas coisas que temos de pegar em outro lugar, mas devo avisá-las, não será uma tarefa agradável.

Eu olho para ela com curiosidade.

— Não tenho certeza se gosto de como isso soa.

— O feitiço pede um coração que ainda esteja batendo. Pode ser de algo pequeno. Um coelho, talvez. Precisaremos abrir o peito dele enquanto ainda estiver vivo. — Amina faz mímica como se estivesse cortando, e meu estômago revira.

— Com essa agradável notícia, vou voltar para dentro — diz Constance.

Ela passa a mão nas minhas costas quando se levanta. Um arrepio quente percorre meu corpo. Eu a observo enquanto ela caminha em direção à frente da cabana. A sensação permanece comigo no ar frio da noite.

— Não gosto dela nem um pouquinho — diz Amina.

— Eu gosto muito dela — digo.

Mordo minha língua, sentindo aquela familiar pontada de vergonha. Odeio ainda me sentir assim mesmo estando tão longe de Lille.

— Mas é óbvio. — Ela se inclina sobre um arbusto e reajusta uma gavinha de pequenos brotos que serpenteia por uma treliça. — Ela é irritante. Você, por outro lado, parece uma menina doce. Como é que vocês duas se tornaram aliadas?

— Ela me ajudou depois que meus pais me colocaram para fora. Aconteceu há apenas alguns dias, na noite do baile, na verdade. Ainda não parece real. É difícil explicar.

— Bem, você não precisa explicar para mim. — Ela fala de um jeito duro, objetivo. Parece com Constance nisso, e eu agradeço. Já tive pessoas demais mentindo para mim, repetindo as mesmas frases ensaiadas de novo e de novo. — E não faz sentindo sentir pena de si mesma.

— Não sinto. Tenho pena deles. Dos meus pais, quero dizer. Eles só sabem seguir o rei. Eles ficam perdidos quando o assunto é me ajudar.

— E você não está perdida?

Penso por um momento.

— Talvez eu esteja. Mas a diferença é que quero ser encontrada. Não fico feliz fingindo que está tudo bem quando sei que não está.

— E quem é que você acha que vai te encontrar? — pergunta Amina.

— Eu mesma — respondo. — *Eu* me encontrarei.

Ela se aproxima e se senta ao meu lado. Me observa, me olhando a fundo, como se pudesse ver cada um dos meus defeitos, das minhas fraquezas, e fico com medo.

— É tão mais fácil esquecer o mundo quando se está sozinha na floresta. Há menos opiniões, menos coisas a considerar.

— Parece algo com que eu poderia me acostumar — respondo. — Mas não quero esquecer de verdade o que está acontecendo em Lille. Não posso dar as costas às pessoas que ainda estão lá, lutando para sobreviver.

Há um farfalhar nas árvores. Eu me levanto e olho ao redor, atenta. Amina ri.

— Está tudo bem — diz ela, erguendo a mão. O corvo surge do meio das árvores, mergulhando e pousando no ombro dela. — Ele é meu amigo. — O pássaro se aconchega nela e depois voa e pousa no telhado. — Ele é o que chamamos de familiar. Ele fica de olho no caminho que dá aqui, e me informa se algo está acontecendo. — Um pouco do exterior duro dela se suaviza. Ela me dá um tapinha no ombro. — Venha. Vamos entrar.

Damos a volta na casa e encontro Constance sentada no estreito degrau da frente. Amina passa direto por ela sem sequer olhar para baixo. Eu me sento ao lado de Constance.

— Isso deve ser difícil para você — começo. — Estar aqui, sabendo que ela foi responsável pelo que aconteceu com sua família.

— É difícil — diz Constance. Ela dá um suspiro pesado e pressiona a perna na minha. — Eu sabia que ela estava envolvida, mas foi tão traiçoeira. Ela levou um cordeiro para o matadouro. Eu sempre soube que a Cinderela nunca teria ficado com Encantado, com Manford, se não fosse pela fada madrinha.

— Isso não muda o que aconteceu, mas ela está disposta a nos ajudar agora, e acho que ela sabe exatamente quanta dor e sofrimento causou. É por isso que ela está aqui.

— Ela está aqui para se esconder. — Constance não se comove.

— Sim, mas por quê? — pergunto. — Ela se exilou como uma forma de se punir. Talvez ela não soubesse mais o que fazer. Você a ouviu dizer que não acha que ele pode ser impedido. Talvez ela tenha desistido.

— Eu acho que uma parte de mim também desistiu. — Constance deixa escapar um suspiro exagerado e se vira para mim, sorrindo. — Não vou perdoá-la pelo que ela fez, mas não vou matá-la.

— Acho que vai ter que servir por enquanto.

Constance me olha daquele jeito de novo, e eu quero que ela continue para sempre. Ela faz com que eu me sinta vista. Viva. Com que eu tenha esperança.

— Sabe, se conseguirmos parar Manford, você poderia voltar para Lille. Você não teria que ficar longe. — Imaginar todas essas novas possibilidades me ajuda a afastar os pensamentos do que terá que acontecer primeiro.

— Eu gostaria disso — responde Constance. — Seria bom ficar em um lugar só depois de todo esse tempo.

Sob o brilho do luar, o cabelo dela é como brasa fumegante, o rosto tão próximo ao esplendor das estrelas no céu acima de nós que me pergunto como ela pode ser real.

— Mas mesmo que consigamos encontrar uma maneira de acabar com o reinado dele — diz Constance —, isso não significa que todo mundo vai mudar de repente. O povo de Lille não conhece nada além das leis e regras de Manford. Será difícil fazê-los ver as coisas sob uma nova perspectiva.

Ficamos em silêncio por um momento, uma onda de tristeza crescendo em mim, e Constance parece senti-la. Ela deita a cabeça suavemente no meu ombro e seu cabelo toca minha bochecha. Eu inspiro o perfume floral que sempre se agarra a ela.

— Se isso não funcionar — continua Constance — podemos fugir juntas. Talvez arrumar a nossa própria cabaninha decrépita na floresta.

Ela está brincando, mas não parece uma má ideia. Sinto meu rosto enrubescer.

— Pode ser que você se canse de mim.

— Pode ser que eu me canse da sua comida — replica ela, sorrindo.

— Aquele mingau estava...

— Horrível? Eu sabia!

Constance acaricia as costas da minha mão. Por um momento, acho que ela pode virar o rosto para cima e pressionar os lábios contra os meus, e por mais que eu queira isso mais do que qualquer coisa, não consigo deslizar minha mão sob seu queixo e trazer sua boca mais para perto. Meus sentimentos por Constance crescem a cada segundo que passa, mas meus sentimentos por Erin pesam em meu coração. Me sinto péssima por me importar tão profundamente com Constance enquanto Erin sofre.

Ela não deveria estar sofrendo, nem eu. É esse sentimento que dá força à minha decisão de fazer o que for preciso para garantir que o reinado de Manford chegue ao fim, mesmo que isso envolva ressuscitar Cinderela dos mortos.

25

Na noite seguinte, a lua é só uma lasca de prata no céu escuro, e Constance, Amina e eu nos reunimos ao redor do fogo enquanto um vento cruel sopra pela Floresta Branca.

Constance afia a adaga em uma pedra lisa enquanto Amina fuma seu cachimbo.

— Gostaria de pedir algo a vocês — diz Amina.

Constance faz uma careta, e eu a cutuco com o ombro.

— O que é? — pergunto.

— Estamos nos dirigindo a um futuro desconhecido. Eu gostaria de ver se, talvez, conseguíssemos iluminar nosso caminho.

Constance se exaspera.

— É óbvio que você tem algo específico em mente, então por que não diz logo?

Amina revira os olhos e fica de pé, colocando um pedaço de pergaminho na mão de Constance. Eu me aproximo e leio. É uma lista de ervas do jardim que precisaremos, e abaixo um cronograma com pequenos desenhos das fases da lua e a palavra "adivinhação".

— Adivinhação? — pergunta Constance. — Tipo prever o futuro?

— É uma ferramenta — diz Amina. — Para ver o que está adiante.

— Você consegue ver o futuro? — pergunto.

Amina torna a se sentar e pega seu cachimbo.

— De certa forma, sim. Não acham que uma espiadinha no que está para acontecer pode ser útil?

— Como fazemos isso? — questiono, intrigada.

Amina se recosta na cadeira e cruza as pernas.

— Depois da colheita, na lua cheia, veremos o que poderá ser visto.

— Será que ao menos uma vez você pode dar uma resposta direta? — pergunta Constance, inclinando a cabeça para trás e encarando o teto. — Estou cansada de tentar decifrar suas charadas. Ver o que poderá ser visto? O que isso significa?

— Significa cale a boca e pare de fazer tantas perguntas — rosna Amina.

Constance se endireita e abre a boca para falar ou, mais provável, dizer algumas palavras malcriadas, quando os ventos se agitam.

O telhado chacoalha e as tábuas do piso rangem sob a cadeira de balanço de Amina. Uma forte corrente de ar invade a sala, e as chamas do fogo crepitante colidem com os tijolos escurecidos da lareira. Um barulho é trazido pelo vento.

— Este lugar vai ser soprado para longe na próxima lufada de vento — diz Constance.

— Com sorte, soprará você também — replica Amina sem levantar a cabeça.

Constance ergue uma sobrancelha.

— Escuta aqui...

— Shh! — interrompo, me pondo de pé. — Vocês ouviram isso?

— É o vento, Sophia — responde Constance.

— Não. Não, há outra coisa.

Há outro som no vento. O relincho de um cavalo. Quando o vento sopra novamente, todas nós o ouvimos. Amina salta da cadeira e fica ouvindo no meio da sala. Ela vai até o tapete puído que ocupa a maior parte do chão, agarrando-o pela ponta e revelando uma portinha embaixo. Quando ergue a porta da escotilha, vejo o brilho inconfundível de medo em seus olhos.

— Entrem. Agora. Não digam nada. Nem respirem, se puderem evitar.

Constance fica ao meu lado e nos enfiamos na pequena abertura, que leva a um depósito. Com seu teto baixo e chão de terra, mal passa de um buraco no chão. Nós nos agachamos enquanto Amina derruba a porta da escotilha e a cobre com o tapete, jogando uma chuva de poeira sobre nós.

— O que está acontecendo? — pergunta Constance. A voz dela é ampliada no pequeno espaço, e Amina pisa no chão com força acima de nós.

— Shh! — digo. — Tem alguém vindo.

Seguro o ar e tento ouvir além das batidas do meu coração martelando nas minhas orelhas. Cavalos, vozes de homens, e então uma batida na porta. Amina se dirige para a parte da frente da casa, e suas botas fazem barulho nas tábuas de madeira do chão. As dobradiças enferrujadas rangem quando ela abre a porta. Passos mais pesados entram na cabana e param logo acima de nossa cabeça.

— Ainda vivendo na miséria, pelo que vejo — diz uma voz masculina. É familiar

— Combina comigo — confirma Amina.

— Verdade — diz o homem. — E me conte de novo por que você escolheu viver assim? Você com certeza não está aqui por ordens minhas.

— Prefiro aqui do que a cidade ou o palácio. — O tom de Amina é condescendente, e o homem muda o peso do corpo de um pé para o outro. — Por que você está aqui?

— Você sabe o motivo.

De repente eu reconheço a voz, e o medo toma conta de mim. Meu coração bate forte, e eu prendo a respiração. Rei Manford.

— Você não vem até a minha porta há anos, e agora aparece porque quer alguma coisa.

— Uau, isso magoa — diz ele.

— Ah, por favor — replica Amina. — Nós dois sabemos que seria necessário mais do que isso para ferir seus sentimentos.

— Você me conhece bem demais — admite ele. Eu o escuto rir. É a coisa mais desagradável e pouco natural que já ouvi.

Procuro a mão de Constance no escuro e a encontro em punho. Ela dá um passo mais para perto de mim.

— Você é a lendária fada madrinha — diz o rei em um tom de zombaria. — Transforma abóboras em carruagens e vidro em sapatinhos. Seu lugar é no palácio. É você, afinal de contas, quem sempre esteve nesta jornada comigo.

— Nossa jornada acabou há muito tempo — responde Amina.

— É isso o que você diz para si mesma? — Ele suspira.

— Chega — interrompe Amina. — Você precisa ir embora e me deixar continuar como estive todos esses anos, sem sua interferência.

Constance me dá um tapinha no ombro e aponta para baixo, para sua outra mão. Eu a estava apertando com muita força. Solto imediatamente. Enquanto ela se reajusta, pressiona o peito tão junto ao meu que posso sentir seu batimento cardíaco. E está acelerado.

— Quero a garota, e a quero agora. Onde ela está?

— Você não a *convidou* para o baile? Isso implica que ela tinha o direito de ir embora se quisesse.

O rei ri enquanto mais poeira cai na minha cabeça.

— Você sabe que não é assim que funciona — diz ele.

Constance pressiona os lábios na minha testa e eu fecho os olhos com força. Espero Amina abrir a escotilha e nos entregar. Há um ruído acima de nós quando Amina dá um passo em direção ao rei.

— Vá embora — diz ela. — E não volte mais.

— Eu esperava que esse tempo escondida tivesse feito você pensar, te dado foco, mas você continua completamente inútil. Sua magia é falha, fraca. Tem certeza de que ainda pode se chamar de bruxa?

Amina respira longa e profundamente. Quanto mais tempo ele ficar, mais será capaz de irritá-la, talvez até mesmo fazê-la questionar a decisão de nos ajudar.

— Você é tão inútil quanto sempre foi — rosna o rei. Ele se move em direção à porta, então faz uma pausa. — Seus feitiços e poções sempre falharam. Tive de resolver as coisas com as minhas próprias mãos por causa da sua incapacidade.

Amina não responde.

— Espero que você me mantenha informado caso ouça alguma coisa — completa o rei.

A porta da frente se abre e um cavalo relincha. O silêncio reina por vários minutos, e então a escotilha se abre. Amina olha para nós, o rosto abatido, a boca apertada em uma linha fina. Subimos e ficamos quietas, esperando para ter certeza de que o rei se foi.

— O que foi tudo isso? — pergunta Constance, raivosa. — Estamos aqui e de repente ele decide parar para uma visita?

— Vamos lá, não faz sentido esconder como você está se sentindo. Bote para fora — diz Amina, que parece completamente exausta.

— Você contou para ele que estamos aqui! — Constance corre para a janela e espia lá fora, com a adaga na mão.

Amina parece não ouvi-la enquanto desaba em uma cadeira.

— Espere aí — digo, erguendo as mãos, meu coração ainda batendo forte. — Amina poderia ter aberto a escotilha e nos entregado, mas ela não fez isso.

Constance vai para a cozinha.

— Você acha que ele vai voltar? — pergunto.

— Não se souber o que é melhor para ele. — Amina suspira. — Minha querida Sophia, pode ser que um dia você se veja protagonista do seu próprio conto de fadas. Já posso vê-lo transformando sua fuga em uma narrativa feita para manter o povo na linha.

— Não darei a ele a chance de me usar assim — respondo. — Eu morreria primeiro.

Amina se vira para mim, a tristeza em seus olhos.

— Por favor, não diga isso. Pode ser que aconteça.

26

Passamos os dias seguintes nos preparando para a colheita. Cada farfalhar das árvores ou ranger das tábuas da velha cabana me faz pular, temendo a volta do rei. Constance desconfia tanto de Amina que se ajusta aos horários dela, dormindo quando ela dorme, acordando quando ela acorda e a seguindo aonde quer que ela vá, o que leva Amina ao limite.

Quando a lua cheia nasce, elas mal estão se falando, mas chegou a hora de colhermos as ervas para o ritual de necromancia e colocar em prática o trabalho que Amina chama de adivinhação.

Amina pega buquês de ervas do jardim — absinto, artemísia, folhas de louro, verbena, milefólios. Usando um almofariz e um pilão, ela as tritura em diferentes combinações. Faz sachês de linho branco e os enche com as ervas, costurando-os. O semblante de concentração em seu rosto é tão intenso que não ouso interromper, embora esteja curiosa sobre os passos do ritual.

Ela consulta o livro, sai e verifica o céu e, quando termina, prepara uma infusão de arruda e a serve em três xícaras.

Eu engulo um bocado e tenho que segurar um engasgo, meus olhos lacrimejando.

— É tão amargo.

— Tome tudo — diz Amina. Ela bebe como se não fosse nada.

Constance beberica seu chá. Quando terminamos, Amina nos pede para segui-la até o lado de fora.

— É madrugada — observa Constance.

Amina pisca.

— E?

— Você acha que é seguro? — pergunto.

Amina ri.

— Não. Não é seguro, mas é necessário.

Constance ajusta a posição de seu cinto e toca o cabo da adaga.

Um sorrisinho malicioso se espalha pelos lábios de Amina.

— Não vai te ajudar muito. Não é dos lobos ou ursos que você deve ter medo. As criaturas noturnas, aquelas sem nome, que ganham vida ao luar... é com elas que você deve se preocupar.

Constance para no meio de um passo, erguendo o queixo.

— Tenho certeza de que não há nada tão assustador lá fora quanto você.

— Tomara que você esteja certa sobre isso — diz Amina.

— Podemos andar logo com isso? — pergunta Constance.

— Acho que você deveria tomar mais cuidado com essa sua língua — comenta Amina, ainda sorrindo. — Antes que você se veja do lado errado de um feitiço de transformação. Seria uma pena se você terminasse como um anfíbio pegajoso.

Ela sai pela porta da frente.

— Ela estava me ameaçando? — Constance olha para mim. — Porque pareceu uma ameaça.

Ouço Amina gargalhar lá fora e dou de ombros, mas Constance permanece séria.

— Não acho que ela esteja falando sério — afirmo.

— Não quero passar o resto da minha vida como um sapo, Sophia.

— Mas você seria um sapo tão fofinho — digo. — Uma linda rã-touro.

Constance balança a cabeça e aperta minha mão rapidamente.

Caminhamos em procissão atrás da cabana e por um matagal sob a luz forte da lua cheia. Quando chegamos a uma segunda clareira menor, encontramos uma lagoa. O espaço acima dela, aberto para o céu noturno, permite a entrada do luar. Sem plantas, animais ou mesmo ondulações, aquela extensão plana de água, larga como a própria cabana, parece não se encaixar ali. É como um grande espelho redondo.

Minha cabeça gira. Sinto que estou flutuando. Olho para Constance, que se sentou no chão.

— O que tinha naquele chá? — pergunto.

Amina balança para a frente e para trás, de olhos fechados.

— A arruda faz efeito rápido. Especialmente sob a luz da lua. — Ela olha na direção da água. — Para dentro.

— Precisamos entrar completamente? — questiono. A lua parece brilhar mais forte do que nunca.

— Sim. — O tom de Amina é muito sério. — Há muito tempo, quando as pessoas queriam ter um vislumbre do que o futuro traria, podiam olhar para uma lagoa assim, em uma noite de lua cheia, quando a água estivesse calma. Aprendi que entrar na água durante o processo de adivinhação faz a visão ser mais nítida. Quando entrarem na água, esvaziem a mente e vejam o que será revelado.

— Lá vem você de novo — reclama Constance. — Você e suas charadas.

O ar de repente fica bem frio, e algo me vem à cabeça.

— Tenho que me despir completamente?

O olhar de Constance passa por mim, enviando um choque pela minha coluna.

— A nudez é opcional — responde Amina. — Mas, pelo que sei, todas temos as mesmas partes. E mesmo que você não tenha, não há nada do que se envergonhar, querida. Também já vi genitais o bastante.

Constance torce o nariz.

— Faça ela parar.

Eu prendo uma risada. Me sinto quase eufórica à luz da lua.

— Eu vou primeiro.

Amina se despe sem pensar duas vezes e entra logo na água. Constance se vira devagar para mim, cobrindo os olhos com as mãos.

— Eu estava certa, Amina — diz Constance. — Não há nada mais assustador nessa floresta do que você.

Não consigo segurar desta vez. Minha risada ecoa como um sino em meio à calmaria.

— Silêncio — adverte Amina.

Ela flutua na água, de olhos fechados. O luar brilha sobre ela. As gotas se agarram em seu cabelo. A lagoa não ondula enquanto ela balança suavemente na água. Ao nosso redor, vaga-lumes se juntam nos galhos das árvores, suas luzinhas amarelas acendendo e apagando. Constance e eu assistimos em silêncio. De repente, os olhos de Amina se abrem e ela olha para Constance.

— Então é assim que será.

— Assim que será o quê? — pergunta Constance.

Amina sai da água e se enrola no xale.

— Você é a próxima — ela informa Constance.

Constance fica de costas para mim e tira os braços da túnica, puxando-a pela cabeça e jogando-a no chão. Não consigo parar de olhar. Ela tira as calças e as deixa de lado. Quando ela gira em minha direção, tenho que fazer um grande esforço para evitar que minha boca se escancare. Um cobertor de sardas cobre seu peito e seus ombros e cai por seus braços como uma pitada de poeira estelar. O cabelo, uma massa de cachos ruivos luminescentes, emoldura o rosto dela como um halo. Constance não desvia o olhar ou tenta se cobrir. Uma onda de desejo ameaça me consumir. Com um sorriso malicioso, ela entra até que a água fique logo abaixo de seus ombros.

— Feche os olhos — ordena Amina.

Constance olha para mim mais uma vez antes de fazer isso. Minha cabeça ainda está girando, mas agora não é só por conta do efeito da arruda. Constance inclina a cabeça para cima, como se estivesse ouvindo algo. Ela golpeia a água com a mão. Seus olhos se abrem lentamente. Estão cheios de lágrimas.

— O que foi? — pergunto.

Constance não responde. Ela volta a fechar os olhos. Sua respiração sai em rajadas rápidas; um gemido escapa de sua boca. Ela abre os olhos e sai da água, caindo no chão. Corro para o seu lado.

— Estou bem — diz ela.

Eu não acredito. Ela está tremendo, abraçando a própria cintura. Eu coloco a túnica em volta de seus ombros, e ela sorri, mas há tristeza ali.

— Sua vez, Sophia — indica Amina.

Não estou usando nada por baixo da túnica e do colete, e penso em entrar totalmente vestida. Me aproximo da beira da água, mas paro. Eu fugi do baile, viajei para a Floresta Branca para encontrar uma bruxa e estou me preparando para ressuscitar Cinderela. Comparado a essas coisas, estar nua sob um céu estrelado não parece uma tarefa tão monumental.

Desabotoo meu colete e o deixo de lado. Amina se vira completamente, mas Constance apenas olha para o céu. Tiro a túnica e as calças e entro na lagoa. Eu me preparo para o frio da água, mas é como entrar em um banho quente. Constance olha para mim, e algo nela muda. Sua boca abre e fecha, como se ela quisesse falar, mas não pudesse. E enquanto ela me examina, absorvendo cada centímetro de mim, seu olhar permanece por mais tempo nos meus olhos.

— Tente esvaziar sua mente — diz Amina. — Se isso for possível.

Ela me olha como se soubesse. Meu rosto cora.

Fecho os olhos. Na água, não tenho peso. Inclino a cabeça para trás e de repente me sinto como se estivesse caindo. Meus olhos se abrem de repente. Eu luto para manter meus pés debaixo de mim. A água espirra, batendo no meu peito.

— Você está bem? — pergunta Constance, da margem.

— Sim. Eu... eu só... estou bem.

Fecho meus olhos e de novo me sinto como se estivesse caindo. O rosto do rei aparece na minha mente, sorrindo com escárnio, uma máscara de ódio e raiva. Seus olhos estão pretos e vazios, e Cinderela está bem atrás dele, falando comigo, suas palavras abafadas. O rei estende a mão para mim, segurando meus ombros e me puxando para perto dele. Seu rosto se transforma em algo horrível e podre — algo morto. Uma bola de luz incandescente irrompe entre nós, puxando bem no meio do meu peito. Eu grito.

— Sophia!

A voz de Constance corta meus próprios gritos. Ela está na água comigo, com o braço em volta da minha cintura, me puxando em direção à margem. Eu tusso e engasgo, e água fétida jorra da minha boca. Eu tinha afundado e nem percebi.

Amina está muito quieta, olhando. Assistindo. Eu me apoio em Constance enquanto saímos da água. Caio de joelhos na terra, e o ar frio faz com que eu sinta pontadas em minha pele úmida. Estou completamente esgotada, como se não dormisse há dias.

Constance pousa a mão nas minhas costas.

— O que aconteceu?

— Não sei. Vi alguma coisa — tenho dificuldade em explicar, olhando para a água. — O rei... vi o rosto dele. Havia uma luz...

Constance olha nervosa para a lagoa enquanto me puxa para cima e enrola minhas roupas em volta de mim. O chão parece se mover sob meus pés, e o céu se aproxima. Ela levanta meu braço e o coloca em volta do pescoço.

— Venha. Vamos secar você.

Uma vez lá dentro, ela me ajuda a sentar em uma cadeira e me enrola em um cobertor enquanto organizo meus pensamentos. Amina nos segue e tranca a porta, com um olhar preocupado no rosto. Constance se ajoelha ao meu lado, acariciando as costas da minha mão.

— Você me assustou — diz ela suavemente.

Com certo esforço, tento entender o que acabou de acontecer. Vi algo lá na água. Foi como um sonho, mas eu estava bem acordada. Uma visão? Uma alucinação?

— O que vocês viram? — pergunta Amina, indo para uma cadeira perto do fogo.

Não consigo pensar direito. Constance responde primeiro.

— Eu estava sentada, lendo um livro — começa ela.

— Que livro? — pergunta Amina.

— A história da Cinderela.

— Só isso?

— Não — responde Constance em voz baixa. — Havia um corredor. Estava escuro e cheio de fumaça. Vi alguém caído lá.

— Quem? — pergunto.

Constance dá de ombros.

— Não sei. — Ela se vira para Amina. — O que você viu, vovó? Você e Manford saltitando pela Floresta Branca, de braços dados?

Constance está abalada e parece tentar desesperadamente tirar da cabeça seja lá o que viu.

Amina se vira para mim.

— Vi minha própria morte.

Meu coração acelera.

— Você vai morrer?

Amina balança a cabeça e encara o próprio colo.

— A morte chega para todos nós, não?

— Não para Manford — sussurra Constance.

— O que você viu, Sophia? — pergunta Amina.

Inspiro fundo e tento pensar.

— Pareceu que eu estava caindo. Vi o rei e vi Cinderela, e houve um puxão no meio do meu peito, ao mesmo tempo que meu estômago se revirou. O rosto dele estava nítido, mas borrado nas bordas, e ele estava apenas parado lá. Ele... ele sorriu para mim. E então virou um corpo pútrido e uma luz me envolveu. — Eu me abraço para evitar tremer. — Pareceu que... pareceu que eu estava morrendo.

Os cantos da boca de Amina viram para baixo e seus lábios se abrem. Eu vi essa expressão em seu rosto na noite em que Manford veio aqui. É pavor.

— O que isso significa? — pergunta Constance.

Amina encara o fogo, se recompondo antes de falar.

— Não posso dizer. Mas sei que o significado se revelará para vocês com o tempo.

As imagens se repetem em minha mente de novo e de novo.

— Estou com medo.

— Você seria uma tola se não estivesse — diz ela.

Amina dá uma baforada no cachimbo, uma coroa de fumaça com cheiro de terra envolvendo sua cabeça. Raiva e medo borbulham dentro de mim.

— Eu quero impedir Manford. Não quero que ele machuque mais ninguém, mas como posso fazer isso se ele é o monstro que você diz que é? Quem sou eu para detê-lo?

— O medo sempre existe, assim como a dúvida — diz Amina. — A única coisa que importa é que você continue avançando. E como isso é exatamente o que você está fazendo, peço que reconheça que é digna desta tarefa.

— Não sei se sou — digo. — Constance tem lutado pelo que é certo a vida toda. E você, você é *a* fada madrinha.

— Eu pareço uma fada para você? — Amina dá um sorrisinho perverso. Ela larga o cachimbo, pega minha mão e aperta entre as suas. — Você sabe quantas bruxas velhas estão perambulando por aí nessas florestas?

Eu dou de ombros. Não sei a resposta para essa pergunta, mas, se há outras bruxas e fadas madrinhas por aí, me pergunto o que elas estão fazendo com seus poderes. Elas estão se escondendo? Será que se preocupam minimamente com o que está acontecendo em Mersailles?

— Há uma mulher em Lille que tem uma loja chamada Maravilhas da Helen. Ela afirma ter todas as suas receitas, todas as suas poções e pós. Garante que ela é o mais próximo de uma fada madrinha que a maioria de nós terá.

— Helen é uma mentirosa e uma vigarista e vende mijo de vaca em garrafas chiques para pessoas ignorantes e muitas vezes desesperadas — diz Amina em tom de desaprovação. — O único motivo pelo qual ela tem permissão para continuar com isso é porque Manford sabe que ela é uma farsa.

Eu engulo em seco. Bebi meio frasco de mijo de vaca e dei o resto a Erin. Esse é um segredo que vou levar para o túmulo.

— Além das impostoras, há mais do que só um punhado de feiticeiras nesta terra. Eu não sou especial. Cometi erros e usei meu poder para machucar pessoas, para fazer coisas indizíveis. Eu não sou santa.

— Mas você é especial — eu digo. — Você tem um dom.

— Por favor. — Amina revira os olhos. — Você não precisa ser especial ou ter um dom ou algo do tipo. Algumas pessoas acham que são escolhidas, que estão destinadas à glória, e você sabe o que acontece enquanto elas fantasiam a possibilidade da própria grandeza?

— Não sei — respondo.

Ela estreita os olhos para mim.

— O que acontece é que alguém sem nenhum propósito especial predeterminado abaixa a cabeça, trabalha muito e faz algo acontecer por pura vontade. É aí que estamos.

— E você? Você teve suas dúvidas. Eu nem tinha certeza se poderia te convencer a nos ajudar.

— Isso é verdade. Mas as coisas mudam. Mesmo se eu não... bem, não importa. — Amina parece perturbada.

Nós três estamos abaladas com o que vimos: vagas noções de um futuro além do nosso controle, apesar de todos os nossos esforços para mudar o presente. Constance vai até as pilhas de cobertores ao lado do fogo e olha para o teto.

— Tentem descansar um pouco — diz Amina solenemente. Ela guarda o cachimbo e vai até o colchão de palha no canto.

Eu me enrolo em um cobertor grosso ao lado de Constance. Nós nos aconchegamos no calor do fogo crepitante. Constance cochila facilmente enquanto observo o fogo apagar. Espero o sono chegar, nervosa, temendo que o rei esteja à espreita em minha mente. Quando por fim adormeço, caio em um sono pesado e sem sonhos, mas, mesmo assim, sou grata por ver o sol nascer na manhã seguinte.

27

O mau presságio que me assombra fica mais forte à medida que chega o dia de começar nossa jornada para o local de descanso final de Cinderela. A carroça maior ainda está estacionada na entrada da trilha, mas como nosso cavalo foi morto pelos lobos, não poderemos usá-la. Empacotamos tudo de que precisamos para a viagem, incluindo um coelho vivo que Constance capturou atrás da cabana com uma armadilha. Ela o coloca em uma gaiola de madeira na parte de trás de um carrinho de mão. Eu evito olhar para ele. Sei seu destino.

Amina contorna a carroça, carregando uma pilha de livros. Olho para o livro de feitiços. A capa é cheia de linhas finas que se parecem quase exatamente com as da palma da minha mão. Não é couro. É pele humana.

O medo se agita dentro de mim, me lembrando de que Amina não é uma fada madrinha. Ela me observa por um momento e depois estende o livro. Eu não quero tocá-lo, mas ela coloca em minhas mãos. Um cheiro atinge em meu rosto — o cheiro da morte.

— Amina, como foi que você fez isso?

— Eu poderia te contar, mas então teria que te matar — responde ela. Constance vira a cabeça, e eu dou um passo para trás.

Amina sorri.

— Só estou me divertindo um pouco. — Ela pega o livro e o coloca no carrinho. — Essa história fica para outro dia.

Constance coloca o restante de nossas coisas na pequena carroça e partimos a pé. Amina nos conduz por um caminho estreito, mas transitável, escondido atrás da cabana e que serpenteia até o local onde tivemos que deixar a grande carroça.

— Gostaria que soubéssemos deste caminho quando chegamos — diz Constance.

— Aposto que sim — comenta Amina.

Um odor rançoso, como o que emana do livro de feitiços, atinge o fundo da minha garganta quando saímos para a trilha principal. Nosso cavalo está caído de lado. Abutres e outros animais selvagens arrancaram quase toda a carne de seus ossos. Eu desvio o olhar.

Amina nos conduz pela Floresta Branca, seu corvo baixando de vez em quando e então indo embora novamente. Só paramos para acampar por uma ou duas horas. Tempo suficiente para comer e descansar. O ritual precisa ser realizado na próxima noite sem lua, o que nos dá apenas três dias para fazer a viagem que normalmente levaria quatro a cavalo.

De alguma forma, quando emergimos da Floresta Branca, temos tempo de sobra, e penso se a confusão sonolenta que Constance e eu sentimos quando entramos inicialmente era algum tipo de encantamento. Amina não diz nada quando pergunto, mas seu sorrisinho torto é revelador.

Três guardas patrulham o espaço aberto entre as torres enquanto nos agachamos no chão, observando-os. Me pergunto se precisaremos de uma das bombas da Constance, mas não tenho nem tempo de perguntar. Amina está caminhando direto para a clareira.

— O que ela está fazendo? — pergunta Constance, com a adaga já na mão.

Nós nos abaixamos ainda mais, quietas enquanto Amina se aproxima do grupo de guardas. Um deles puxa a espada, e eu começo a ir atrás de Amina quando ela ergue a mão à sua frente. O guarda deixa cair a arma.

Parece que Amina está falando com eles. Ela segura a mão perto do rosto e dá uma soprada rápida e forte. Uma nuvem de pó prateado cintilante os envolve e eles caem no chão.

Constance vira para mim.

— Que diabos aconteceu?

Amina gesticula para que nos juntemos a ela.

— Ela... ela os matou? — gagueja Constance.

Caminho até a clareira com Constance logo atrás de mim. Os guardas estão caídos um em cima do outro, de olhos fechados, respirando pesadamente.

— O que você fez? — pergunto quando nos aproximamos de Amina, que está sorrindo aos pés da torre.

— Um pouquinho de pó de sono os mandou para a terra dos sonhos. — Ela ergue uma bolsinha de couro.

— Tive problemas para dormir — digo. — Eu poderia ter usado um pouco disso.

Um dos homens grita e rola de lado, gemendo.

— Faz ter pesadelos — informa Amina. — Do tipo que você nunca esquece. Do tipo que te assombra mesmo enquanto acordado.

Constance e eu nos entreolhamos.

— Ok, deixa para lá — desisto.

— Você devia ter transformado eles em camundongos — sugere Constance.

— Talvez na próxima — diz Amina.

Reentramos nas fronteiras da capital, e passar entre as torres de vigia traz uma nova e terrível sensação de pavor. Evitamos a estrada principal, optando por uma trilha para carruagens que contorna os arredores da cidade. Estamos seguindo essa rota quando um som de rodas começa a ecoar pelo cascalho, antes de uma carroça puxada por cavalos parar ao nosso lado.

— Precisando de carona? — pergunta o condutor.

— Não — responde Constance, soando irritada. Ela sequer levanta o olhar.

Inclino a cabeça, tentando dar uma olhada no motorista por baixo do meu chapéu. Seu rosto se transforma em uma máscara de confusão quando nossos olhos se encontram.

— É muito perigoso andar por aqui vestida assim. — Ele toma um gole de algo de um cantil pendurado em seu quadril. Não sei dizer se ele está nos ameaçando ou não.

— Nos deixe em paz — diz Constance. Ela estreita os olhos para ele e se posiciona entre nós. Procuro Amina, mas ela desapareceu.

O homem levanta as mãos.

— Agora, espere aí. Não estou dizendo nada, exceto que é perigoso. Posso dar uma carona para vocês. Basta entrar.

A mão de Constance se move para a adaga e o homem olha para ela. Ele coça o topo da cabeça. Está completamente confuso.

— Você sabe como usar uma espada? As mulheres não têm permissão para...

— A ponta pontiaguda vai para a sua garganta — rebate Constance, raivosa.

Vejo Amina na parte detrás da carroça, jogando algo no cantil que o homem tinha em seu quadril um momento antes. Ela desaparece novamente.

— Eu odeio ser a pessoa a te dizer isso, mas se os homens do rei virem você com uma espada, vestida assim, eles vão prendê-la imediatamente. — Ele sorri, mas um olhar de preocupação o domina. Ele pega o cantil e eu fico tensa, preocupada que vá perceber que não está mais com ele, mas o cantil reapareceu em seu cinto. Ele toma um longo gole. — Só estou tentando... tentando... ajudar.

O homem tem dificuldade com as palavras enquanto seu corpo balança como uma árvore em uma tempestade. Ele agarra a garganta, pigarreando repetidamente, o suor escorrendo de sua testa. Ele se inclina sobre a borda da carroça e suas pupilas se expandem em vazios escuros. Eu puxo Constance para trás no momento em que os olhos dele reviram e ele cai de cabeça no chão. Ele geme, rola e cospe antes de começar a roncar. Amina aparece ao lado da carroça, segurando o frasco do homem.

— Beladona. — Ela agita um pouco o frasco e o atira no homem, acertando-o entre os olhos. Ele não se move.

— Ele vai morrer? — pergunto. — Não acho que ele quisesse nos fazer mal.

— Não. Usei o suco das frutas, não a raiz — informa Amina. — Ouviu aquele ronco? Ele vai ter dor de cabeça, mas vai viver. Não podemos correr o risco de ele contar a alguém que nos viu. Quando ele acordar, não se lembrará de nada.

— Você tem certeza? — Sinto uma leve pontada de pena do homem.

Amina parece pensativa.

— Se eu tivesse uma pedra da visão, poderia dizer com certeza, já que você parece tão preocupada. — Ela suspira quando começa a transferir nossos pertences para a carroça do homem. — Mas há anos não vejo uma dessas.

— O que é uma pedra da visão? — pergunto.

— Um tipo alternativo de adivinhação ao que usamos na lagoa — explica Amina. — Uma pedra encantada, polida até ficar como um espelho. Pode ser usada para ver várias coisas. O futuro, o presente. Mas são extremamente raras.

— Eu ouvi uma história quando era pequena sobre uma rainha em outro reino que tinha uma pedra da visão — comenta Constance. — Um espelho mágico, mas acho que a enlouqueceu. Ela ficou obcecada com o próprio reflexo e com as visões que enxergava no espelho.

— Conheço bem essa história — diz Amina. — E, assim como nossa história, não é exatamente o que parece. O poder reflexivo do espelho é sedutor. Ele pode mostrar coisas que precisam de interpretação, ou pode revelar a verdade como é. Pode ser enlouquecedor tentar decifrar o que é visto, mas é importante entender que é apenas um reflexo. As coisas mostradas nele não são sempre imutáveis.

— A história dessa rainha conta que ela tentou matar a própria filha. Ela disse que o espelho mandou que fizesse isso — continua Constance.

— Mas o espelho não teria dito para ela fazer isso se a ideia já não estivesse no coração dela — acrescenta Amina. — Foi uma sequência de eventos lamentável. Como foi que você ficou sabendo disso?

— Da história do espelho mágico? — pergunta Constance.

— Sim. É uma história muito antiga.

— Eu a tenho — diz Constance.

Ela vai até a bolsa e pega o livro que esteve guardando todo esse tempo. As páginas estão amareladas nas bordas, e algumas estão soltas, apenas enfiadas entre as outras. Constance entrega o livro para Amina, e ela o folheia quando subimos na carroça, Constance pegando as rédeas.

— Como foi que você conseguiu isso? — pergunta Amina.

Eu nunca vi nada a abalar dessa maneira. Ela está tremendo enquanto o examina.

— Está na minha família há tempos — explica Constance. — Foi passado pela própria Gabrielle.

De repente sinto que estou olhando para uma relíquia, um objeto mágico não muito diferente dos sapatinhos de cristal ou até mesmo dos restos mortais da própria Cinderela.

— É uma coleção de histórias peculiares — diz Constance. — Compiladas por duas irmãs que passaram a vida toda viajando pelo mundo em busca de contos estranhos. A história da rainha com o espelho mágico está aí, tão superficial que não conseguia suportar que ninguém fosse mais bonita que ela. *A cobra branca*, *Os dois irmãos*... está tudo aí nessas páginas. A história da Cinderela também está, óbvio. — Ela aponta para um pedaço de pergaminho preso entre as páginas no verso.

Amina vira as páginas até a história. Não a leio desde antes do baile, mas, ao olhar para o livro, algo me chama a atenção.

— As ilustrações — digo. — São tão diferentes da versão da história aprovada pelo palácio.

— De fato — diz Amina.

Ela observa as imagens e então olha para cima, conforme a carroça balança na estrada de terra irregular. Ela respira fundo e eu sigo seu olhar. O palácio surge sobre uma colina íngreme. Por mais que eu odeie olhar para trás e ver Lille, avistar o castelo à frente é pior. O medo toma conta de mim à medida que vamos chegando mais perto.

Amina deixa o livro no chão da carroça enquanto Constance nos faz parar perto de onde saí da floresta na noite em que escapei do baile. Constance desatrela o cavalo e empurramos a carroça para o mato à beira da estrada, para que ninguém a veja. Amarramos o cavalo a uma árvore um pouco mais adiante.

— Vamos cortar por aqui — diz Constance, entrando por entre as árvores.

Amina a segue, carregando seus suprimentos, mas eu fico para trás por um momento. O sol se aninha no horizonte, lançando um brilho amarelo-alaranjado pelo céu. Esse movimento familiar do sol poente é a única coisa previsível que ainda me deixa maravilhada. Tudo o mais na minha vida que era para ser previsível mudou irrevogavelmente. Uma decisão e uma torrente de eventos milagrosos me colocaram em um rumo novo e incerto.

De esguelha, vejo Amina tão imóvel que pode ser confundida com uma sombra por um transeunte. Ela não fala, não se move. Apenas observa atentamente enquanto eu honro o sentimento dentro de mim que me disse para esperar, para assistir ao pôr do sol e perceber que algo está mudando.

Navegamos pela floresta à medida que a luz vai esmorecendo; sombras profundas lançadas nos confins da floresta fazem as árvores parecerem fantasmas, e por fim nos deparamos com a tumba, envolta na escuridão completa. Constance nos guia até aqui quase sem precisar levantar o olhar, o que me faz pensar quantas vezes ela deve ter feito essa jornada perigosa.

A grande estrutura de mármore se avulta no escuro. Minha vida mudou para sempre da última vez que estive aqui, e espero que aconteça de novo esta noite. Tento acalmar meu coração disparado enquanto entramos.

Amina caminha até os fundos da tumba, até a pequena alcova onde estão alojados os sapatinhos de cristal.

— Faz tanto tempo — sussurra ela.

O brilho dos sapatinhos encantados dança pelas paredes da tumba como a luz do sol refletida na superfície de um lago. Todo o recinto está banhado por uma luz branco-azulada suave, muito mais brilhante do que quando estive aqui pela primeira vez.

Amina tira os sachês da bolsa, junto com vários potes pequenos, e os entrega para mim. Ocre vermelho, mirra queimada, suco de absinto e folhas de sempre-viva em pó. Coloco-os nas proporções adequadas e misturo-os em uma jarra de vidro. Constance se atrapalha com um pedaço de pergaminho que foi dobrado em um envelope improvisado onde uma única folha de linho está armazenada. Eu gentilmente pego o papel de suas mãos.

— Desculpe — diz ela. — Fiquei abalada de repente.

Pouso a mão no braço dela.

— Vai ficar tudo bem.

Amina vai até o caixão de mármore, e nos juntamos a ela.

— Precisaremos empurrar a tampa — diz Amina, me olhando interrogativamente.

Coloco minhas mãos sobre a tampa. Constance pousa as suas ainda trêmulas ao lado das minhas, e nós três empurramos. A tampa não se mexe.

— De novo — ordena Amina.

— Não vai funcionar — rebate Constance. — É pesada demais.

— Precisamos abri-la — enfatiza Amina, e um senso de urgência toma conta de sua voz. Uma pitadinha de pânico. Não deveríamos estar aqui. Não sei se os guardas do rei estão por perto, mas se nos encontrarem aqui, estaremos mortas.

— Precisamos alavancá-la — afirmo. Corro para fora para procurar por um galho grande e resistente. Encontro um mais grosso que meu braço e o levo para dentro. — Precisamos quebrar um pedaço do mármore e prendê-lo dentro, e então conseguiremos abrir.

Constance sai correndo e volta com uma pedra do tamanho de um pequeno melão. Ela o segura no alto e então bate com força sobre o canto da tampa, que se quebra, mandando uma chuva de pedaços lascados para o chão. Eu coloco o galho no buraco irregular e todos nós nos apoiamos nele. Fazendo barulho, a tampa desliza completamente para longe da cabeça de Cinderela, formando um ângulo cruzado em cima do caixão. Na parca luz que emana dos sapatinhos de cristal, partículas de poeira flutuam ao nosso redor, e o perfume de lavanda e jasmim preenche o ar.

Constance se inclina para ver o que resta na tumba, arquejando alto. Eu espio lá dentro, com medo do que posso ver. Um emaranhado de cachos, prateados a ponto de cintilar, é visível por baixo de uma mortalha de seda, que se deteriorou nas bordas. O contorno de um corpo o acompanha. Isso é tudo o que resta da lendária princesa.

— Remova a mortalha — ordena Amina, olhando para Constance.

Constance hesita, as mãos tremendo na borda do caixão aberto. Ela lentamente estende o braço e puxa a mortalha. Eu cubro minha boca com a mão. Os olhos de Amina se arregalam, e sua boca se abre, formando um pequeno "O".

Constance balança a cabeça.

— Isso não pode estar certo. O que é isso?

28

Cinderela tinha trinta e oito anos quando morreu e está neste caixão há quase duzentos anos. Ela deveria ser só ossos e poeira, mas está deitada com as mãos cruzadas sobre o peito, como se estivesse dormindo. A putrefação não se abateu sobre ela, mas outra coisa sim.

Seu cabelo está tão branco que é quase transparente. O rosto está entrecruzado por um mapa de linhas, e as pálpebras caem em dobras finas como papel. As mãos estão enrugadas, as unhas amareladas e rachadas, e cada centímetro de sua pele é de um cinza pálido. Sua aparência é quase idêntica à de Liv na manhã em que os guardas do palácio a tiraram da vala.

— Isso não está certo — diz Constance, balançando a cabeça. — Por que ela está com essa aparência? Não é assim que um corpo deveria estar.

Coloco minha mão na de Constance. Não sei o que dizer.

Amina tira da capa alguns ramos de artemísia amarrados com barbante. Ela acende a ponta, e uma fumaça densa com cheiro de terra obscurece os confins da tumba. Ela então põe seus sachês em volta do corpo de Cinderela.

— Sophia, prepare a tinta.

Dando um último aperto na mão de Constance, coloco um frasco de água da chuva na jarra onde coloquei os pós. Depois de misturar o conteúdo, entrego a Amina, junto com a folha de linho. Constance agarra a lateral do caixão. Ela não tira o olhar de Cinderela. Amina escreve cuidadosamente na folha com uma pena e a tinta recém-preparada.

Levante-se e fale

Enfiando a mão no caixão, Amina gentilmente abre a boca de Cinderela, colocando a folha dentro. Virando-se e ajoelhando-se ao pé do sarcófago, gesticula para que nos juntemos a ela. Pego Constance pelo braço e a conduzo. Ela parece estar em algum tipo de transe.

— Venha — diz Amina. — Sente-se aqui. Vai ficar tudo bem.

É a coisa mais reconfortante que ela já disse a Constance na minha presença, e ainda é um pouco rude. Nos ajoelhamos ao lado dela.

Amina pega o grimório e, usando um par de tesouras prateadas, corta as fitas que mantêm as páginas juntas perto do fim do livro. O livro se abre com um estalo do selo. Ela corre os dedos pelas páginas e para quando encontra o que está procurando.

Rabiscados nas duas páginas abertas estão os ingredientes, as fases da lua e as instruções para o feitiço. Há esboços de um túmulo recém-aberto e uma flor com as pétalas achatadas pelas páginas, esfareladas e podres. Na parte inferior da página, vejo palavras escritas em tinta vermelha.

O conjurador está preso ao cadáver
ressuscitado até a morte.

As mãos de Amina tremem na borda da página. Essa magia a assusta.

Na gaiola de madeira, o coelho corre em círculos. Amina o pega pela nuca. Em sua outra mão está uma pequena faca. A lâmina cintila à luz dos sapatinhos de cristal.

— Não consigo olhar — digo. Tudo em que penso é na cabeça da costureira rolando pelo chão.

Amina suspira.

— Então não olhe.

Fecho os olhos e ouço Constance gemer. Quando torno a abri-los, Amina segura um pequeno e ainda pulsante coração na palma da mão.

— Rápido, cada uma de nós tem que falar o nome dela uma vez. De forma bem enunciada e com a intenção de que ela torne a se juntar aos vivos. — Amina faz uma pausa e fecha os olhos. — Cinderela.

Uma onda de energia pulsa pelo meu corpo, e olho ao redor em desespero, meu coração acelerado. Os pelos dos meus braços e na minha nuca se arrepiam.

— Digam o nome dela — ordena Amina.

— Cinderela — chamo. Outra onda de energia e um coro de sussurros, como se um grupo de pessoas discutisse em algum lugar aqui perto.

O ar se torna mais pesado, e um cantarolar baixo e ressonante parece se erguer do chão. Minha pele se arrepia quando olho para Constance. Os olhos dela estão fechados. Ela inspira fundo.

— Cinderela.

Um som abafado vem de dentro do caixão. Meu coração salta em um ritmo furioso, assim como aquele que Amina segura. Fecho os olhos, assustada demais para olhar. Há um barulho como um farfalhar de folhas e então um longo e lento expirar.

— Por favor — diz uma voz desconhecida. — Por favor, me ajude.

Abro os olhos, olhando não para a frente, mas direto para o chão, meu coração ainda batendo forte. Constance fica de pé, e Amina também. Eu me levanto lentamente e nivelo meu olhar com o caixão, onde uma figura está sentada. Na luz bruxuleante, suas pálpebras se abrem, revelando globos oculares de um branco leitoso abaixo.

— Quem está aí? — pergunta Cinderela, a voz rouca e crepitante como o som de papel queimando.

Constance está parada sem piscar ao lado do caixão. Amina ainda segurando o coração do coelho. Ele murcha e se deteriora em uma bola de poeira diante dos meus olhos.

— Eu não deveria estar aqui — sussurra Cinderela.

— Eu invoquei você — diz Amina. — Eu não teria feito isso se não fosse absolutamente necessário.

O cabelo branco como a neve de Cinderela serpenteia por suas costas, e ela olha de mim para Amina e então para Constance. Uma cortina de poeira cai dela quando ela inclina a cabeça para o lado.

— Gabrielle?

Um fantasma está literalmente conversando com a gente, e tenho que fazer todo o esforço do mundo para não ceder à vozinha na minha cabeça que está me dizendo para correr.

— Não — nega Constance, se aproximando do caixão. — Gabrielle se foi. Todas... todas elas se foram.

— Quem é você? — pergunta Cinderela, observando Constance com cuidado.

— Meu nome é Constance. Faz gerações desde que Gabrielle esteve viva. Sou descendente dela.

— Você... você se parece com ela. — Cinderela arqueja. — Minha Gabrielle.

Um nó se forma na minha garganta. O nome de Gabrielle saído dos lábios dela soa como se nada além de amor restasse em sua memória, mesmo que desbotado.

— Algo está... errado. Muito, muito errado — diz Cinderela.

Constance se aproxima mais.

— Preciso te perguntar algo. Preciso saber o que você estava tentando dizer à Gabrielle na noite em que foi vê-la.

— A noite em que... fui... vê-la... — O olhar de Cinderela se perde. — Não consigo... me lembrar. Tudo está confuso.

— Dê um momento a ela — diz Amina.

— E você... eu conheço você. — Cinderela encara Amina. — Eu conheço você.

— Sim — confirma Amina, balançando a cabeça como se não quisesse ser lembrada. — Eu te ajudei a ir ao baile há muitos anos.

— Ao baile? — pergunta Cinderela. — Ah... eu... eu me lembro disso. Sim. O baile.

— Por favor — pede Constance. — Tente se lembrar. Você foi se encontrar com Gabrielle, mas eles te levaram embora antes que vocês pudessem se falar. Você estava tentando contar a ela algo sobre o rei? Ela te ouviu dizer que ele era amaldiçoado. O que você quis dizer com isso? — Constance coloca a mão dentro do caixão e gentilmente segura a de Cinderela. Fico novamente admirada com a bravura dela. — Nós não temos muito tempo. Como podemos impedi-lo? — pressiona Constance.

— Pa... pará-lo? — Cinderela se move no caixão. — Pará-lo... Pará-lo... PARÁ-LO! — Ela grita tão alto que toda a tumba reverbera, e o reconhecimento brilha em seus olhos. De repente, ela fica alerta, focada e assustada. Estendendo os braços, toma o rosto de Constance em suas mãos. — Olhe para mim. Ele fez isso comigo.

Eu me aproximo.

— O que ele fez?

Cinderela segura Constance com força.

— Ele... toma — gagueja Cinderela. — Ele toma... ele estava sempre tomando. E a tristeza... eu estava tão sozinha.

Constance toca nos braços esticados de Cinderela.

— O que você quer dizer? Que tipo de magia faz isso?

— O que ele toma?

— Não sei — responde Cinderela. — Não me lembro. Havia apenas ele, e a luz, e então não havia mais nada.

A luz. Minha visão. Elas estão conectadas.

— Eu tive uma visão — digo para Cinderela. — Vi o rei, e senti em meu peito como se estivesse sendo puxada para o vazio.

— Não consigo me lembrar. — Cinderela suspira e se apoia na lateral do caixão. Nosso tempo está acabando.

— Tem algo mais que você possa nos contar? — pergunta Constance.

Cinderela inclina a cabeça para trás, fechando os olhos.

Meus pensamentos estão acelerados. O que Manford está fazendo com essas garotas? Que tipo de magia ele usa? Preciso voltar ao palácio.

— Vou achar um jeito de acabar com ele. Eu prometo a você — digo.

— Ela está indo embora — diz Amina. — Não tem muito mais tempo.

Rapidamente ela pega um longo pedaço de corda que tem dois nós. Então pega a tesoura e a corta no meio.

Cinderela começa a afundar de volta no caixão, e Constance luta para mantê-la erguida.

— O que foi isso? — pergunta Constance. — O que você fez?

— O lugar dela não é aqui — diz Amina, baixinho. — Temos que deixá-la descansar, e eu não ficarei presa a uma morta-viva pelo resto dos meus dias. Cortei a conexão entre nós. Você precisa deixá-la ir.

Constance assente, olhando para baixo.

— Nós vamos pará-lo. Eu prometo.

Ela parece determinada o bastante para marchar até o rei e tentar matá-lo sozinha.

— Não deixe que ele machuque mais ninguém — diz Cinderela, a voz mal passando de um sussurro. — Eu levei o livrinho… o diário… para Gabrielle. Eu… eu não consegui entregar a ela antes… antes que me levassem embora. Encontre-o. — Ela fecha os olhos, e Constance a deita no caixão.

O peito de Cinderela sobe e desce uma última vez antes de ela ficar imóvel como a estátua de mármore. Constance coloca a mortalha sobre ela e cruza suas mãos sobre o peito.

Ficamos em completo silêncio por um longo tempo. Espero que uma delas se mova ou fale.

— Me ajude a fechar a tampa — pede Constance.

Depois de colocar a tampa no lugar, saímos da tumba e Constance e Amina sentam-se no degrau. Eu ando pela grama alta.

— O que vamos fazer agora? — pergunta Constance. — Ainda não sabemos como impedi-lo.

— Não, mas sabemos que Cinderela estava tentando dar a Gabrielle algum tipo de diário — eu digo. — O que seja que estivesse dentro era importante para Cinderela. E a luz… de que luz ela estava falando?

— Ela disse que havia apenas ele, ela e a luz — diz Constance. — E depois mais nada. Ele estava lá quando ela morreu, e ela disse que ele fez isso com ela.

Eu assinto. Ainda não sei em que pé isso nos deixa, então me sento perto de Constance.

— Você precisa ficar escondida — diz Constance. — O rei está te procurando, e acho que ele pode ter alguma noção de onde você está. Você disse que os guardas dele foram à sua casa, e não acho que seja uma coincidência ele simplesmente ter aparecido na Floresta Branca. — Ela lança um olhar zangado para Amina. — Ele está nos rastreando.

— Apesar de toda a sua crueldade, ele é um homem muito inteligente — afirma Amina. — Acho que às vezes cometemos o erro de pensar que os monstros são aberrações abomináveis, à espreita nos cantos mais escuros, quando a verdade é muito mais perturbadora. Os homens mais monstruosos são aqueles que se sentam à vista de todos, desafiando você a desafiá-los. Ele é manipulador e calculista, e acredite em mim quando digo que ele não vai parar até encontrar você.

Seu tom sinistro envia um arrepio pelas minhas costas.

— Aonde nós vamos?

— Devíamos voltar para a casa da Cinderela — sugere Constance. — Só por enquanto. Até que pensemos em um plano melhor.

— Aquele lugar ainda está de pé? — pergunta Amina

Eu assinto, mas não gosto da ideia.

— Vamos apenas correr e nos esconder, então?

— Acho que precisamos de um plano concreto — diz Constance. — Vamos para um lugar seguro e lá definimos o que fazer.

— Nós temos tempo para planejar, mas e elas? As mulheres de Lille, quero dizer — eu digo. Fico olhando na direção do palácio. — Quantas garotas ele vai machucar antes de termos a chance de pará-lo? Quantas mulheres estão sofrendo neste instante em Mersailles por causa das leis que ele fez? — Olho para trás. — E quanto aos meninos que nunca terão a chance de ser pessoas decentes porque são ensinados desde o berço a serem desprezíveis? E nós vamos nos esconder? Eu quero ele morto. Agora mesmo.

Eu termino de falar e me pergunto se não fui longe demais, se não seria exagero.

Não. Isso é exatamente o que será necessário para impedi-lo. Nada menos que a morte.

— Precisamos de um plano, Sophia — diz Amina. — Não podemos dar um passo em falso que seja.

O peso de tudo o que sabemos pesa sobre mim. Mas não foi isso que eu pedi? Para encontrar uma maneira de fazer a diferença?

— Minha família inteira foi sacrificada por essa ideia de parar o rei — diz Constance. — Nós nos escondemos, vivemos no escuro, nos transformamos em fantasmas. Aguardando, treinando, esperando que um dia chegasse a hora de acabarmos com ele, e eu havia perdido qualquer esperança real de que algo pudesse de fato mudar. Mas agora temos uma chance de verdade. — Ela olha para mim. — Estou com você. Até o fim, custe o que custar.

— Uma vida fugindo, se escondendo e com medo todos os dias não é uma vida de verdade — digo, e olho Constance nos olhos. — Juntas, vamos descobrir o que fazer e o destruiremos.

29

Pegamos nossa carroça e o cavalo e percorremos a longa estrada que permeia os arredores de Lille. Na bifurcação, tomamos o caminho para a casa em ruínas onde Constance e eu nos escondemos há poucas semanas. O trajeto ainda está coberto de mato e é impossível de navegar com a carroça, então a deixamos na vala, coberta de galhos.

Amina desacelera conforme nos aproximamos da casa. Observo seus olhos se moverem pela fachada, parando na porta da frente quebrada e no telhado parcialmente caído.

— Faz muito tempo desde que vim aqui — diz Amina, o tom suave. Ela se vira e olha para as papoulas que ainda colorem a paisagem de laranja. — Vejo que um pouco da minha magia ainda persiste.

— Sua magia? — pergunto. — É isso que faz as flores desabrocharem assim, mesmo no inverno?

— Não de propósito, mas tanta magia foi usada aqui, exatamente neste solo, que acho que a terra acaba sendo alterada por ela.

— Não ficaremos aqui por muito tempo — eu digo. — Alguns dias, uma semana no máximo. Só até descobrirmos o que fazer.

Subimos os degraus da frente e paramos do lado de fora da porta. Amina inspira longa e profundamente e solta o ar por entre os lábios franzidos.

Passamos pelo corredor e entramos na sala. Enquanto Amina vai acender o fogo, ajudo Constance a trazer nossos suprimentos da carroça. Coloco o cavalo no pequeno estábulo perto do pátio dos fundos, olhando para o túmulo sob a árvore gigante.

Assim que terminamos, Constance e eu nos juntamos a Amina na sala. Ela está fazendo um pequeno ninho de cobertores para si perto do fogo.

— E aí, confortável? — pergunta Constance, lançando um olhar de desaprovação para Amina.

— Bastante — diz Amina secamente.

— Você não pode fazer *bibbidi-bobbidi-boo* e consertar esse lugar? — indago quando uma rajada de vento passa pela sala, chacoalhando os ossos da casa.

Constance ri, e até Amina dá um sorrisinho.

— Não funciona assim. — Ela pega o cachimbo e dá uma baforada. — Vou dar uma volta. Para pensar melhor

— Você não quer começar a arquitetar um plano agora? — pergunto.

— Esta noite? — devolve Amina. — Admiro sua tenacidade, querida, mas não podemos apressar as coisas. Começaremos amanhã bem cedo.

Ela se levanta e sai da sala. Sinto que não estamos fazendo o suficiente, como se não estivéssemos nos movendo rápido o bastante. Eu me viro para Constance para reclamar, e ela está sorrindo.

— Ela vai voltar — diz. — Eu não ficaria triste se não voltasse, mas tenho certeza que voltará.

— Eu sei, mas sinto que não estamos fazendo o suficiente.

— Acabamos de ressuscitar um cadáver, Sophia.

— Mesmo assim — eu digo.

Constance coloca a chaleira no fogo e nos sentamos. De repente, percebo que ela e eu estamos sozinhas pela primeira vez desde que encontramos Amina na Floresta Branca. Constance inclina seu corpo em minha direção, enrolando uma mecha de cabelo em volta do dedo.

— Você pensa com frequência em sua amiga Erin?

A pergunta me pega desprevenida, embora eu saiba que é algo sobre o qual teremos que conversar em algum momento. Tenho evitado trazê-la à tona porque não sei o que dizer. Decido ser totalmente honesta.

— Sim. Penso nela o tempo todo.

Constance baixa o olhar como se essa não fosse a resposta que queria.

— Eu nunca pensei que poderia sentir o que sinto por Erin por outra pessoa — digo. — Mas quando te conheci, isso mudou.

Constance observa meu rosto, com a testa franzida.

— Mas você ainda se importa com ela.

— Acho que sempre vou me importar com ela. Eu quero que ela fique segura. Eu quero que ela fique bem, mesmo que ela e eu não possamos ficar juntas.

Dói dizer isso em voz alta. Por muito tempo, houve apenas Erin. Mas com Constance, vejo outro caminho, um onde não estou constantemente lutando por seu afeto ou para convencê-la de que está tudo bem se ela gostar de mim.

Quando a luz do fogo dança no rosto de Constance, tudo que quero é dizer a ela como a adoro, como ela me faz sentir que não preciso ter medo, mas Erin está sempre lá, no fundo da minha mente.

— Eu nunca tentaria ficar entre vocês — diz Constance. — Só quero que saiba que me importo com você e não interessa o que os outros digam ou pensem.

Eu me aproximo dela, inclinando-me em sua direção.

— Com Erin, eu tenho que correr atrás dela sempre, tentando forçá-la a entender que... — eu paro. Não é justo dizer nada de ruim sobre Erin. Eu sei o que viver em Lille fez com ela, e não é culpa dela.

— Entender o quê? — pergunta Constance, seu tom gentil.

— Entender que eu valho a pena? Que *ela* vale a pena. Não sei. — Eu me esforço para encontrar as palavras certas. — Por um tempo, me convenci de que poderíamos fazer as coisas funcionarem. Se pudéssemos apenas aguentar, se estivéssemos dispostas a lutar por isso.

— E vocês duas lutaram? — Constance olha para baixo.

— Ela não quis. — As palavras ficam presas na minha garganta. Elas me deixam com raiva, triste e magoada, tudo ao mesmo tempo. — Ela queria que seguíssemos a lei, obedecêssemos aos nossos pais. E acho que, mais do que tudo, ela acreditava que o que sentíamos uma pela outra era errado. — Eu paro, escolhendo minhas palavras com cuidado. — Agora eu entendo que ela não estava pronta para arriscar tudo para ficar comigo e que eu não deveria ter pressionado tanto.

— Você gostava dela, então pressionou. Eu teria feito a mesma coisa por você. — Ela olha para mim, seus olhos castanhos profundos suaves, questionadores.

Meu coração dispara. Eu não sei o que dizer ou fazer. Tudo que sei é que quero estar perto de Constance. Eu me inclino e ela estende a mão, passando os dedos pela lateral do meu pescoço, traçando minha clavícula. Meu estômago dá um nó. Antes que eu tenha a chance de pensar demais, pressiono meus lábios nos dela. Suas mãos se movem para o meu pescoço e meu rosto. Uma onda de calor corre por mim quando Constance pressiona seu corpo contra o meu. Há uma urgência em seu beijo, como se ela estivesse tentando provar para mim o quanto se importa, e eu me rendo a ela, incondicionalmente.

O fogo em mim que ardia por ela irrompe de uma forma que eu nunca soube que seria possível. Estou perdida na maré de sua respiração, no doce cheiro de sua pele, na tensão de nossos corpos entrelaçados. Cada toque envia um arrepio por todo o meu ser. Neste momento, nada mais importa, apenas a rendição aos sentimentos que compartilhamos.

No final da noite, Amina retorna da caminhada.

— Para onde você foi? — pergunta Constance, arrumando a túnica e prendendo o cabelo em um coque enrolado no topo da cabeça.

Amina se senta na cadeira e prepara o cachimbo.

— Dei uma volta. E tenho algo interessante para compartilhar.

— Sobre o rei? — pergunto.

— De certa forma, sim. Parece que não teremos que esperar muito para ter nossa chance de um confronto com ele.

Amina tira da capa uma folha de papel dobrada e a entrega para mim. Eu mostro para Constance.

— Ele espalhou esses panfletos por toda a cidade. Pregou um em cada porta — explica Amina. — Todas as garotas do reino serão obrigadas a comparecer a um baile no solstício de inverno.

— Sua caminhada a levou mais longe do que você fez parecer — diz Constance, olhando Amina com desconfiança.

— Ele está procurando por mim — eu digo. — Ele não quer esperar até o próximo baile. Acha que isso vai me atrair.

— E ele está certo — afirma Amina, baforando e olhando para fora. — Temos menos tempo para nos preparar agora, mas esta é a nossa chance. — Seu tom é tenso, quase triste. Eu me pergunto se ela mudou de ideia sobre querer nos ajudar.

— Então vamos resolver isso logo — decido, olhando para Constance, que apenas concorda com a cabeça. — Acho que devemos começar tentando encontrar o livrinho de que a Cinderela falou.

Constance assente mais uma vez.

— Ela disse que era um diário, e arriscou a própria vida para tentar entregá-lo a Gabrielle, então deve ser importante.

— E se ainda existe, se ela o tiver levado de volta para o castelo, não há como saber o que aconteceu com ele — diz Amina. — Mas estamos falando de um objeto que existiu há duzentos anos. Pelo que sabemos, pode não passar de poeira agora.

Eu balanço a cabeça.

— Temos que tentar. O baile é a nossa entrada.

— E o que vocês vão fazer quando estiverem lá? — pergunta Amina. Há um tom solene em sua voz novamente. Fico preocupada que possa haver algo que ela não está nos contando.

Constance se apruma.

— Vamos matá-lo. É isso o que vamos fazer.

Amina se recosta na cadeira, dando um suspiro longo, mas não diz nada.

30

Passamos todas as noites antes do baile na sala, com uma panela de ensopado e uma chaleira cheia de chá preto forte, revendo todos os aspectos do que sabemos até agora sobre o rei e sobre o palácio. Fazemos planos, riscando os detalhes no pergaminho, mas cada um deles se transforma em pó no fundo da lareira quando uma falha é percebida. Haverá pouco espaço para erros, e nada do que inventamos parece bom o suficiente.

Amina fez várias outras viagens à cidade e ouviu um boato de que o rei aumentou a segurança na fronteira por conta de um aumento no número de incidentes. Constance acreditava que esses incidentes podiam ser obra dos outros fugitivos de quem ela havia comentado, mas não tinha muita esperança de que restasse um número suficiente deles para mobilizar uma revolta. Amina achava que quem estava por trás de tais atos eram pessoas ainda sob o domínio do rei, que resistiam por causa da minha fuga. Não consigo imaginar quão bravo aquilo tudo deve tê-lo deixado.

Além de tornar o novo baile obrigatório, rei Manford disse que qualquer pessoa que desobedecer deliberadamente às suas ordens será considerada infratora, terá seus bens apreendidos e seus familiares executados. As palavras de um homem desesperado.

Nosso planejamento empaca quando chega o momento de pensar no que acontecerá uma vez que estivermos dentro do palácio.

— Chegamos à parte mais importante e ainda não temos nada — digo uma noite enquanto estamos sentadas quebrando a cabeça. Nosso tempo está acabando.

— Sabemos que podemos entrar — diz Constance. — Mas quando ele perceber quem você é, que foi você quem fugiu, você será um alvo.

As visões que tive na lagoa não pararam de se repetir em minha cabeça desde que viemos para nossa nova residência. Ainda sonho quase todas as noites com o rei e a luz.

— Preciso encontrar o diário da Cinderela. Essa é a chave. Eu sei disso.

Amina vasculha seus pertences e tira um livro que reconheço imediatamente. É a versão aprovada pelo palácio da história da Cinderela.

— Eu não quero nem olhar para isso agora — resmungo.

Ela folheia as páginas e então para abruptamente, levantando a cabeça.

— Constance, eu gostaria de dar outra olhada naquele seu livro de contos de fadas.

Constance revira os olhos e pega o livro, entregando-o a Amina.

— Vamos começar do começo — diz Amina.

— Não temos tempo para isso — replico.

Amina ignora meus protestos e abre o livro de Constance, passando a mão pela primeira página, uma cena de Cinderela ainda criança, de pé no degrau da frente de sua casa, segurando a mão do pai. Amina olha de um livro para o outro, comparando as duas versões do conto da Cinderela.

— Exatamente como a versão aprovada pelo palácio — digo.

Amina balança a cabeça.

— Olhe de novo.

Eu me inclino para ver. Ela está certa. A ilustração maior é a mesma, mas no fundo há algo no chão, um amontoado que quase sangra na intrincada representação da folhagem que delimita o caminho até a casa.

Um arrepio percorre meu corpo.

— Você não disse que a mãe de Cinderela foi executada na entrada da casa? — pergunto a Constance.

Ela apenas assente. O montinho de tinta parece uma pessoa caída no chão.

Pego o livro das mãos de Amina e o coloco no chão, colocando a versão aprovada pelo palácio ao lado.

— A próxima ilustração deve mostrar uma Cinderela mais velha fazendo uma reverência diante da nova madrasta.

E mostra, mas na versão de Constance, a Lady Davis está inclinada para frente, a mão estendida, o rosto gentil, os olhos cheios de tristeza, e Cinderela parece mais é estar de joelhos, como se tivesse desabado, os dedos rígidos contra o chão.

— A prisão e execução do pai dela — diz Constance. Ela olha para mim. — O que está acontecendo aqui?

— Acho que este livro pode estar mais próximo da verdade do que qualquer coisa que já vi — comenta Amina. — Seja lá quem foi que registrou assim, com as ilustrações contando a história real, se colocou em grande risco ao fazer isso.

Passamos as páginas, e eu encontro outra diferença.

— A versão do palácio diz que, depois do casamento da Cinderela, os olhos de Gabrielle e de sua irmã mais nova, Isla, foram arrancados enquanto a mãe delas era forçada a assistir, e então elas foram mandadas para o bosque para ficar em exílio até a morte. No livro de Constance, elas foram exiladas sem todos os detalhes sangrentos.

— Elas foram deixadas lá para apodrecer, mas não apodreceram — diz Constance. — Elas conseguiram fugir.

Eu leio as palavras.

— A cor do vestido é diferente na sua versão, Constance. Também diz que as irmãs simplesmente tentaram calçar o sapatinho de cristal, mas na versão do palácio diz que elas cortaram os próprios dedos para tentar fazê-lo caber. — Eu olho para Constance. — As pessoas as odeiam. Vi uma garotinha na celebração bicentenária cair no choro só de pensar em ser como elas.

A boca de Constance se torna uma linha fina.

— Ele as transformou em monstros para manter o foco fora dele. Ele é o verdadeiro monstro.

— E agora, todos esses anos depois, as pessoas acham que é a verdade — completo. — É como se repetir a mentira de novo e de novo a tornasse verdade.

Toco o livro e viro as páginas até chegar à última ilustração. Mostra a Cinderela e o Príncipe Encantado trocando um beijo apaixonado com o palácio real ao fundo.

— A última ilustração da versão aprovada pelo palácio mostra Cinderela sentada no trono ao lado do príncipe — digo. — O trono dele é de ouro com rubis, e o dela não tem nada. E o trono dele está em uma plataforma que o faz ficar quase duas cabeças mais alto que Cinderela.

Nós analisamos a última ilustração no livro de Constance. O cabelo cacheado de Cinderela está preso em uma trança que serpenteia por suas costas. Ela está frente a frente com Encantado, os braços dele ao redor dela.

Passo a mão pela ilustração.

— Um dos braços do príncipe está em volta da cintura dela e o outro segurando sua nuca. — Os braços de Cinderela estão ao lado do corpo, as mãos fechadas. — Este deveria ser o começo do felizes para sempre deles. E ela não o abraça? As mãos dela estão em punho.

Eu ouço a respiração acelerada de Amina enquanto ela olha para o livro de Constance. Meus dedos tremem na borda da página.

Constance se aproxima para ver.

— Eles estão se beijando.

— Não — retruco. — Não estão.

Eu pego o livro e fico de pé com ele no meio da sala. Uma luz brilhante, como uma pequena nuvem luminosa, paira em torno da cabeça deles no espaço onde seus rostos se encontram. Seus lábios estão entreabertos, mas não se tocam. A nuvem de luz parece estar passando entre eles. Os olhos de Cinderela estão abertos e vazios, olhando para a frente. Afasto o livro de mim, temendo que o rei das páginas bem diante dos meus olhos. Minha visão da lagoa e esta foto são quase idênticas. O rei, a bola de luz...

— Foi isso que a visão me mostrou.

Constance passa a mão no rosto e deixa os braços caírem ao lado do corpo.

— Você está muito quieta — diz ela para Amina.

— Estou? — pergunta a outra, revirando os olhos.

— Você deve saber mais coisas… é culpa sua que Cinderela caiu aos pés de Manford em seu tempo como Príncipe Encantado. — O tom de Constance é afiado, raivoso. — O que de fato aconteceu com Cinderela?

Amina balança a cabeça.

— Há muitas coisas que eu deveria ter feito diferente.

Constance está furiosa.

— Você estava escondida lá para não ter que encarar o que fez. Você passou anos seguindo Manford por aí, ajudando ele a arruinar a vida das pessoas. Você teve todo esse tempo, tempo que ninguém mais tem, e o que você faz? Se esconde.

— O propósito da minha vida esteve indefinido até eu conhecer você, minha querida — diz Amina, zombando. — Agora eu sei que eu devo seguir você por aí, arruinando sua vida, talvez para sempre. O que acha?

Constance toca a adaga.

— Tente — desafia Amina. — Veja o que acontece.

— Parem com isso — eu digo, me colocando entre elas. — Vocês duas. Faltam poucos dias para o baile, e ainda não temos um plano sequer. — Eu encaro a ilustração de novo. — Fui eu quem incitou todas essas pequenas rebeliões de que ouvimos falar. Sou eu quem ele está caçando. E terei que deixá-lo se aproximar de mim para que eu possa enfiar um punhal em sua garganta.

Amina se remexe no assento, e Constance cruza os braços.

— A garganta é um alvo pequeno — diz Constance. — Você deveria focar em algo maior, como o peito ou a barriga primeiro.

Devagar, Amina vira a cabeça para encarar Constance.

— Isso… ajuda — digo.

Amina se levanta e sai da sala.

Constance se vira para mim.

— Acho que deveríamos praticar nossas habilidades com a faca nela.

Ela está brincando. Mais ou menos.

Constance faz um alvo com algumas roupas que estavam na bolsa: um par de calças e uma túnica, que enche de grama morta e folhas e costura as mangas e as pernas. No topo está uma cabaça, com metade do tamanho de uma cabeça humana normal, e Constance pintou um par de olhos e uma boca, fazendo uma carranca. É assustador.

Ela o recosta em uma das árvores ao longo do caminho em frente à casa e o indica com um gesto

— Esfaqueie ele.

Olho para o punhal em minha mão.

— Em qualquer lugar ou...

Constance ri.

— Deixe eu te mostrar.

Constance fica atrás de mim e desliza a mão direita pelo meu braço. Eu sei que deveria estar me concentrando no treinamento, mas já posso dizer que vai ser difícil com ela tão perto de mim.

— Há três coisas que você deve fazer ao usar uma lâmina — instrui ela. — Você tem que ser capaz de segurar a adaga; de atacar o que quer que seja, ou, neste caso, quem quer que seja, o alvo; e você precisa ainda ter todos os dedos quando terminar.

— Parece simples o bastante.

Constance assente. Ela afiou e poliu a adaga, e enquanto a seguro em minha mão estendida, não consigo evitar me sentir um pouco mais confiante.

Constance põe a mão em cima da minha.

— Segurar assim, apontando para cima, é bom para quando for dar o golpe. Precisa fazer movimentos rápidos e precisos. — Ela empurra minha mão para a frente. — Não é preciso muita força para perfurar a pele.

Engulo em seco. Constance é muito boa nisso, e me pergunto quantas vezes ela deve ter tido que colocar todas essas coisas em prática. Ela põe a outra mão na parte inferior das minhas costas e se inclina para perto do meu ouvido.

Acho que ela vai falar alguma outra informação útil, mas, em vez disso, Constance deixa seus lábios roçarem na lateral do meu pescoço. Eu deixo a adaga cair.

A risada de Constance é pura melodia. Eu poderia ouvi-la o dia todo. Ela pega a adaga e a coloca de volta na minha mão.

— Isso foi culpa minha.

Constance me mostra como posicionar meu braço para fazer o corte. Eu copio seus movimentos e esfaqueio o alvo empalhado.

— Boa — diz ela. — Agora vire a lâmina de forma que a ponta fique apontando para baixo.

Eu obedeço.

— Este é um golpe mortal — indica ela, mergulhando a adaga na casca da cabaça, que se parte ao meio e cai dos ombros do alvo. — Isso provavelmente não vai acontecer se você tentar esfaqueá-lo na cabeça, mas não custa torcer, certo?

— Certo — respondo, um pouco abalada. Ela pressiona o cabo da adaga na minha palma. Eu ergo a lâmina e a desço diretamente no peito do alvo.

— Ótimo — elogia Constance, sorrindo. — Não sou uma professora tão boa quanto minha mãe, mas vamos dar um jeito. — Ela olha para o chão.

— Acho que você é uma ótima professora — afirmo. — Veja. — Eu esfaqueio o alvo algumas vezes e Constance ri. — O que mais ela te ensinou?

Constance hesita por um momento.

— Não temos que falar sobre isso — digo, colocando minha mão em seu braço.

Ela me olha.

— Minha mãe foi a mulher mais destemida que já conheci. Ela me ensinou tudo que sei. A mãe dela também era uma guerreira. Uma vez, quando eu tinha onze anos, nós nos mudamos para o mais distante ao norte que já havíamos estado. Um pequeno regimento de homens do rei nos rastreou pelas montanhas e avançou furtivamente sobre nós durante a noite. Um deles colocou uma faca na minha garganta.

Pensar em alguém a machucando me deixa com tanta raiva que mal consigo me conter.

— Minha mãe o atacou e a faca dele rasgou meu braço quando ele caiu longe de mim. — Constance passa a mão sobre a cicatriz no braço. — Ela matou mais dois e fugiu comigo em um dos cavalos deles.

— Sua mãe era uma heroína.

— Não acho que ela gostaria desse título, mas ela realmente era. — Os olhos de Constance se turvam. — Minha família pode ter sido forçada a deixar Lille, mas eles nunca se esqueceram. — Ela fica com a voz embargada. — Eu só queria que tivesse sobrado alguém para testemunhar este momento.

— Você vai testemunhar — eu digo. — Você e eu juntas. Vamos deixá-los orgulhosos ou morrer tentando.

Há uma pausa. Eu disse em voz alta o que estamos sempre pensando, lá no fundo. Podemos rir, brincar ou tentar encontrar algo de bom na nossa situação, mas há uma possibilidade muito real de que não consigamos sair dessa com vida.

Constance olha para mim.

— Eu já te disse quão incrível você é?

— Hoje não — provoco.

Praticamos com a adaga, tornando a encher e vestir o alvo quando o rasgamos em pedaços, e aproveitamos esses momentos sozinhas, que parecem fugazes. Anseio por ela, mesmo quando estou bem ao seu lado. Sinto vontade de tocá-la, de falar com ela, de saber cada pensamento seu, mas, ainda assim, não consigo me livrar do peso que me atormenta.

Preciso matar o rei.

É a única maneira de fazer isso funcionar, e me questiono se darei conta. Posso tirar a vida dele? Eu sou capaz disso? Penso no que está em jogo e em tudo o que já foi perdido, e as respostas são óbvias.

Eu tenho que derrubá-lo. É a nossa única esperança.

31

Três noites antes do baile, sonho com Liv e Erin, com Luke e Constance, e com a costureira. Vejo o rosto de Constance brilhando como o sol, e Liv e Luke parados bem longe, debaixo de uma árvore frutífera. Liv sorri enquanto Constance e eu dançamos alegremente no campo de papoulas logo depois do pomar. As flores em tons vibrantes de vermelho e amarelo-claro nos cercam, e sinto o calor da pele de Constance e o cheiro de seu perfume de verbena de limão. Nós giramos e giramos, nossas mãos entrelaçadas.

E então Erin aparece. Suas roupas estão esfarrapadas, o rosto machucado. Ela chora em silêncio conforme me observa com Constance. Grita por mim e eu corro em sua direção. Constance chama meu nome e eu fico entre elas. Estou sendo puxada em ambas as direções, como se estivesse sendo partida ao meio. Então, um homem aparece ao lado de Erin. Édouard. Ele agarra o pulso dela e a leva embora enquanto ela grita por mim. A costureira dá um passo à frente, com uma ferida cortando seu pescoço. Ela estende a mão para mim e eu me encolho.

— Eu sinto muito! — grito. — Eu sinto muito mesmo!

Uma escuridão sufocante toma o meu entorno, e todos somem. Alguém ri. Um som profundo e gutural que começa baixo e distante, depois aumenta até se tornar ensurdecedor. Cubro meus ouvidos, mas não consigo deixar de ouvi-lo.

Acordo de madrugada; as roupas de cama colam às minhas costas encharcadas de suor, e meu cabelo gruda na minha testa úmida. Eu choro mais do que tenho feito nas últimas semanas. A mão de Constance encontra a minha sob os cobertores.

— O que aconteceu? — pergunta ela, afastando meu cabelo do rosto.

Eu não quero magoá-la, mas há algo que devo fazer.

— Eu preciso ver Erin para ter certeza de que ela está bem.

Constance me dá um sorriso triste.

— Ela não está bem, Sophia. Você sabe disso.

— Sim, mas preciso ir — sussurro. — Se não conseguirmos impedir o rei, talvez eu nunca mais a veja. Eu tenho que fazer isso. Por favor, entenda.

Constance abaixa a cabeça.

— Será perigoso, mas vejo que você já se decidiu.

— Quando a vi no mercado antes de sairmos de Lille, ela já estava machucada. Não consigo imaginar como foram as últimas semanas para ela.

— O rei está procurando por você. Você não pode simplesmente entrar na cidade e bater na porta dela.

— Sei disso, mas preciso ir. — Pego a mão de Constance, mas ela a puxa de volta.

— Por quê? — pergunta ela, endurecendo a expressão. — Por que você precisa ir? O que ela fez além de te machucar?

— Não é tão simples — digo. — Você não entende como as coisas são para nós. O rei nos coloca nesses papéis que não queremos.

— Você acha que eu não entendo? Eu não preciso estar lá para saber. Nasci no exílio, vivi a vida toda assim. Minha família morreu lá enquanto todos aqui falavam que eles eram monstros. Tudo o que restou deles são cartas, suas histórias e as minhas lembranças. É o único lugar onde eles existem para mim agora.

As lágrimas caem.

— E você sabe quem é o responsável por isso? — pergunto, agarrando as mãos dela e as pressionando em meus lábios. — Não sou eu, nem você, nem Lille. É Manford. Ele é o motivo de Erin estar nessa situação, e eu a deixei lá. — Minha voz falha, e as lágrimas descem sem parar.

Constance segura meu rosto entre as mãos.

— Me desculpe. Eu não quis te chatear. Confio em você, e embora eu não queira que você vá, não posso te prender aqui. — Ela parece considerar essa ideia.

Olho para Amina, que ronca alto em sua pilha de cobertores.

— Você acha que ela vai entender?

— Não, não vai. Mas a decisão não é dela. Por favor, me prometa que tomará cuidado. Fique escondida e não vá para casa ver seus pais, sob circunstância alguma. Tenho certeza de que o rei está vigiando a casa, esperando você aparecer.

— Sim — respondo. — Preciso vê-la, preciso dizer a ela que as coisas serão diferentes, e, bem, dizer adeus.

— Adeus? — pergunta Constance, confusa.

— Parece que todo esse tempo eu só a magoei. Mas eu nunca quis isso. Ela escolheu fazer o que era esperado dela, e será que posso mesmo culpá-la? Talvez eu tenha sido egoísta em tentar fazê-la mudar de ideia.

— Você não foi egoísta — diz Constance. — Você viu um futuro para você que ela não conseguia conceber. Você queria que ela acreditasse que vocês duas arranjariam um jeito de enfrentar tudo isso. É o que acontece quando nos importamos com alguém. E quando se é corajosa o bastante para imaginar uma vida diferente da que se vive. — Ela leva minha mão até seus lábios e a beija gentilmente, se demorando ali. — Tome cuidado.

Eu a observo por um momento, só para confirmar se há algo em seu rosto que ainda não memorizei. Se eu ficar por mais tempo, sei que vou mudar de ideia, então saio, sem ousar olhar para trás.

Chego na cidade no iniciozinho da manhã; os acendedores estão fazendo a ronda, apagando os lampiões com seus ganchos. Um ar de melancolia paira pela cidade como as nuvens de uma tempestade, prontas para lavar a terra com uma torrente de dor e tristeza.

À medida que caminho pela cidade, decidida a encontrar Erin e dizer a ela que as coisas vão mudar mesmo que eu tenha que morrer tentando, percebo que não tenho ideia de onde ela mora agora. Provavelmente com Édouard, e não com os pais na casinha com a varanda larga da rua Strattman. Decido ir para a casa de Liv primeiro para saber se os pais dela sabem onde Erin está.

Amarro o cavalo e vou para travessa Havasaw a pé. Eu hesito quando chego à fileira de casas opostas à de Liv. As irmãs mais novas dela, Mina e Cosette, estão sentadas na janela da frente. Elas se parecem muito com Liv. Uma dor me invade com tanta força que perco o ar. Nada, nem tempo, distância ou qualquer distração, anestesiou a dor de sua perda.

Atravesso a rua e me aproximo da casa. Quando chego perto do degrau da frente, ouço as meninas lendo passagens da história da Cinderela. Eles me veem e desaparecem.

— Papai! Há um homem estranho lá fora!

Pelo menos meu disfarce parece estar funcionando. Ouço passos apressados até a porta da frente, e, quando ela se abre, o pai de Liv está lá, com o rosto vermelho e os olhos estreitos.

— Quem é você? — pergunta ele, bloqueando a porta. — O que você quer?

Ele me encara, confuso, antes de arregalar os olhos e de seu queixo cair. Então, olha para os dois lados da rua e gesticula para que eu entre. Trancando a porta atrás de nós, ele se vira para mim enquanto fecha as cortinas.

— Alguém te seguiu?

— Não. Tomei muito cuidado — respondo. — Sinto muito aparecer assim, mas...

A mãe de Liv aparece na sala de estar. Ela parece menor do que da última vez que a vi, mais delicada. Eu tiro minha touca.

— Ah, sra. Preston, eu... eu sinto muito, eu...

— Sophia? — Ela se aproxima e coloca os braços em volta de mim. — Você está viva! Não sabíamos para onde você tinha ido. Achávamos que o rei tinha levado você ou... ou algo pior. — Lágrimas escorrem por seu rosto, e fico muito mal por ela chorar por mim quando sua própria filha está morta.

— Estou bem, de verdade. — Afasto as lágrimas dos meus próprios olhos. — Sei o que aconteceu com Liv. Sinto muito.

— Para o quarto, agora — ordena o pai de Liv às meninas.

As irmãs correm escada acima e eu sigo a sra. Preston até a cozinha, onde ela se senta à mesa. Ela é uma daquelas mulheres que deixa cada pedacinho de sua dor transparecer. Seu pequeno corpo parece prestes a desabar a qualquer momento. O sr. Preston serve uma xícara de chá e a coloca na frente dela, tocando suavemente seu ombro.

— Fizemos tudo exatamente como deveríamos — diz a sra. Preston. — Recitávamos os versos, sabíamos todos de cor. Servimos ao rei, seguimos as regras e, por dois anos consecutivos, a visita de uma madrinha nos foi negada. Eu gostaria de saber o que fizemos de errado.

Eu tensiono minha mandíbula. Assim como Liv, ela acredita que as histórias são reais. Embora agora eu saiba que há magia de verdade envolvida, não é algo que você ganha sendo fiel ao palácio ou lendo a história da Cinderela um milhão de vezes.

— Você não fez nada de errado — eu a consolo. — Por favor, entenda isso.

A sra. Preston balança a cabeça.

— Queria que você pudesse ter vindo ao funeral. Foi lindo, e você foi uma boa amiga para ela.

As lágrimas voltam a cair, e eu me viro.

— Desculpe não poder ter ido.

— Não, não. Não se desculpe — diz o sr. Preston, balançando a cabeça. — Você conseguiu fugir. Tenho certeza de que seus pais sentem sua falta, mas você não deve voltar.

— Marcus — interrompe a sra. Preston.

— Não quero que você ache que estou falando mal dos seus pais — continua ele. — Mas desejo sinceramente que você nunca mais tenha que participar daquele baile horrível. E agora que ele decidiu fazer mais um, terá outra oportunidade de arruinar nossas vidas.

Eu me viro para olhar para o sr. Preston. Ele me dá esperança de que ainda existem pessoas boas em Lille.

A sra. Preston bate palmas, incitando-o a falar mais baixo, o que ele faz imediatamente.

— Eu tenho mais duas que terão que... — o sr. Preston se interrompe. Seu rosto se contorce em uma expressão de dor. — Elas têm apenas onze e treze anos, mas nunca esqueço que muito em breve serei forçado a mandá-las para o palácio.

Ele luta contra as lágrimas. A sra. Preston olha pela janela da cozinha.

— Todas querem ser escolhidas, mas não pensam no que isso realmente significa. Você viu o que aconteceu com Erin?

Meu coração quase para.

— Eu a vi no mercado. Vi os hematomas. Seu noivo, Édouard, tinha...

— Marido — corrige a sra. Preston, como se soubesse o que vou dizer. — Ele é o marido dela agora. Teria sido melhor se ela não tivesse sido escolhida.

— Onde ela está? — pergunto.

— Eles vão morar na parte leste de Lille, atrás dos portões, mas os pais de Erin não puderam pagar o dote que prometeram, então Édouard e Erin têm ficado cerca de dois quilômetros depois do pomar até que o dinheiro seja completamente pago — diz a sra. Preston. — Eu fui vê-la duas vezes e fui mandada embora em ambas. Ele nem mesmo a deixou ir ao funeral de Liv. Acho que ele se ressente de ter que ficar tão perto de nós, plebeus, e desconta nela.

— Eu quero acabar com isso — afirmo. — Com o baile, as leis, as tradições. Tudo.

O sr. Preston olha para as escadas.

— As pessoas não abandonarão essas coisas tão facilmente. Às vezes acho que elas nem entendem que estao fazendo algo errado.

— Não tenho pena da ignorância delas — digo. — Elas veem o que está acontecendo. Todos nós vemos. Temos que mostrar a elas um caminho melhor.

A sra. Preston coloca sua mão sobre a minha.

— Então você vai mudar o mundo, Sophia?

Não há indício de sarcasmo, de dúvida. Ela está sinceramente me perguntando o que pretendo fazer.

— Eu não sei sobre o mundo, mas podemos começar com Lille — respondo. Isso é o suficiente por ora. — Agora preciso ir.

Enfio meu cabelo sob a touca e a sra. Preston me abraça com força.

— Erin não quer ficar casada com aquele homem, ou com qualquer outro homem. — Ela olha para mim. O amor e a gentileza que tem por suas próprias meninas sempre se estenderam a mim e a Erin, mas acho que eu não sabia exatamente quanto até este momento. — Ela tentou muito fingir que estava feliz. Queria deixar os pais orgulhosos.

— Eu sei.

Como estar casada com um homem como o Édouard, que bate nela, poderia deixá-los orgulhosos está além da minha compreensão. Por que esse foi um preço aceitável a pagar por ter sido escolhida? Ela vale e merece mais.

— Talvez sempre tenha sido você quem deveria salvá-la — diz a sra. Preston.

— Ainda há esperança — digo, embora eu não tenha certeza de estar totalmente convencida disso.

Ela me abraça por um longo tempo antes de ir para o andar de cima. O sr. Preston me acompanha até a porta.

— Não vou perguntar o que você planeja fazer ou para onde está indo — diz ele. — É melhor que eu não saiba, mas você sabe onde me encontrar se precisar de qualquer coisa.

Eu assinto, apertando a mão dele.

— Obrigada.

Eu o abraço e saio sem olhar em seus olhos, com medo de não ser capaz de ver através das lágrimas. Fico parada no caminho de pedra em frente à casa e inspiro o ar frio. Isso me permite focar novamente. Erin.

Descendo a rua do pomar, encontro a residência temporária de Erin e Édouard, uma casa grande, com telhado e grandes janelas de vidro colorido, que fica separada das outras na rua.

Deixo o cavalo amarrado a uma árvore e me aproximo da casa, meu coração batendo forte. Será que ela vai sequer querer me ver? E o que posso dizer a ela depois de todo esse tempo?

Quando penso em atirar uma pedra em uma das janelas superiores, a porta da frente se abre e Erin sai. Eu paro, congelada onde estou. Espero que ela me note, a antecipação me consumindo. Ela ajeita o xale em volta do pescoço enquanto olha para o céu e expira longa e lentamente, como faz quando está exausta. Então abaixa a cabeça e dá um passo à frente.

— Erin — eu digo, minha voz mal passando de um sussurro.

— Sophia? — Sua voz soa fina e rouca, como se ela estivesse chorando. Eu me pergunto por quanto tempo e se alguma dessas lágrimas são por minha causa.

— Eu precisava ver você — digo.

Erin desce os degraus da frente e acho que vai me abraçar, mas, quando a alcanço, ela para.

— O que você está fazendo aqui? — Ela olha para a porta da frente.

— Vim ver se você estava bem. Depois que te vi no mercado...

Erin bufa alto.

— Deixe o passado no passado, Sophia. É aonde ele pertence. — Os olhos e as palavras dela são como gelo.

— Achei que você... eu não sei... achei que você gostaria de me ver. Eu queria ver você.

— Sério? Por que eu iria querer ver você? Você foi embora. Você acha que é melhor do que nós porque fugiu?

Fico em silêncio. Ela está fervendo, ódio gotejando de cada palavra.

— Eu não acho que sou melhor do que ninguém — me defendo. — Por que você diria isso? Eu pedi que você fosse com a gente. Eu queria que você fosse.

— Ir com você para onde? — Erin torna a olhar para a porta. — Aonde você foi? Ela balança a cabeça. — Não responda. Eu não me importo. Eu não me importo que você sinta pena de mim e venha ver quão lamentável eu estou.

— Não é por isso que estou aqui. Erin, o que aconteceu com você? Por que você está agindo assim?

Ela marcha até mim e enfia o dedo no meu peito.

— Você foi embora! Você me deixou aqui para lidar com isso sozinha. Liv está morta e você se foi, e eu não tenho ninguém.

Todo o tempo que passei tentando estar ao lado dela passa pela minha cabeça. Quantas vezes tentei confortá-la, ajudá-la de qualquer maneira que ela permitisse, e agora a culpa é minha?

— Eu tentei te dizer o quanto eu me importava com você. Eu tentei tanto e você... você me afastou.

Isso não é culpa minha.

— Você tentou me fazer acreditar que isso funcionaria, quando sabia muito bem que nunca ia acontecer — acusa ela. — Não aqui em Lille, nem em qualquer outro lugar. Eu aceitei meu destino. Algo que você nunca poderia fazer porque está muito ocupada sonhando acordada. Se meu marido encontrar você aqui, ele vai te entregar.

— Não tem que ser assim — digo depois de um momento. Estou desesperada para dar uma saída a ela. — Eu encontrei uma alternativa.

— Não vou correr o risco de ser renegada pelos meus pais só porque você tem um novo plano que fará com que seja executada que nem aquela pobre mulher no mercado, que nem a sua própria avó.

Meu estômago se revira.

— Eu não me importo.

— Óbvio que não — sibila ela. — Seus pais já deserdaram você. E você não tem marido, nada a perder. — Suas palavras me cortam até os ossos, rasgam minhas entranhas e as pisoteiam. — Nem mesmo você, com todo o seu pensamento positivo, pode mudar as coisas. Você não é especial, Sophia. Você é apenas uma garota boba como o resto de nós.

Segurando minhas lágrimas e tremendo de frustração, eu balanço a cabeça.

— Você está errada. Eu me perdi me importando com você. Eu me importei tanto que esqueci que também mereço ser feliz. Sinto muito que você não acredite em mim. — Ela se retesa. — Sinto muito por não ter conseguido te salvar.

— Eu não preciso ser salva — diz Erin, com lágrimas silenciosas descendo pelo rosto. — Eu preciso que você me deixe em paz. Para sempre.

— Você está com medo. Eu sei como é isso. Mas você vai ter que decidir o quanto está disposta a arriscar para mudar as coisas.

Isto é um adeus. Tem que ser. Eu sei o que as leis do rei fazem com as mulheres de Lille, mas o que fizeram com Erin é mais do que eu consigo suportar.

Ela me olha pela última vez, se vira e entra.

Depois de ficar encarando a porta fechada por um momento, monto no cavalo e volto direto para Constance, que está esperando por mim na frente da casa da Cinderela. Eu desço enquanto ela vem na minha direção, seu olhar preocupado.

— Eu só queria dizer a ela que havia uma alternativa, mas ela ainda não consegue entender isso.

Constance me dá a mão.

— Sinto muito, Sophia.

— Não — respondo. — Eu sinto muito. Eu nunca deveria ter me arriscado a voltar lá, e não quero que você sinta que eu estava tentando escolher entre você e Erin. Eu fiz essa escolha antes de ir embora. Eu escolho você.

Constance pressiona seus lábios contra os meus e enrosca os braços no meu pescoço.

— *Ahem* — pigarreia Amina da entrada, os braços cruzados. — Saiu para um pequeno passeio essa manhã? Espero que tenha aproveitado. Os guardas do palácio estão atrás de você? — Ela divide o olhar penetrante entre mim e o caminho.

— Eu não fui seguida.

— Você foi até a cidade — Constance diz a Amina. — Não seja hipócrita.

— Eu consigo me misturar perfeitamente, muito obrigada, enquanto Sophia simplesmente parece um homem muito bonito — replica Amina.

— E o que tem de errado nisso? — pergunta Constance em tom de brincadeira.

— Você conseguiu alcançar qualquer que tenha sido seu objetivo lá? — pergunta Amina.

Eu assinto. A resposta não é simples. Nada mais é simples.

32

Na manhã do baile de inverno do rei Manford, há uma grande camada de neve cobrindo a terra. O ar está gélido e o frio arrancou as folhas das árvores. Lille parece ter saído diretamente de uma página do conto de fadas da Cinderela.

Não consigo ficar parada, decidindo andar de um lado para o outro na frente da lareira. Amina está sentada em uma cadeira perto do fogo, observando um pedaço de pergaminho dourado.

— É perturbadora a facilidade com que consegui roubar isso do carteiro — diz ela. — Eles deveriam vigiar melhor a correspondência.

Constance pegou o cavalo e a carroça antes do nascer do sol; assim que ouço o som fraco de rodas na estrada, corro para encontrá-la. Ela desce, olha para mim e me puxa para um abraço urgente. Ela está tão nervosa quanto eu, mas mostra isso de maneiras sutis — um beijo fervoroso, um olhar triste quando me abraça.

— A cidade está agitada, mas não vi um único sorriso. As pessoas estão nervosas. Mais ou menos que nem você. — Constance pisca para mim. — Você está pronta?

— Não. Mas se eu esperar até estar pronta, nunca irei.

Amina cumprimenta Constance com a cabeça quando entramos. Elas chegaram a um acordo tácito de que não vão mais brigar — pelo menos não hoje.

No início da tarde, as nuvens se movem sobre as colinas, tornando o dia cinza e sombrio. Estou sentada em silêncio com Constance, segurando sua mão e estudando todos os ângulos de seu rosto, quando Amina se levanta.

— Você vai precisar de tempo para fazer o trajeto até o palácio, então provavelmente é melhor começarmos agora.

Meu coração dispara. Chegou o momento.

Constance e eu seguimos Amina até a pequena clareira atrás da casa onde fica a árvore gigante. Constance coloca uma capa em volta de nós, e nos aconchegamos uma à outra no ar frio do inverno. Amina olha para o céu e estende as mãos à frente. Enquanto ela murmura algo ininteligível bem baixinho, um tremor percorre o chão.

De repente, uma luz, como a luz de uma estrela em forma líquida, flui das pontas dos dedos de Amina para o tronco da enorme árvore, serpenteando em seus galhos. Estico o pescoço para olhar para a copa e vejo a árvore ganhar vida, largas folhas verdes brotando de cada galho. No auge do inverno, isso não deveria ser possível. Amina dá um passo para trás quando a luz de suas mãos começa a desaparecer, mas a árvore permanece brilhante.

— Peça o que quiser — diz Amina. — A árvore dará tudo de que você precisar, mas entenda que a magia é apenas temporária. Tudo o que a árvore der, ela pegará de volta na badalada da meia-noite.

Constance encara a árvore, perplexa.

— Foi isso que você deu para a Cinderela?

Amina desvia o olhar.

— Sim. Neste mesmo lugar, em uma noite muito parecida com esta.

Eu me solto do abraço de Constance e me aproximo da árvore, olhando para a copa cintilante.

— Um vestido.

Preciso pedir um modelo específico de vestido? Uma cor? Eu olho para Amina, mas um farfalhar chama minha atenção à medida que uma bolsa de ar quente me envolve como um cobertor. A mesma estranha luminescência que se agarra à árvore agora se agarra a mim. Prendo a respiração quando um vestido de prata cintilante se materializa ao meu redor. Constance observa com os olhos arregalados e as mãos entrelaçadas.

Amina sussurra algo nos galhos. Há um puxão suave na parte de trás da minha cabeça e um formigamento em meus pés. Mal consigo ver através da névoa prateada. Quando ela diminui, Amina sorri. Constance olha da árvore brilhante para mim, em um vai e volta.

— Funcionou? — pergunto.

— Que nem mágica — diz Amina.

A luz está diminuindo nos galhos das árvores, então eu rapidamente sussurro um pedido final:

— Por favor, me ajude a encontrar uma maneira de derrotar o rei.

O sorriso de Amina desaparece.

— Ela não pode ajudar você dessa forma, infelizmente. Esse feitiço é muito bom para criar vestidos elegantes e bugigangas exclusivas, mas o que realmente importa é você, Sophia. Você precisa usar sua cabeça e seu coração.

— Bom, você não pode me culpar por tentar.

Amina enfia a mão na capa e tira algo embrulhado em um pedaço de pano. Ela me entrega. Eu desembrulho e encontro uma adaga.

— É só uma coisinha — diz Amina.

A lâmina é longa e delgada e brilha à luz da árvore encantada. O cabo é esculpido de maneira intrincada e bem no centro há uma pedra rosa cintilante.

— É quartzo — explica Amina, batendo na pedra. — Eu o carreguei durante a última lua cheia. Deve te oferecer alguma proteção.

— Obrigada — eu digo. — É linda.

— Eu a dei para a Cinderela na noite do primeiro baile. Ela não teve a oportunidade de usá-la por causa da minha covardia, da minha vontade de acreditar que havia outra maneira de parar o rei.

Eu olho para a arma novamente, segurando seu cabo, sentindo o peso dela em minha mão e em meu coração. Amina tenta me dar um sorriso tranquilizador.

É difícil para mim conciliar meus sentimentos por ela. Ela me lembra muito a minha própria avó em algumas coisas: seu raciocínio rápido, seu sorrisinho sábio. Mas Amina ajudou Manford a subir ao trono, custando a vida de diversos habitantes de Mersailles. E quantos foram perdidos desde a época da Cinderela? Quantos tiveram suas vidas arruinadas por causa de Manford? Ela o ajudou. Mas agora está me ajudando. E, como ela disse, não dá para voltar atrás.

— Não se preocupe comigo — eu digo. — Vou ficar bem

Ela segura minhas mãos e suspira. A dúvida aparece. Estamos nos enganando em pensar que podemos fazer isso funcionar? Amina não me olha. Sua visão na lagoa revelou sua própria morte — ela também havia visto este momento? Ela sabe como isso vai acabar?

Amina me ajuda a enfiar a bainha para a adaga entre as dobras do meu vestido e entra na casa, enxugando os olhos com a manga da capa. Ela me deixa sozinha com Constance, que me olha, assimilando cada parte de mim, e nem preciso perguntar a ela como estou. Está escrito em seus olhos, em seu sorriso.

— Não sei o que dizer — admite ela.

— É a primeira vez — eu digo, me aproximando. — Eu nunca vi um vestido assim. — Eu dou um pequeno puxão no vestido. Parece que é feito do próprio luar.

— Não é nada comparado a você — diz ela.

Meu coração se parte com a possibilidade muito real de que talvez eu nunca mais a veja.

— Prometa uma coisa — diz Constance.

— O que você quiser.

— Prometa que vai voltar para mim. — Constance enxuga as lágrimas. — Se você me disser que vai voltar, acreditarei em você.

Eu pressiono minha testa contra a dela e fecho os olhos.

— Prometo que farei tudo que puder para voltar para você. — É o que posso dizer sem mentir para ela.

Eu me inclino para frente e a beijo, abraçando-a, sentindo seu cheiro e esperando que esta não seja a última vez que faço isso.

Amina está parada na porta.

— Está na hora, Sophia.

Constance me dá o braço e caminhamos em direção à frente da casa. Passamos por uma fileira de janelas, a maioria fragmentos quebrados ainda pendurados em suas molduras, e tenho um vislumbre de mim mesma. Eu olho o reflexo e estendo a mão para tocar meu cabelo. Meus cachos naturais caem ao redor dos meus ombros, afastados do meu rosto por pequenas borboletas prateadas feitas de vidro e fixadas em grampos de prata. Minha pele brilha, negra e linda, sem ruge ou pó.

— Você está deslumbrante — diz Constance.

Ela dá um beijo na minha bochecha e deixa os lábios ali. Seu toque envia pequenas faíscas de fogo pelo meu corpo.

Minha carona me espera na entrada. Dois cavalos elegantes, pretos como a noite e equipados com cabrestos vermelhos, estão atrelados a uma carruagem preta cintilante com teto abobadado, decorada com fitas vermelhas e cortinas combinando.

— Isto é real? — pergunto.

— É real neste momento — diz Amina.

De repente, uma bola de luz a envolve, e eu me coloco na frente de Constance, sem fazer a menor ideia do que está acontecendo. Quando a luz se apaga, há um homenzinho atarracado de casaco preto e gravata borboleta vermelha parado onde Amina estava.

Constance empunha a adaga.

— Espere um minuto! — A voz de Amina sai do homenzinho. — Sou eu, sua tola!

Os olhos de Constance se arregalam e ela guarda a adaga.

— Que tal nos avisar da próxima vez?

— Que tal se você não tentar esfaquear todo homem que vê? — devolve Amina.

Constance olha para mim e dá de ombros.

— É um hábito.

Amina sobe para pegar as rédeas.

— Vamos andando.

— Esse visual combina com você — diz Constance para ela.

— Você gosta? Então, terei de me certificar de nunca mais ficar assim de novo — rebate Amina, carrancuda. — Vamos, Sophia.

Constance coloca as mãos nos meus ombros e me beija suavemente.

— Vou a pé — diz ela — e me aproximarei do palácio pelo mausoléu. Vou tentar encontrar outra maneira de entrar.

Decidimos que, enquanto eu entro pela porta da frente, Constance tentará entrar em segredo e seguir até as celas onde ouvi aquela voz atrás de uma porta trancada.

Subo na carruagem e Amina estala as rédeas. Nós avançamos e começamos nossa jornada para o palácio. Abrimos caminho pela neve recém-caída, e eu olho para trás apenas uma vez, para ter um vislumbre de Constance voltando para dentro da casa.

33

Assim como antes, o castelo surge no horizonte, exceto que, desta vez, não estou nem um pouco impressionada com a excessiva demonstração de opulência. É uma fachada criada para atrair as garotas de Lille, e, depois que elas entram — o rosto de Liv aparece em minha mente em um lampejo, e eu quase posso ouvir o tom paternalista do rei quando ele a humilhou na frente de todos —, não têm como escapar.

Nós nos juntamos à longa fila de carruagens que se estende até a estrada principal. Quando estamos bem em frente ao palácio, Amina desce e abre a porta para mim. Trocamos olhares enquanto eu saio, e ela se inclina para fechar a porta atrás de mim enquanto sussurra em meu ouvido:

— Vou ficar o mais perto que puder e encontrar Constance quando ela chegar.

Eu assinto e me misturo às outras garotas. Murmúrios me cercam. Algumas meninas sorriem calorosamente. Uma jovem me diz que gosta do meu vestido e que meu cabelo é lindo, mas os elogios estão permeados de medo. Ouço um comentário malicioso sobre o que devo ter feito para ganhar esse vestido. Por mais que a insinuação doa, eu deixo para lá. Não vim aqui para me preocupar com o que os outros pensam. Eu tenho um trabalho a fazer.

Entrego meu convite ao guarda, que o estuda minuciosamente antes de fazer uma pausa. Meu coração bate forte no peito. Ele sabe que o nome não bate com o rosto? Ele me olha lentamente. Depois de mais alguns momentos de análise, guarda o convite e risca um nome de sua lista.

— Entre — diz ele

O convite era para outra garota. Seja lá quem for, ela deve estar em casa agora, se perguntando por que não foi convidada. Uma pontada de pânico. Eu não tinha pensado sobre a posição em que coloquei essa garota. Ela deveria estar aqui — o baile é obrigatório. Se ela for encontrada em casa, algo terrível pode acontecer com ela e será minha culpa. Sinto uma necessidade ainda maior de encontrar o rei e detê-lo.

Eu cruzo a entrada principal e mantendo meus olhos fixos à frente. Há menos oohs e ahhs do que em outubro. Essas garotas estão sendo forçadas a voltar para o palácio por minha causa, e vejo o medo em seus rostos por todos os lados.

Eu tenho um plano e tento manter o foco nisso enquanto avançamos em direção ao salão de baile principal. Eu me concentro onde todas as portas do corredor principal estão localizadas e registro o número de guardas. Há mais deles desta vez.

Os guardas nos conduzem ao salão, onde as portas se fecham com um estrondo quando as trombetas soam. Minhas palmas suam enquanto formamos uma linha. Eu passo as mãos pela frente do vestido e toco levemente o cabo da minha adaga.

A trombeta toca novamente, e olho para cima para ver os homens inundando o salão de baile. O visconde de Chione está de volta, assim como muitos dos barões. Eu assisto à procissão, confusa. Haverá outra cerimônia de escolha? A maioria das meninas presentes provavelmente já foi escolhida. O hino real toca à medida que o rei entra e assume seu lugar no topo da plataforma.

— Estou honrado com a presença de vocês — começa ele. Seus olhos estão arregalados. Ele examina a sala com uma espécie de pressa frenética. Parece nervoso. — Tenho certeza de que muitos de vocês estão se perguntando por que eu os chamei para este evento, e a resposta é bastante simples. Existem pessoas neste reino que pensam que as regras não se aplicam a elas. Eu trouxe vocês aqui como um lembrete de que cada homem, mulher e criança em Mersailles está em dívida comigo. Por suas vidas, pela comida que comem, pelas roupas que vestem. Vocês podem ter essas coisas porque eu torno isso possível, e estou muito desapontado por não serem mais gratos. — Ele balança a cabeça. — Portanto, além de participar do baile anual, vocês também deverão comparecer ao baile de inverno. Qualquer pessoa não escolhida será imediatamente considerada infratora.

O choque atinge a sala, e eu ouço um gemido. Alguém começa a chorar. O visconde muda o peso de um pé para o outro desconfortavelmente. Até ele parece abalado com a proclamação do rei.

— Se você foi escolhida no baile anual, forme uma linha à sua direita — ordena o rei em voz monótona. Como suspeitei, a maioria das garotas sai correndo e fica contra a parede oposta. Várias dezenas de nós permanecemos na fila. — Todas vocês que foram escolhidas serão escoltadas de volta às suas carruagens. Vocês serviram bem a seu rei e espero que sirvam seus maridos sem questionar. O resto de vocês terá a oportunidade de ser escolhida esta noite.

As garotas são escoltadas para fora pelos guardas, enquanto as que ficam permanecem quietas na fila.

— Enquanto nos reunimos esta noite, eu encorajo todas vocês a se lembrarem do motivo pelo qual estão aqui. Cinderela queria que cada garota em seu reino se casasse com um homem merecedor, para ter seu próprio final de conto de fadas. — Eu reprimo a vontade de vomitar, e ele continua a mentir para nós. — Todas vocês são dignas dessa honra. Espero que tenham estudado a história da Cinderela. Espero que tenham deixado a história mostrar como as coisas devem ser.

O rei dá um largo sorriso, que é acompanhado por uma risada dos pretendentes. Um homem que parece uma versão mais velha do colega de escola de Luke, Morris, está no nível mais próximo do rei. Deve ser o pai do garoto, e me pergunto se sua última esposa sofreu algum acidente ou foi entregue como infratora. Fico pensando se meu rosto transmite toda a raiva que estou sentindo. Espero que sim.

O rei olha para a fila de garotas e para quando me vê. Algo animalesco surge em seu rosto. Ele rapidamente olha de um lado para o outro para ver se alguém notou. Então bate palmas duas vezes como aviso para a banda começar a tocar. As garotas restantes se espalham conforme os homens descem da plataforma e se misturam.

Eu luto para manter a calma. Ninguém terá permissão para sair. Ele vai fazer essas garotas pagarem pela escolha que fiz de abandonar o baile. Então, um homem aparece na minha frente, e levo meio segundo para registrar quem é.

Rei Manford.

Tudo nele me repele, desde seu cheiro, uma mistura de vinho e fumaça, até o olhar predatório em seus olhos. Tenho a sensação de que, se não estivéssemos em uma sala cheia de pessoas, ele mostraria sua verdadeira natureza imediatamente. Observo os cantos de sua boca se contorcerem enquanto ele luta com algo dentro de si. Eu o encaro, e ele sorri.

— É costume fazer uma reverência ou uma mesura quando na presença da realeza.

Eu não me movo.

Ele estreita os olhos, que são de um tom castanho tão profundo que chega a ser quase preto. Sua mandíbula bem-marcada está rígida e sua boca é uma linha reta.

— Você não é o que eu esperava.

Eu posso sentir todos os olhares da sala em nós enquanto ele se aproxima de mim.

— Uma valsa! — grita Manford, me assustando.

A banda começa uma melodia e ele pega meu braço, me arrastando para o centro do salão. Ele coloca a mão nas minhas costas e me puxa para a dança.

— Você é muito bonita. — Ele gira em um círculo, praticamente me levantando do chão. — Qual é o seu nome?

— Você já sabe a resposta.

— Garota esperta — diz ele. — Eu não pensei que você voltaria. Achei que teria que caçar você até os confins da terra. Ou você é muito corajosa, ou muito estúpida. Diga-me, qual dos dois?

— Estou aqui para que ninguém mais sofra pelo que eu fiz. Eu fui embora do baile. Você pode resolver isso comigo. Deixe as outras pessoas fora disso.

O peso da adaga pressiona minha perna. Manford está agarrando minha mão com força, e não consigo alcançá-la. Ele me segura perto enquanto rodopiamos. Eu olho para os retratos de nossos ex-reis e, embora cada um deles seja diferente, percebo agora que os olhos são os mesmos.

Eles são todos Manford.

Ele colocou as pinturas para zombar de nós? A verdade esteve bem à vista todo esse tempo, mas ninguém entende o que significa. Eu me inclino e coloco minha boca perto do ouvido dele.

— Eu sei o que você é.

Ele para enquanto a música continua, e os casais ao nosso redor continuam sua dança. Ele me esmaga contra ele e eu estremeço. As pessoas estão nos observando, sussurrando. O rei tensiona a mandíbula e depois relaxa várias vezes seguidas. Então, se afasta de mim. Avalio a distância até sua garganta. Manford se curva ligeiramente e se vira, me deixando sozinha no meio da pista.

Algo está errado.

A música para e a voz de Manford se ergue novamente.

— Por favor, vão para o pátio dos fundos.

O salão esvazia quase imediatamente, mas mesmo assim não é rápido o suficiente para ele.

— Depressa! — rosna ele.

As pessoas tropeçam na afobação. Quando o último dos convidados sai, um jovem alto com cabelo loiro e olhos bondosos para ao meu lado.

— Você vai se juntar a nós lá fora? — pergunta ele. — Seu vestido é lindo. Posso pegar algo para você beber?

Quando me viro, um guarda entra e o atinge no topo da cabeça com o cabo da espada. O rapaz desmaia. Antes que eu possa falar, o rei aparece, olhando o homem com uma cara feia, como se fosse culpa dele ter sido nocauteado.

— Tire-o daqui — ordena o rei.

Os guardas arrastam o homem, e Manford se vira para mim como se nada tivesse acontecido.

— Você gostaria de ver o resto do castelo, não é?

Ele me estende a mão. Tudo em mim diz para eu fugir, mas não posso. Ele agarra meu braço, colocando-o firmemente sob o dele. Do salão de baile, seguimos por um longo corredor tomado por espelhos e mais pinturas do rei. Uma sensação gelada emana de Manford; seu braço está rígido e ele me aperta com força. Nenhum traço de calor. Eu me pergunto se seu coração ainda bate no peito.

— Você gosta muito da sua própria imagem, não é? — Não consigo conter meu ressentimento.

— Eu tenho todos os motivos para gostar, você não acha? — pergunta Manford, erguendo o queixo e sorrindo com escárnio.

Deixo meu olhar percorrê-lo. Eu penso em bajulá-lo, brincar com sua vaidade, mas não consigo fazer isso. Fico quieta.

Ele para abruptamente e abre uma das muitas portas do corredor. Eu olho para dentro e vejo que as paredes estão repletas de prateleiras cheias de livros. Nos fundos da sala, há uma lareira grande o suficiente para abrigar uma pessoa de pé.

— Você gosta de ler? — pergunta Manford.

— Sim — digo, o que soa como um ato de rebeldia.

— E você leu o conto da Cinderela, como é exigido que todas as meninas façam?

— Sim, embora eu não seja fã de obras ultrajantes de ficção como essa.

Ele fecha a porta com mais força do que o necessário e olha para mim.

— Você tem uma maneira muito livre de falar. Isso pode te causar problemas.

Manford se inclina sobre mim e eu dou um passo para trás, mesmo enquanto ele segura meu braço com força.

— Não é da minha natureza mentir.

Ele luta com algo dentro de si mais uma vez, reajustando seu casaco e respirando longa e lentamente.

— Você acha que eu sou dissimulado?

— Eu sei que você é. Você afirma ser um líder benevolente, mas sua traição transparece. Você não consegue escondê-la.

— É mesmo?

— Você acha que alguma das garotas que vêm para o baile está feliz com isso? Você acha que elas ficam animadas para isso? — Eu me pergunto se talvez, depois de todos esses anos, ele tenha começado a acreditar em suas próprias mentiras.

Manford parece pensativo por um momento e depois se vira para mim.

— Eu não me importo se elas estão ou não. Elas vêm porque eu mandei. Dou este baile anualmente porque posso, porque quero. Não é tão complicado quanto você está fazendo parecer.

— Eu não achei que você pudesse ser ainda mais...

Ele aperta meu braço com mais força.

— Mais o quê?

Manford me encara. Há um eco no timbre de sua voz que não é natural. Eu fico olhando para ele. Seu rosto está completamente vazio, sem qualquer emoção. Nem os cantos da boca estão mais repuxados.

— M-monstruoso.

— Aí está de novo. Esse fogo. Ele será completamente eliminado quando eu terminar com você. — Ele volta a parar para controlar suas emoções. Ainda segura meu braço enquanto continuamos pelo corredor. — Eu conhecia alguém muito parecido com você.

— Duvido.

Ele enfia a ponta dos dedos no meu braço. Dói, mas não vou dar a ele a satisfação de saber o quanto. Em vez disso, mordo o interior da minha bochecha.

— Você sabe onde ela está agora, a mulher de quem você me lembra? — Manford coloca seu rosto tão perto do meu que consigo sentir seu hálito azedo. — Morta.

Um arrepio percorre meu corpo. Percebendo que me abalou, ele ri baixinho.

— Ela me amava profundamente. Mas não depois que ela descobriu... — Ele para de repente. Só pode estar falando da Cinderela.

— Descobriu o que você realmente é? — questiono. Imagino o que deve ter passado pela cabeça dela quando o viu como eu o vejo, com a fachada de conto de fadas destruída, com a realidade de seus atos monstruosos exposta.

Manford pigarreia e desvia o olhar.

— As regras que estabeleci têm como objetivo manter desordeiros como você fora do caminho. Uma garota como você é simplesmente muito prejudicial à ordem natural das coisas.

— Uma garota como eu? E ainda assim você me isolou e planejou este grande evento para me atrair. Você mal consegue se controlar na minha presença, então, de verdade, quem tem poder sobre quem?

O rosto dele adota uma expressão de puro divertimento. Ele ergue uma sobrancelha.

— Você não tem medo da morte? Você é tão estúpida assim?

— Você me trouxe aqui para me intimidar? Você é patético.

A raiva se acumula como água represada. Ele é repugnante e não aguento mais estar tão perto dele. Ele se posiciona na minha frente, minhas costas contra a parede.

— Você diz que sabe o que eu sou e mesmo assim... — Manford se inclina para perto, me olhando nos olhos. — Eu acho que você não faz ideia.

Afasto o medo e o encaro de volta, o que parece pegá-lo desprevenido. Ele pisca várias vezes, como se eu o tivesse assustado. Ele provavelmente nunca teve alguém o detestando tão abertamente quanto eu.

— Cinderela não te amava do jeito que você queria — eu digo. — Ela te rejeitou, e você passou todo esse tempo punindo todas as mulheres que te lembram dela? Que patético.

Manford me olha com raiva e se inclina para frente, pressionando a testa na minha com tanta força que dói. A mandíbula dele se tensiona enquanto ele fecha os punhos. Ele sopra o ar entre os dentes e depois relaxa, afastando-se.

— Vou fazer de você um perfeito exemplo de como ninguém deve pensar que pode me desobedecer sem que haja consequências. Seu nome será escrito nos livros de história como a garota que tentou me desafiar e foi destruída.

Ele usaria minha luta para acabar com ele como base para outro livro de mentiras. Imagino as pessoas sussurrando meu nome feito uma maldição, com medo de seguir meus passos. Não posso deixar isso acontecer.

Meu coração bate forte. Eu respiro fundo. Me endireito e fixo meus pés. Alcanço as dobras do meu vestido e agarro a adaga. Em um movimento rápido, a mergulho na garganta dele. Eu torço a lâmina do jeito que Constance me ensinou. Ele pisca. Ele cambaleia, ainda de pé, segurando a garganta, e dou um pulo para trás, puxando a lâmina.

Sorrio para ele. Consegui. Eu acabei com ele.

Constance disse que se eu o matasse, ele provavelmente cairia na hora.

O rei Manford não se move.

Ela me disse que jorraria sangue da ferida.

Manford não está sangrando.

Constance disse que quando as pessoas morrem, às vezes elas gemem e cospem.

Manford não faz nenhum dos dois.

O som ecoando nas paredes é algo que eu não esperava ouvir, algo que faz meu sangue gelar, algo que me faz perceber que cometi um erro terrível.

Uma risada.

34

Eu cambaleio para trás enquanto Manford ri descontroladamente. Ele joga minha adaga para longe.

— Esse era o seu plano?

O buraco na garganta dele está se abrindo. Eu não errei, e mesmo assim ele está vivo, me provocando.

— Levem-na daqui — ordena ele.

Uma agitação irrompe à minha direita. Guardas do palácio aparecem do nada e enfiam um capuz na minha cabeça. Alguém puxa meu braço com tanta força que parece que ele vai se soltar. A dor dispara na ponta dos meus dedos. Minhas mãos são amarradas na frente do meu corpo, e sou empurrada pelo corredor. Alguém agarra meu cotovelo.

— Me solte! — eu grito.

Mexo o braço o máximo que consigo antes de jogá-lo com força para trás, atingindo a parte macia do que imagino ser o tronco de alguém. Um ganido recompensa meu esforço. Risos e um comentário sarcástico dos outros me informam que atingi o guarda em uma parte bem mais sensível.

O pano cobrindo meu rosto se move, de forma que posso ver o chão. Os guardas me levantam e descemos um lance de escadas, e o chão se transforma de madeira polida em cascalho e terra. Luto contra as mãos que me seguram, mas não consigo fazer contato de novo. Uma porta se abre, e um guarda me joga em um chão frio e encharcado. Com as mãos ainda amarradas, puxo o capuz enquanto a porta se fecha com um estrondo. Jogo todo o meu peso contra ela, apenas para perder o equilíbrio e tornar a cair no chão.

— Me deixe sair! — grito. Escuto um murmúrio de vozes.

— Seja paciente — a voz do rei sibila do outro lado da porta. — Em breve você me terá todinho só para você.

Ouço os sinos ao longe. Onze horas.

— Te vejo no badalar da meia-noite — sussurra o rei.

Uma onda de raiva passa por mim enquanto chuto a porta o mais forte que consigo. Ele ri antes de seus passos se afastarem pelo corredor.

O cômodo em que estou não é maior que uma despensa. Paredes de pedra, sem janelas, e o teto baixo o bastante para que eu possa tocá-lo apenas esticando o braço. Uma corrente de água pinga de uma das frestas onde a parede se conecta ao teto. Vejo o toco de uma vela em cima de uma pedra no canto, junto a uma pederneira e um pedaço fino e torcido de linho. Uso a pedra para acender a pederneira, e uma chuva de fagulhas ilumina a sala por um instante. São necessárias várias tentativas com minhas mãos amarradas para o linho enfim pegar a chama e eu conseguir acender a vela, que lança várias sombras ao meu redor, fazendo o espaço parecer ainda menor.

Não consigo acreditar no que testemunhei. A adaga foi direto na garganta dele, e mesmo assim Manford ainda está vivo. Amina disse que ele não era um homem normal. Nós achamos que ele não morria, mas não consideramos que ele não poderia ser morto. Agora não tenho certeza se há de fato uma maneira de impedi-lo, mas sei que ele vai voltar para me pegar em breve, e preciso encontrar um jeito de fugir.

Decidida, começo a mexer minhas mãos para soltá-las. A corda esfola meus pulsos, causando uma ferida profunda. A dor percorre meu braço a cada puxada. É mais do que eu consigo aguentar, então procuro alguma coisa para cortar a corda. Os tijolos e pedras que compõem a parede são irregulares e pontudos, e alguns se quebraram no meio. Encontro uma parte que parece afiada o bastante e coloco a corda ao redor, serrando-a até que, muito minutos e muitos cortes nas minhas mãos depois, ela se rompe e eu me livro.

Massageio meus pulsos enquanto observo a sala. No canto, os restos carcomidos de um livro estão no chão. Eu o alcanço e o folheio. É a história da Cinderela.

É óbvio que isso estaria aqui.

Eu o jogo de volta no canto e me inclino para olhar pelo buraco da fechadura. Vejo a parede oposta à minha cela, o corredor escuro. O cheiro de terra molhada me invade. Sei exatamente onde estou. Estou em uma daquelas salinhas onde ouvi a voz de uma mulher na noite em que fugi do baile. Vou até uma das paredes e bato nas pedras.

— Olá! Tem alguém aí? — Espero. Só escuto a água pingando. Tento de novo, mais alto desta vez. — Olá! Tem alguém aí?

— Silêncio! — diz uma voz baixa.

Agarro a vela e tento olhar pelo buraquinho por onde a água sai, mas é muito alto.

— Olá? — chamo de novo.

— Perto do chão, há um tijolo solto — indica a voz. — Pegue-o e fique de pé nele.

Encontro o único tijolo intacto e, seguindo as instruções da voz, solto-o e fico de pé sobre ele. A luz de uma vela do outro lado delineia a figura de uma pessoa, a órbita castanho-escura de seu olho brilhando na pouca luz.

— Quem é você? — pergunto.

— Você deveria ficar quieta.

— Não faz diferença, ele virá atrás de mim de qualquer maneira — justifico. — É só uma questão de tempo.

— Você parece ter aceitado seu destino mais fácil que as outras. Isso provavelmente é bom. Não adianta chorar, certo? Ele vai nos matar de qualquer jeito.

Aquela atitude tão objetivamente conformada quanto a seu terrível destino me faz parar. Ela está aqui à espera da morte, e é como se ela quisesse que a coisa viesse o mais rápido possível.

— Há quanto tempo você está aqui? — pergunto.

— Algumas semanas... talvez mais. É difícil dizer.

— Como você veio parar aqui?

Ela ri suavemente.

— Explodir o Colossus foi uma atitude condenável. Quem imaginaria? — O sarcasmo transborda de cada palavra, mas elas também estão permeadas de desesperança.

Eu quase escorrego, mas me esforço para manter o equilíbrio.

— Você fez aquilo? Seu nome é Émile?

Há um ruído do outro lado da parede.

— Como você sabe o meu nome?

— Estou com a Constance! Meu nome é Sophia. Estamos aqui... ou, eu estou aqui...

Minha voz fica embargada e as lágrimas enchem meus olhos. Eu nem sei se Constance conseguiu chegar ao castelo. Não sei se conseguirei vê-la de novo, mas preciso deixar essa preocupação de lado por enquanto.

— Ela está viva? — pergunta Émile. — E vocês têm um plano?

— Sim. Mas eu... eu enfiei minha adaga na garganta do rei, e ele riu na minha cara.

Ela bufa alto.

— Isso parece mesmo algo vindo de Constance, sempre esfaqueando alguém. — Acho que a ouço rir. — Mas, como você viu, isso não funciona com ele. Ele já foi envenenado, esfaqueado, e outras garotas neste corredor tentaram chegar perto o suficiente dele para colocar uma corda em seu pescoço. Ele ficou bem surpreso com essa tentativa. Mas não deu certo, óbvio. E ele as fez pagar por isso. Me conte, você ou Constance conseguiram descobrir mais alguma coisa sobre ele?

— Sim. — Eu hesito porque sei como vai soar, mas continuo assim mesmo. — Você sabia que o rei Manford e o Príncipe Encantado da Cinderela são a mesma pessoa?

— Descobri essa verdade impossível por outras garotas deste corredor. Antes de ser capturada, eu teria dito que era mentira, mas agora vi coisas o bastante para saber que não. — Ela dá um suspiro pesado. — Mas não importa. Ele já matou ou capturou tantas de nós que agora há muito poucas para tentar organizar qualquer forma real de resistência.

— Quantas meninas ainda restam?

— Há outras sete garotas nas celas próximas a nós, e ouvi dizer que existem mais celas no interior do castelo, mas nenhuma de nós está em condições de resistir. Algumas estão aqui há meses, talvez mais tempo. Nós não temos o suficiente para comer ou beber, e a drenagem... a drenagem é demais.

— A drenagem? — pergunto.

— Ah, Sophia. — Émile suspira. — Você não faz ideia de como é. É como morrer. Ele te abraça e então você cai, e se você voltar, fica... mudada.

Pressiono meu rosto nos tijolos enquanto me esforço para ouvir. Meu coração bate furiosamente.

— Como? Me conte como ele faz isso.

— É um tipo de magia da qual nunca ouvi falar. Ele drena a vida da pessoa, diretamente de sua alma. Há uma luz, um puxão, e seja lá o que for que ele drena, usa para deixá-lo jovem, para viver o quanto ele quiser.

Minha mente dá voltas, e uma memória do baile se destaca. A porta por onde Liv foi levada ficou aberta só por um momento enquanto o rei saía. A velha de cabelo branco como a neve — usando o vestido de Liv. Era ela. O rei fez aquilo com ela. E quando eu o vi do outro lado da multidão, ele parecia diferente, mais feliz, os olhos mais brilhantes.

Começo a andar de um lado para o outro. A luz da minha visão e o puxão em meu peito, as ilustrações no livro de contos de fadas de Constance e as palavras da própria Cinderela se unem como um quebra-cabeça.

É assim que ele faz.

É assim que ele se mantém jovem. E assim que as peças se encaixam, outra terrível realidade se revela. Eu corro de volta para cima do tijolo.

— O baile. É esse o seu propósito? Trazer as jovens de Lille até aqui para que o rei possa usá-las?

— É uma colheita — diz Émile. — Uma maneira de ele se banquetear com elas, como o monstro que é. E sabendo agora que ele tem feito isso desde o tempo da Cinderela, temo que ele possa continuar assim para sempre. — A voz dela se torna um sussurro. — Eu costumava sonhar em encontrar uma saída, mas acho que sempre será só isso. Um sonho. Um pesadelo, na verdade. Ele tirou tanta coisa de mim. Mesmo minhas partes mais profundas estão mudadas.

— Quando você sair daqui, terá a si mesma e a sua liberdade, e será o suficiente. Eu prometo.

Acho que a ouço rir, mas pode ter sido um soluço.

— Quero acreditar em você. De verdade.

Eu desço do tijolo e respiro fundo. Émile perdeu toda a esperança. Ela parece tanto com Erin, com meus pais. Mas eu me recuso a aceitar esse destino. Preciso sair, e preciso encontrar o diário da Cinderela.

Vou até a porta de novo e espio pelo buraco da fechadura, ouvindo por um momento. Não há outros sons além do gotejar da água e as batidas do meu coração. Aproximo a vela do mecanismo de tranca dentro do buraco da fechadura. Está enferrujada, e um pedaço da moldura da fechadura quebrou. Procuro na sala por algo que possa usar para abrir a tranca. Nada útil.

Passo a mão no cabelo, frustrada. Meus dedos tocam as borboletas de vidro ainda presas ali. Tiro uma e quebro o modelo de vidro, deixando apenas o grampo de metal, que parece que se encaixará perfeitamente na fechadura. Me pergunto se minha fada madrinha pessoal teve algo a ver com o projeto dessas pequenas presilhas.

Enfio a haste de metal no buraco da fechadura e tento imitar o movimento de uma chave. Partículas de metal alaranjadas se soltam enquanto eu examino a fechadura. Giro o grampo o mais forte que consigo e *pop*! A fechadura estala.

A porta geme e se abre só um pouquinho. Eu espero ser cercada por guardas a qualquer momento, mas nada acontece. Enfio a cabeça para fora e espio o corredor escuro. Uma rede de tábuas de madeira parecendo novas tapa o buraco no teto, mas o ar frio da noite ainda sopra. De algum lugar mais distante, uma melodia chega e um cheiro doce, como pão recém-assado, passa por mim. Tento a maçaneta da cela ao lado da minha.

— Se você entrar aqui, pode me matar. Porque, se não fizer isso, vou te estrangular com minhas próprias mãos.

— Fique quieta — sussurrou. — Sou eu. A garota da cela ao lado.

Eu a ouço se mexer, e a luz abaixo da porta se agita.

Coloco minha chave improvisada na fechadura e tento fazê-la girar. Ela faz uma série de cliques suaves enquanto tento encontrar o ângulo certo e, em seguida, *plic*! O grampo quebra dentro da fechadura.

— Onde estão as chaves? — pergunto.

— Com o guarda. Você nunca vai conseguir pegá-las. Só vá embora. Saia daqui e nunca mais volte.

Vejo luzes fracas debaixo de cada uma das outras portas do corredor, que parecem ser umas seis.

— Voltarei para buscar você. Prometo — digo. — Vou encontrar as chaves, ou algo para quebrar a tranca.

Soluços fracos vão desvanecendo à medida que sigo em direção ao final do corredor, por onde consegui fugir da outra vez. Eu tento a maçaneta. Trancada, provavelmente coberta com tábuas pelo lado de fora. O rei deve ter corrigido sua falha na segurança.

Um monstro. Não um tolo, lembro a mim mesma.

Eu me viro para o lado oposto do corredor. Há uma escada estreita em espiral no canto mais distante. Vou até ela e olho para cima.

A escada de madeira forma uma espiral de pelo menos dois andares na escuridão. Os primeiros metros são transitáveis e tenho certeza de que foi esse o trajeto que os guardas fizeram quando me arrastaram até aqui, mas, mais para a frente, a escada está em péssimo estado. Faltam alguns degraus e há teias de aranha penduradas no corrimão. Passo apressada pelos degraus intactos e, em seguida, piso com cuidado no primeiro degrau em frangalhos que leva à escuridão. Ele geme sob meu peso. Respiro fundo antes de subir com cautela, cada degrau gemendo em protesto.

Os sinos soam, marcando a meia hora.

Quando me aproximo do topo, evito por pouco um buraco na estrutura. Coloco meu pé do outro lado e um estalo grotesco ecoa na escuridão. Meu pé afunda na escada de madeira no instante em que o degrau se quebra, e me agarro ao corrimão para não despencar.

Uma chuva de destroços cai. Eu me esforço para me içar e, assim que estou segura, fico parada, ouvindo. Alguém deve ter escutado essa confusão. Tento acalmar meu coração acelerado. Logo acima de mim, no topo da escada, há uma porta.

Subo os últimos degraus e me encosto nela para tentar ouvir alguém do outro lado.

Silêncio.

Girando a maçaneta, empurro a porta lentamente e me encontro em um corredor muito parecido com o que o rei tinha me mostrado. As paredes são pintadas de azul-claro com lírios brancos por todo o teto. Lâmpadas a óleo iluminam o espaço a cada poucos metros, fixas em luminárias douradas nas paredes. A entrada é construída diretamente na parede, sem maçaneta desse lado. Eu gentilmente fecho a porta e caminho na ponta dos pés pelo corredor. O piso é de uma cor de carvalho escuro e polido de tal forma que posso me ver refletida na superfície.

Passo por vários quartos antes de chegar a um conjunto de portas duplas douradas no final do corredor. Escuto uma voz abafada em algum lugar atrás de mim. Tento a maçaneta das portas duplas e elas se abrem, jogando uma camada de poeira na minha cabeça. É óbvio que ninguém vem nesta sala há muito tempo. Pego uma lamparina do suporte do lado de fora da porta e entro.

É um quarto grande, pintado com o mesmo azul claro do corredor. O ar está parado, e consigo sentir o gosto de poeira nele. Há janelas ao longo do lado voltado para o sul, embora estejam fechadas, e no teto rebaixado vejo um ornamento de gesso com braços curvos que se estendem como os raios do sol. Um enorme lustre de ouro pende de seu centro, teias de aranha penduradas entre os encaixes das velas como se fossem uma renda delicada. Há uma cama de dossel com lençóis azul-marinho logo embaixo. E também está coberta por um manto de poeira.

Na parede adjacente há uma penteadeira com um pano preto tapando o espelho. Um retrato da Cinderela está pendurado acima dela, mas é muito diferente do que fica na entrada principal. Aqui, ela olha para a frente, nenhum indício de sorriso, sua boca pressionada em uma linha fina.

Ergo a lamparina. A luz atravessa a sala escura, iluminando um armário aberto cheio de vestidos lindos. Me aproximo e passo a mão sobre as dobras dos tecidos luxuosos. No fundo do armário há um vestido diferente dos outros: uma peça simples desfiada na bainha, as mangas compridas esfarrapadas nos pulsos.

Ao contrário dos outros vestidos, parece que foi usado um milhão de vezes. Uma imagem começa a se formar em minha mente. A poeira em todas as superfícies, vestidos pendurados no armário, o silêncio assustador.

Este era o quarto da Cinderela.

35

Me afasto do armário enquanto uma sensação opressora de tristeza toma conta de mim. Esta é sua gaiola dourada, sua bela prisão.

Na parede ao lado de sua cama está pendurada uma pequena pintura, pouco menor que a capa de um livro, que mostra um homem e uma mulher de pé atrás de três meninas. Todos sorriem, e as meninas dão as mãos. A mais alta das três tem cabelo ruivo. Deve ser Gabrielle. Eu sofro pelo que foi roubado deles, mas agora não é hora de lamentar o passado. Achar o diário da Cinderela é a única coisa que consigo pensar em fazer. Ela sabia de algo que nós não sabemos.

Abro as gavetas. Olho embaixo da cama e em seu armário, mas não encontro nada. Será que ainda estaria aqui depois de todo esse tempo? Talvez Manford o tenha encontrado e destruído há muito tempo.

Eu vou em direção às portas do banheiro, mas sinto um puxão na parte de trás do meu vestido. Me viro e vejo que a bainha agarrou no canto da mesinha ao lado da cama. Meu vestido a arrastou para longe da parede, e quando me abaixo para me libertar, algo chama minha atenção.

Na parte de trás da mesa, há um pequeno objeto retangular em um espacinho atrás da única gaveta. Estendo a mão e o pego. É um livrinho. Abrindo a capa, vejo que as palavras estão escritas à mão em tinta preta. Um diário. Meu coração acelera enquanto leio a primeira página.

O feitiço foi quebrado. A cada dia seus efeitos se atenuam, e eu me sinto mais como costumava ser. A bruxa mentiu para mim. Ela disse que nós poderíamos acabar com ele, mas depois que tomei da taça dela, não consegui pensar em nada além do Príncipe Encantado. Eu não consegui machucá-lo. Eu não conseguia falar nada de ruim sobre ele, e a situação o agradou tanto que ele confundiu isso com afeição genuína. Mas à medida que recupero minha consciência, não consigo esconder o quanto o detesto. Estou tentando com todas as minhas forças manter a farsa por tempo o suficiente para apunhalá-lo no peito. Darei o troco pelo que ele roubou de mim.

Passo várias páginas.

Descobri algo tão profano que só posso contar para o papel, por ora. Dizer em voz alta seria como proferir uma maldição.

A cada dia que passa, ele se torna mais cruel, mais indecente. Cada vez que o rejeito, ele age como se eu o tivesse golpeado; fica ferido de novo a cada rejeição. Ele não aguenta.

Ele está me matando. Devagar, ele tira a vida da minha alma, e quando estou à beira da morte ele me puxa de volta, me deixando recuperar minha força apenas para fazê-lo de novo. Ele está me punindo e gosta disso.

Sinto um arrepio quando releio o trecho. Ele a drenou lentamente ao longo do tempo como punição. Minhas mãos tremem conforme continuo a ler.

Isso tudo é culpa minha. A cada drenagem fico mais fraca. A tristeza naquele lugar, naquele abismo, se infiltra em mim a cada vez. Não reconheço meu próprio reflexo.

Viro as páginas como se elas fossem feitas de vidro. Estou diante de algo sagrado. As palavras de Cinderela, escritas a próprio punho. Nas últimas páginas, a caligrafia não passa de rabiscos. Aperto os olhos na escuridão para ler um trecho.

Um canal se abriu entre nós, uma conexão. Eu podia ver dentro do coração escuro dele. Algo invisível, algo anormal, cerca a fonte de luz. E agora eu sei que não há esperança para mim. Nem para ninguém.

O barulho de uma porta se abrindo no corredor me interrompe. Eu coloco o diário entre o meu vestido e o espartilho. Alguém está se aproximando do quarto da Cinderela. Um castiçal de ouro, coberto de teias de aranha, está em uma mesa perto da porta. Eu o pego. É pesado como um tijolo. Levantando-o sobre minha cabeça e ouço enquanto os passos se aproximam. Quem quer que seja para do outro lado da porta. Eu prendo minha respiração.

Bem na cabeça dele.

A porta se abre e, na luz fraca, vejo os olhos do guarda. Ele pisca, confuso, enquanto eu bato o castiçal com toda a força que consigo reunir. O objeto atinge a cabeça dele com um baque terrível, e ele cai, seus joelhos e cotovelos projetando-se de uma forma nada natural. Eu rapidamente coloco meus braços sob os dele, arrastando-o para o quarto e fechando a porta. A respiração sai dele como se sua garganta estivesse cheia de líquido. Depois de colocá-lo de lado, verifico os bolsos em busca das chaves das celas, mas não encontro nada. Quando ele acordar, vai soar o alarme.

Eu o arrasto para o armário cheio de vestidos lindos e fecho a porta. Empurro a penteadeira e a mesinha para a frente dela e saio do quarto. Com o castiçal na mão, corro pelo corredor até chegar a outra escada.

Esta desce em espiral até abaixo do nível principal do palácio. À medida que a luz de cima diminui, uma rajada de ar frio e fétido me atinge. Os sons de vozes abafadas aumentam, mas não consigo entender as palavras. Desço as escadas e encontro a boca de um túnel longo e escuro.

A masmorra é um corredor estreito com celas gradeadas em ambos os lados. Apenas uma lâmpada ilumina o final do espaço úmido. Um guarda está sentado em uma cadeira com um homem mais velho de pé ao lado dele.

— Eu não tenho dinheiro — diz o homem de pé.

— Então não temos um trato — diz o guarda. — Quatro peças de ouro por cada. Sem pechincha. Ordens do rei.

O homem velho sai apressado, marchando por um pequeno lance de escadas do outro lado do corredor e batendo a porta.

Um sussurro fraco da cela atrás de mim chama minha atenção. Seis ou sete pessoas de várias idades se amontoam na parte de trás. Um homem dá um passo à frente, alto e magro. Posso ver suas costelas inferiores se projetando sob a roupa esfarrapada. Seu rosto está coberto por uma massa de barba desgrenhada. Ele cambaleia para a frente e se apoia nas barras da cela.

— Sophia? — pergunta ele, a voz muito fraca.

Não acredito.

— Luke?

Ele estende a mão e eu olho para o corredor. A escuridão me protege enquanto tomo sua mão esquelética na minha.

— Ah, Sophia — suspira ele, caindo sobre as barras.

Beijo a parte de trás de sua mão enquanto as lágrimas enchem meus olhos.

— Luke, o que ele fez com você? Eu pensei que você estivesse morto.

Eu tinha certeza de que ele havia sido executado. Mas parece que o rei permitiu que ele definhasse na masmorra, esperando que seu corpo desabasse por conta própria. Luke apenas balança a cabeça.

— Este é o destino dos infratores — sussurra.

— Espere — eu peço. — Vou te tirar daí.

Olho para o corredor, pensando em como passar pelo guarda. Decido pela abordagem mais direta e passo rapidamente por várias celas onde os prisioneiros me notam. Quando me aproximo do guarda, ele se levanta, uma expressão de descrença estampada em seu rosto.

— Ei, você não deveria estar aqui embaixo.

Uma das garotas na cela atrás dele grita o mais alto possível. Enquanto o guarda se vira, eu golpeio sua cabeça com o castiçal, e ele cai de joelhos, cuspindo e gemendo.

— Bata nele de novo! — grita alguém.

Eu bato, e ele cai de cara no chão sujo.

— As chaves estão no cinto dele! — Uma jovem, talvez apenas um ano mais velha que eu, aparece na frente da cela, gesticulando veementemente detrás das barras.

Depois de jogar o castiçal de lado, tiro as chaves penduradas em uma alça de seu cinto e vou para a cela logo atrás de onde o guarda estava sentado.

— Você está bem? — questiono. — Você gritou, e eu pensei que...

— Eu só estava tentando distrair o guarda — diz a garota.

— Qual dessas é? — pergunto. Há várias chaves, e todas parecem iguais para mim.

— É uma prateada com um buraco quadrado em cima — diz a garota.

Ela começa a tremer descontroladamente. Segura as barras com força enquanto eu me atrapalho com as chaves. O vestido dela está rasgado na bainha. Suas bochechas estão sujas de terra. Sua expressão é um retrato inconfundível de dor.

Encontro a chave com o buraco quadrado e destranco a cela. As garotas saem, sem saber o que fazer a seguir.

— Escutem — peço. — Há um baile acontecendo agora, e o rei está atrás de mim. Peguem estas chaves e soltem os outros. Há um homem na última cela que talvez não consiga caminhar sozinho. Ele precisará de ajuda. Vocês sabem aonde essa porta leva? — Gesticulo para a porta por onde o velho desapareceu.

— Para o pátio dos fundos — diz uma das garotas.

Entrego as chaves para ela, que corre para destrancar as outras celas. Minha cabeça está girando. Não consigo pensar em uma maneira de soltar todos e ainda voltar para as garotas aprisionadas no andar superior. Enquanto os outros deixam as celas, observo em desespero pelo menos quarenta meninas e meia dúzia de meninos diante de mim. Havia tantos infratores assim em Lille? A jovem da primeira cela colocou o braço ao redor de Luke, e ele se apoia nela. A maioria deles são da minha idade ou mais velhos, mas há algumas garotas que não podem ter mais que onze ou doze anos. É este o destino das garotas desaparecidas de Lille?

De repente, um estrondo ensurdecedor vem de trás da porta que leva ao pátio. Eu subo as escadas e escuto atentamente antes de abri-la. A confusão e a gritaria irrompem do lado de fora enquanto todos que estavam no baile e foram para o pátio dos fundos fogem.

— Saiam! Todos para fora! — Ouço um homem gritar.

— Acho que o rei mandou todos saírem — digo.

Abro mais a porta.

Ninguém se mexe.

— Vão — grito. — Se misturem à multidão. Não olhem para trás.

— Para onde devemos ir? — pergunta uma jovem. — Não podemos voltar para casa. Alguns de nós nem casa têm.

Tudo o que sei é que eles precisam sair daqui. Agora.

— Vão em direção à estrada principal. Apenas continuem em frente e não parem.

Eles se apressam para sair, agarrados uns nos outros, mantendo as cabeças baixas. Vejo os convidados do baile olhando e então desviando o olhar enquanto eles fogem da masmorra. Esta é a única ocasião em que a indiferença do povo de Lille para com os cidadãos em um estado tão deplorável funcionará em nosso benefício. Luke e a jovem que o está ajudando param.

— Você vem com a gente? — pergunta ele.

Ele mal consegue falar, então pego seu rosto entre minhas mãos. Beijo sua testa antes de empurrar ele e a garota em direção à porta.

— Não — respondo. — Não posso. Há algo que preciso fazer.

Luke se endireita, tentando ao máximo aguentar o próprio peso. Ele coloca o braço ao meu redor, e posso sentir quão devastadoramente magro ele está. Se eu segurar com muita força, tenho medo de quebrá-lo. Uma das garotas coloca as chaves do guarda na minha mão, e eu as escondo no meu vestido, perto do diário da Cinderela.

Conduzo Luke em direção à porta, e quando ele sai, me viro e corro pelo túnel e escada acima. Um grupo de guardas se afasta de mim no corredor adjacente, gritando, espadas em punho. Quando eles estão fora de vista, cruzo e desço um pequeno lance de escadas que leva às portas do salão de baile principal. Atravesso o espaço agora vazio de chão de mármore brilhante, os retratos do rei em todas as suas formas me encarando.

Chego à metade do caminho antes que as portas batam atrás de mim. Os lustres se acendem um a um, jogando sombras ao meu redor.

Me viro e vejo o rei sentado em seu trono em cima da plataforma, com um sorriso doentio nos lábios. Corro para a porta que leva para o pátio e tento forçá-la, mas meu esforço é em vão.

— Não adianta, Sophia — diz Manford atrás de mim. — Mesmo que conseguisse abri-la, há cinquenta guardas do outro lado.

Transbordando de raiva, eu o encaro. Ele desce da plataforma. Seu terno preto como a meia-noite se mistura às sombras. Os olhos brilham às luzes das velas.

— Você matou minha amiga — digo.

Ele olha para o lado.

— Quem era essa? Foram tantas.

Eu não esperava que ele estivesse triste ou arrependido pelo que fez, mas Manford parece completamente sem vida, uma casca vazia que só serve como condutor de seu ódio.

— O nome dela era Liv, e ela tinha uma família que a amava. Eu a amava. — Eu olho bem na cara dele e me aproximo. — Seu pesadelo horroroso termina hoje.

— E como, exatamente, você vai me parar?

Não é uma pergunta para a qual eu tenha uma resposta concreta. Olho para a garganta dele. O lugar onde minha adaga o teria ferido está arroxeado, mas a pele de alguma forma se regenerou. Ele ri.

— Eu passei mais anos nesta terra do que qualquer outra criatura viva. Eu a moldei, a tornei tudo o que você vê diante de seus olhos. Todo homem daqui até Chione se curva diante de mim porque é assim que eu quero que seja.

— A Cinderela se curvou diante de você quando descobriu quem você realmente é?

Uma raiva silenciosa toma conta dele. É o tipo de raiva que vem apenas ao ouvir uma verdade que não se pode aceitar.

— Até ela se curvou diante de mim no final.

Mentira.

— Você pode mandar esta terra — eu digo, engolindo a onda de terror que ameaça me consumir. — Mas você não manda em mim.

— Você veio até aqui sob minhas ordens! — a voz dele retumba. — Você e toda maldita garota neste reino, *meu* reino, farão exatamente o que eu digo! — Ele se aproxima, os dentes cerrados, os olhos pretos arregalados e sem piscar. — Seu pai, e o pai dele, e todas as gerações anteriores enviaram suas filhas para mim em hordas para que eu pudesse ter minha cota e jogar os restos para os homens que vêm aqui como abutres pegar os pedaços quebrados e podres de carne.

— Você as traz aqui para preencher o vazio que Cinderela deixou nesse seu coração corrompido — digo, desafiadora. — Sua amargura, essa raiva, vem do simples fato de seu coração ter sido partido. Esse foi o crime dela? Não amar você?

— Eu merecia o amor dela! — grita ele. Está desequilibrado, os olhos alucinados. — Eu a tirei de sua existência mundana e fiz dela uma rainha. Ela deveria me amar por toda a vida só por isso.

— Você não podia controlá-la. Você não podia forçá-la a amar você como você a amava.

De repente, eu entendo o que o motiva. Ele se convenceu de que tinha direito ao amor da Cinderela. Ele não consegue ver como suas ações se voltaram contra ele.

Manford só tem direito a uma coisa. A verdade.

— Você sabia que ela veio aqui naquela noite tantos anos atrás para te matar?

Ele abre a boca como se fosse falar, mas não o faz. Tensiona a mandíbula e fecha os olhos, inspirando fundo. Ele se aproxima, colocando a mão nas minhas costas e me girando. Luto para manter meu equilíbrio enquanto ele me conduz em uma valsa sem som.

— Você acha que pode me ferir com suas palavras? Eu esperava que você fosse mais esperta que isso. Ao menos faça desse jogo um desafio. — Ele agarra minha mão. — Pegarei o que eu quiser de você e deixarei seu corpo apodrecer em uma vala como sua amiga patética, como muitas das malditas garotas de Lille.

As palavras de Émile invadem minha mente. Ele está se alimentando das garotas de Lille como um monstro. Eu o imagino rondando o interior, deixando um rastro de cadáveres.

Quando Manford se inclina, eu liberto meu braço, me inclinando para trás e batendo nele com a palma da mão aberta. Ele para, mas não me solta. Eu olho em seus olhos. Sei que minha voz vai vacilar se não medir minhas palavras, mas quero ser direta no que serão, sem dúvida, os últimos momentos da minha curta vida.

— Se você vai me matar, faça isso, e me poupe dos seus discursos insuportáveis.

— Você pode fingir ser corajosa, mas eu vejo a verdade. Você está completamente atormentada pelo medo. — Ele se inclina mais para perto e inspira. — Consigo sentir o cheiro em você.

Eu puxo meu corpo para o lado e consigo escapar de seu toque. Cambaleio para trás e ele agarra meu vestido. O lado rasga, e eu observo extasiada quando o vestido se conserta sozinho diante dos meus olhos. O rei me solta. Ele sorri, agarra meu braço e me puxa mais para perto, me esmagando contra ele. Eu agarro seu rosto enquanto ele pressiona a testa contra a minha.

Manford abre bem a boca e pressiona os lábios nos meus. Eu grito, mas o som é abafado. Provo seu hálito rançoso e sinto sua pele úmida, seus dedos como facas nas minhas costas. Então, tudo fica quieto. Uma luz paira entre nós, uma nuvem de névoa translúcida que parece sair de mim.

Não consigo me mexer, não consigo falar.

Luto para manter meus olhos abertos. Uma onda de calafrios passa por cada centímetro da minha pele. Tenho um vislumbre da minha adaga enfiada no cinto dele. Estendo a mão para pegá-la, mas Manford a afasta com um tapa.

Estou morrendo. Sinto a vida sendo puxada para fora de mim em longas e ásperas tragadas. Um fogo se acende em meu peito, destruindo qualquer esperança, amor ou felicidade. Algo puxa com força minha cintura e, de repente, estou deslizando para trás no chão do salão de baile. Eu fico imóvel por um momento enquanto meus sentidos vêm e vão. Minha visão embaça e um zumbido agudo enche meus ouvidos. Estou exausta, como se não dormisse há dias, e uma tristeza esmagadora paira sobre mim. A lateral do meu corpo dói. Eu me viro e pisco.

Uma figura familiar está parada no meio da sala.

36

— Sua garotinha intrometida — grita o rei.

Minha visão se ajusta o bastante para que eu veja Constance com a adaga em punho e os olhos focados, um livro grosso enfiado debaixo do braço.

— Fique longe dela — ordena Constance.

O rosto de Manford parece mudar enquanto ele encara Constance, como se sua pele estivesse muito frouxa sobre os ossos.

— Guarde essa adaga, sua idiota. Não vai adiantar de nada aqui.

Constance olha para mim.

— Sophia, eu…

As portas duplas que levam ao salão de baile fazem um ruído ao abrir. Minha visão ainda está embaçada, mas reconheço Amina quando ela entra no salão. Ela se livrou de seu exterior de faz de conta e está se aproximando do rei. Uma torrente de alívio me invade.

— Por favor — Amina diz para Manford. — Por favor, se lembre do que conversamos antes.

Ainda estou confusa, mas mesmo nesta névoa em que me encontro as palavras dela não fazem sentido.

— Antes?

O rei olha para mim e então de volta para ela. Ele irrompe em uma risada sinistra.

— Você não contou a ela? Ela não conseguiu descobrir?

— Descobrir o quê? — exijo, ficando de pé. Minhas costelas doem a cada batida do meu coração.

Amina me dá um sorrisinho, mas seus olhos não mostram nada além de tristeza.

— Menti para você, Sophia. Precisei mentir.

O rei desliza até ela e dá um beijo em sua testa.

— Ah, mãe, você nunca foi boa em mentir.

Mãe.

Não.

Não pode ser verdade.

— Você… você disse que ele a salvou da fogueira — gaguejo. — Que ele foi até a você pedir ajuda.

Um sorriso maníaco se espalha no rosto de Manford.

— Essa é a história que você esteve contando? — Ele se vira para Amina. — Gosto muito dessa. É quase a verdade.

Meu olhar se volta para os retratos. Sim, são todos de Manford, mas também são do garotinho da pintura acima da lareira na casa de Amina na Floresta Branca.

— Sua bruxa mentirosa — diz Constance, entre os dentes. Ela abre o livro que esteve agarrando e o joga no chão. É o grimório. Amina olha para ela.

— Ah, mas você, Constance, você teve um pressentimento, não teve? — Amina sorri, e as sutis similaridades entre ela e Manford ficam evidentes, me assombrando. — Quando?

Constance agarra a adaga.

— Eu sabia que o garotinho na pintura parecia familiar, mas não consegui ligar os pontos. Isso estava me corroendo. — Constance treme enquanto fala. — Quando você saiu para o baile, olhei de novo o feitiço de necromancia.

Ela aponta para o livro. As páginas contendo o feitiço de necromancia estão abertas.

O conjurador está ligado ao cadáver
ressuscitado até a morte.

— Você não tem motivos para ainda estar viva após todo esse tempo — continua Constance. — Manford deveria ter te matado já que você sabia do segredo dele. Mas agora tudo faz sentido. Você está presa a ele pelo sangue, pelo amor, pela magia. Ele não pode existir sem você. Eu não quis acreditar. Eu não enxerguei além do meu ódio por ele.

Ela lança um olhar penetrante para Manford. O rei inclina a cabeça para o lado.

— Pobre garota. O que eu fiz para te fazer me odiar tanto? — O tom dele é de zombaria, cruel.

— Tenho muitos motivos — diz Constance, com raiva. — Você esteve caçando minha família por gerações.

Manford está surpreso. Ele encara Constance.

— Mãe, você deveria ter me dito que estávamos diante de convidadas de honra. Você se parece muito com Gabrielle. Que pena.

A horrível verdade surge em minha mente como um raio e me viro para Amina.

— Você mesma o trouxe de volta?

Lembro do selo rompido do grimório, da pele fria de Manford, de seu corpo rígido. Ele é um morto-vivo. Amina está presa a ele e ele a ela, assim como diz o feitiço. Apenas ela tem o poder de destruí-lo, porque foi ela que lançou o feitiço que o trouxe de volta dos mortos.

Amina bate palmas.

— Muito bem, querida. Muito bem. É verdade que ele me salvou da pira, mas eu só estava nela porque as pessoas do meu vilarejo descobriram o que eu havia feito. Necromancia tende a assustar os fracos de coração.

— Você esteve trabalhando com ele todo esse tempo — conclui Constance.

— Eu não precisei fazer muito — diz Amina. — Vocês já estavam planejando voltar a Lille. Eu só dei um empurrãozinho. — Ela se vira para Manford. — Devo admitir que as coisas que você me disse quando foi visitar doeram um pouco.

Manford coloca a mão sobre o coração.

— Meu temperamento me influenciou. Desculpe por isso, mãe, de verdade.

Ele não parece nem um pouco arrependido, mas sorri para ela como se a adorasse, e meu estômago se revira. Todo esse tempo, pensei que a hesitação dela era porque estava envergonhada, com medo. Mas era uma mentira. Assim como a história da Cinderela. Como o baile. Como tudo.

Amina se vira para o filho.

— Sua impaciência quase arruinou tudo. Aparecer daquele jeito... Eu disse que a traria para você, mas você não quis esperar.

A noite em que nos escondemos na despensa passa pela minha cabeça. Ele sabia que eu estava por perto. A traição disso é como uma faca se afundando na minha carne.

— Há um pouco de verdade no que eu disse — diz o rei Manford.

Amina olha para ele, e algo semelhante a medo passa por seu rosto.

— Sua magia falhou comigo no passado, mãe. — O rei se vira para ela. — Seus extratos e tônicos não funcionaram. Ela teria me amado se você tivesse feito um trabalho melhor com suas poções.

— Eu tinha certeza de que sua inteligência e charme a conquistariam sem minha ajuda — se justifica Amina. — Era para ser só um empurrãozinho.

Um som alto e estridente corta o ar, e o corvo de Amina entra no salão de baile pela porta lateral aberta. Ele pousa no ombro dela.

— Odeio esse bicho — resmunga Manford.

Amina se aproxima de Manford e pega minha adaga do cinto dele.

— Ah, pare. Ele nunca fez nada a você.

Eles continuam a conversa como se eu Constance não estivéssemos aqui,

— Você ficou na floresta porque quis — diz Constance. — Não porque você se sentia mal pelo que fez.

— Isso é só parcialmente verdade — diz Amina, a atenção de volta em Constance. — Eu sinto um pouco de culpa em relação a Cinderela, mas não é nada que não possa ser amenizado por um cachimbo cheio e uma bebida forte. — Ela gira a adaga entre os dedos. — Eu te disse que eu não era nenhuma fada madrinha, que havia feito coisas que você não seria nem capaz de imaginar. Você me disse para parar de carregar esse fardo. Mas você não fazia ideia do que significaria.

Não consigo entender.

— Você sabia que ele estava matando pessoas, e que era assim que ele estendia a própria vida?

— Entenda, Sophia — diz Manford, falando comigo como se eu fosse uma criança —, eu consegui manter algumas coisas em segredo.

Amina olha para o chão.

— Eu nunca o vi fazer isso. Eu não queria saber dos detalhes. Era melhor assim. A primeira vez foi... quando mesmo?

— Quando aquela pedinte veio à nossa porta nos primeiros meses depois de você me ressuscitar — diz Manford. — Quando eu percebi o que podia fazer, que podia me conservar indefinidamente, bem, esse era um segredo que valia a pena esconder até de você, mãe.

— Você não conseguiu esconder o segredo de todos — diz Amina. — Constance está em posse de um livro que tem uma ilustração bem interessante do que você faz.

— É mesmo? — pergunta Manford. — Vamos ter que ver isso. — Ele se vira para Constance. — Você me dará o livro de livre e espontânea vontade ou terei que usar... medidas persuasivas?

— Se você der um passo sequer na minha direção, farei com que se arrependa — diz Constance, a voz firme. — Por favor, tente. Eu gostaria muito de te matar.

Ele fica sério e balança a cabeça.

— Uma cela aconchegante pode te deixar mais humilde. E te fazer mudar de ideia.

Penso na garota na cela ao lado da minha. Amina sabia sobre ela e os outros?

— Você pensou nas outras pessoas? — pergunto, encarando Amina. Não consigo acreditar que ela traiu minha confiança assim. — Não apenas no povo aqui em Lille, mas em toda a Mersailles, todas as vidas que foram arruinadas por causa dele? — Não sou capaz de impedir as lágrimas que rolam pelo meu rosto. — Pensei que você se importasse comigo. Como foi que você pôde fazer isso?

O rei ri.

— Mãe, talvez seu talento para mentir seja melhor do que pensei. Essa tola realmente acredita que você se importa com ela.

Amina comprime a boca em uma linha fina enquanto se aproxima de mim, os olhos frios. Ela ergue a adaga da Cinderela e gentilmente bate no cabo, onde está a pedra rosa.

— Do jeito que eu vi — diz Amina. — Me perdoe.

Ela respira fundo e avança sobre mim.

Ergo meus braços para me defender, e há uma agitação de passos. Amina tem uma espécie de espasmo para a frente, como se tivesse levado uma pancada nas costas. A expressão em seu rosto me intriga. É dor.

Ela empurra o cabo da adaga de Cinderela na minha mão e tropeça para frente. O corvo guincha, batendo as asas enquanto voa e circula sobre nossa cabeça. Um som, como o rugido de um rio, quebra o silêncio. O barulho terrível está vindo do rei.

A ponta da adaga de Constance se projeta para fora do peito de Amina enquanto Constance agarra o cabo atrás do ombro direito da outra, arfando, os olhos brilhando. Ela perfurou Amina completamente.

Amina solta um suspiro longo e lento enquanto cai no chão.

— Não! — grita Manford.

Amina fecha os olhos conforme uma nuvem luminosa envolve Manford. Uma luz pálida irrompe dele. O impulso atinge nós duas com tanta força que nos envia voando em direções opostas. Constance tomba por um conjunto de portas duplas do outro lado da sala.

Manford, ainda rodeado pela luz ofuscante, cambaleia em minha direção. Eu passo pela porta mais próxima de mim. Os corpos de vários guardas do palácio inconscientes cobrem o corredor como árvores caídas. Agarrando a adaga de Cinderela, ofegante e com minhas entranhas se revirando, fico de pé e corro. Ao olhar para trás, vejo Manford acelerando o passo.

Corro pelos corredores e o barulho de espadas e guardas ecoa de algum ponto atrás de mim. Encontro a escada que leva à masmorra e desço correndo. Posso escapar para o pátio e dar a volta para pegar Constance.

As celas estão vazias agora, e meu coração dispara enquanto me dirijo para o final do corredor e abro a porta.

Um grito monstruoso irrompe atrás de mim.

— Pare!

Eu posso correr. Posso encontrar Constance e dar o fora daqui, mas não foi isso que vim fazer. Se eu fugir agora, terei que fugir para sempre. Amina está morta, e espero que isso signifique que o feitiço que ela lançou em Manford tenha sido quebrado. Se houver alguma chance de ele ficar vulnerável agora, tenho que acabar com ele.

Fecho a porta e me viro para encarar Manford. Ele está parado na escuridão do outro lado do túnel. Dou um passo para o lado. Ele imita meu movimento como uma sombra.

— Você é engenhosa, tenho que admitir — começa ele. Sua voz está diferente. Rouca, e ele solta ruídos como gorgolejos entre uma respiração e outra. — Pelo que estou vendo aqui, parece que você me custou um bom dinheiro.

— Apenas tiranos negociam seres humanos.

Meu medo diminuiu. A raiva volta depressa.

Ele dá dois passos em direção à luz dançante das velas. Eu recuo quando ele se aproxima. Seguro a adaga da Cinderela com tanta força que minha mão dói. Grandes faixas de pele se soltaram da lateral do pescoço dele; um osso branco brilha por um buraco em sua bochecha. Cambaleio para trás. A pele podre dele está se desfazendo e cai em pedaços enquanto ele avança.

— Eles são mais como uma mercadoria — diz ele, os olhos brilhando como os das criaturas que percorrem a floresta à noite. — Valem muito dinheiro. Não espero que você entenda.

Ele é um morto-vivo sem vidas roubadas para manter sua carcaça de pele e ossos no lugar. Cambaleando como se suas pernas não conseguissem aguentar seu peso, ele se endireita e sorri enquanto observa o horror se espalhar em meu rosto, a pele descascando em seus lábios.

— Agora você se encolhe diante de mim? Onde está aquele fogo que vi em você mais cedo? — Ele me provoca.

— Você é um monstro. Cinderela sabia. Ela percebeu.

— Como você poderia saber o que Cinderela achava de mim?

— Você acha que é o único que pode voltar dos mortos?

O rosto dele muda. Por trás da carne decadente, há confusão.

— Mãe. — Ele balança a cabeça, e outro pedaço de seu pescoço cai. — Então ela estava jogando nos dois times. Me pergunto de que lado ela estava no final.

Manford se aproxima em um piscar de olhos, e grito quando ele me agarra com muito mais força do que eu esperaria. Ergo a mão para esfaqueá-lo, mas ele segura meu pulso, torcendo meu braço e deixando a adaga entre nós. O cheiro que sai dele atinge o fundo da minha garganta. Carne podre e resíduos humanos. Eu luto para não engasgar enquanto ele olha para mim.

Manford me solta por um momento para passar a mão na lateral do meu rosto. Eu bato nela o mais forte que consigo. Um pedaço de seu dedo indicador se rompe como um galho e cai no chão.

— Eu não te dei permissão para me tocar — digo.

— O feitiço se quebrou — diz ele. — Mas não se engane. Vou levar você comigo.

Em um movimento rápido, ele agarra meu rosto entre as mãos em decomposição, pressionando a boca pútrida sobre a minha mais uma vez. A dor irrompe em meu peito e a luz arde entre nós. Fica mais forte quando fecho os olhos. Isso é exatamente o que aconteceu na minha visão. Está se tornando verdade, e não posso impedir. Era isso? Não um aviso, mas uma revelação, um vislumbre do que aconteceria não importava o que eu fizesse? Eu caio em um lugar escuro e desolado.

Estou morrendo. Meus pensamentos ecoam como se eu tivesse falado em voz alta. O rosto de Constance aparece na minha frente e quero dizer a ela o quanto ela significa para mim. Eu vejo Erin, com o rosto machucado e arrasado, vejo o corpo sem vida de Amina no chão do salão de baile e Luke com sua aparência esquelética. Ouço a voz de Constance na minha cabeça implorando para que eu volte para ela. Eu não quero cair no vazio. De repente, os sinos começam a soar em algum lugar. É meia-noite. E então, minha própria voz ecoa na minha cabeça de novo: *Não estou pronta para morrer.*

Meus olhos se abrem e vejo o rei, seus olhos cerrados em fendas, apenas a parte branca injetada de sangue aparecendo. Os sinos tocam alto, e os ouço perfeitamente. Eu me concentro no túnel translúcido de luz entre nós. Esse deve ser o canal de que Cinderela falou em seu diário. Ele desce pela garganta aberta de Manford e entra no peito dele, onde uma bola de luz incandescente pulsa, piscando e tremeluzindo, como se estivesse lutando para permanecer acesa. Era isso que o feitiço de Amina vinha protegendo, a fonte de seu poder.

Ele me aperta com mais força, tentando desesperadamente alimentar a luz em seu peito, mas é inútil. Ele vai morrer, mas eu também morrerei se não conseguir encontrar uma maneira de impedi-lo. Eu agarro a adaga de Cinderela, sentindo o contorno da pedra no cabo. O cristal de repente fica brilhante e sou inundada por uma névoa rosa pálida que me cerca, cortando o túnel de luz entre nós. Dou um passo para trás, ainda segurando a adaga, e o rei cai de joelhos.

O relógio começa sua batida final, e o vestido encantado que Amina providenciou derrete em um banho de prata e luz das estrelas. Os sapatinhos macios desaparecem dos meus pés, meu cabelo cai em volta do rosto e fico com a túnica e as calças que Constance me deu. Sou deixada exatamente como sou e, depois de todo esse tempo, sei que é o suficiente.

Eu me recomponho enquanto Manford se agita, tentando me alcançar, e ergo meu braço para então enfiar a adaga de Cinderela, minha adaga, direto em seu peito, bem onde eu imagino que a luz esteja. Eu me inclino sobre ele com todo o meu peso e olho diretamente em seus olhos selvagens e penetrantes.

— Pela Liv — eu digo. — Por Lille. Pela Cinderela.

Brilhante, forte e carmesim, como uma chama sem calor, a luz em seu peito irrompe da boca e envolve toda a cabeça do rei enquanto ele recua, as mãos agarrando descontroladamente o ar. Um som escapa de sua garganta, os gritos de um animal moribundo. O que resta de sua pele começa a murchar e rachar feito papel queimado. A nuvem carmesim enfraquece, e o corpo do rei encolhe até se assemelhar a um casulo de cinzas brancas em forma de humano.

Sinto como se estivesse flutuando, como se minha cabeça não estivesse mais posta corretamente em meus ombros. Eu me equilibro e pego a tocha do suporte na parede. Eu a mergulho na pilha de pó que um dia foi o rei de Mersailles.

As chamas deixam as cinzas sem peso, e elas flutuam no ar à medida que o fogo avança até a cadeira de madeira em que o guarda estava sentado. As chamas sobem e engolem as vigas de madeira no teto. As brasas da estrutura em chamas encontram as pilhas de palha nas celas e as incendeiam. Subo correndo o curto lance de escada e saio para o pátio dos fundos, ofegante, minha visão ainda turva, meu coração ainda disparado.

As garotas nas outras celas, no andar de cima.

Uma onda de pânico toma conta de mim. Eu arrasto meu corpo pesado através do pátio agora abandonado até o lado do castelo onde as celas estão escondidas. As chamas pintam o céu escuro de laranja. O fogo está aumentando e se espalhando rapidamente.

Elas vão queimar até a morte se eu não as tirar de lá.

Corro para a portinha pela qual fugi durante o baile. Minha cabeça começa a voltar para o lugar, e lembro que as chaves estavam no vestido antes do encantamento acabar. Procuro freneticamente em meus bolsos e as encontro ali. Eu as pego e me atrapalho com a fechadura. Nenhuma das dezenas de chaves parece se encaixar.

Constance, onde você está?

Minhas mãos estão trêmulas e o céu fica mais brilhante a cada segundo desperdiçado. Eu paro por um momento e então me afasto o suficiente para pegar impulso. Tenho que derrubar essa coisa.

Eu corro, empurrando meu ombro na porta de madeira. Ela se quebra da moldura e eu chuto o que sobrou. Consigo sentir o cheiro de fumaça na passagem, embora as chamas ainda não tenham alcançado o corredor. Eu bato em cada uma das portas das celas.

— Olá! Aguentem firme! Vou tirar vocês daqui!

Tosses e pedidos de ajuda ecoam enquanto uma névoa escura e espessa penetra nos confins do corredor. Estou ficando sem tempo. *Elas* estão ficando sem tempo. Vou para a cela ao lado da em que estive presa e tento cada chave até que finalmente uma se encaixa e a tranca se abre. Empurro a porta para encontrar uma mulher parada no canto oposto. Seu cabelo castanho longo cai em volta do rosto, duas mechas brancas nas têmporas. Ela vem para a frente, cuspindo enquanto a fumaça enche a cela. Coloco meu braço em volta da cintura dela e saímos mancando para o corredor.

— Onde está o rei? — pergunta ela, procurando desesperadamente ao redor.

— Morto — respondo.

Mesmo por entre a fumaça, posso ver a surpresa no olhar dela.

— Você conseguiu? — diz ela, com lágrimas nos olhos. — Você conseguiu!

— Você precisa sair daqui.

Ainda tenho que destrancar as outras portas, e a fumaça está começando a entrar no corredor. Eu a guio até a porta, e ela cai no chão coberto de neve. Eu inspiro o ar fresco e volto para abrir as outras portas.

A animação começa a aumentar. O rei está morto, posso libertar seus prisioneiros e talvez as coisas possam ser diferentes em Lille. Uma por uma, as meninas aparecem e eu as levo para fora. Minha cabeça gira conforme me aproximo da última porta. Não consigo mais ver a tranca, de tão densa que é a fumaça. Encaixo a chave sentindo onde está a abertura, e quando a última garota tropeça para fora, a fumaça me alcança.

Eu caio no chão da passagem dos serviçais; uma espessa nuvem de fumaça escura me cobre. Meus pulmões estão queimando, e meus olhos lacrimejam. Não consigo me mexer, então fecho os olhos. Tudo em que consigo pensar é Constance. Vejo o rosto dela na escuridão enquanto me entrego ao sentimento de queda, de estar afundando. Manford está morto. As pessoas ficarão livres, mas não haverá escapatória para mim.

37

— Levante-se.

Estou flutuando. Me afastando. Não há nenhuma dor. Estou desistindo.

— Sophia!

Conheço essa voz, mas está tão distante que não posso responder.

— Sophia! Abra os olhos agora!

Tento, mas não consigo. Então percebo que já estão abertos e encarando o ardente céu alaranjado.

— Respire — diz a voz. — Por favor, Sophia... por favor.

O ar puro enche meus pulmões, mas só piora a dor. Eu engasgo, inspirando uma e outra vez. Alguém está aqui. Seu cabelo se funde ao céu, as mãos agarrando meu rosto.

Constance.

— Isso, Sophia.

Eu fico de lado e inspiro o ar fresco, minha garganta doendo por causa da fumaça. Constance se inclina para mim enquanto tusso até que minhas costelas doam. Coloco meu braço sobre o ombro dela. Estamos longe do castelo, que está quase completamente em chamas.

— Como eu saí de lá? — pergunto, ainda desorientada.

— Eu vi as garotas saindo do castelo e fui ajudar. Você estava no chão, igual à visão que tive, e pensei... — Sua voz falha e ela me puxa para perto.

— Você me salvou — eu digo.

Ela salvou. E de mais maneiras que consigo contar.

Uma fumaça escura espessa sai das janelas. Uma multidão se forma. As garotas do baile ficam em estado de choque à medida que mais e mais pessoas chegam em carruagens e a cavalo. Todo mundo corre para lá e para cá, sem saber o que fazer.

— Onde está o rei? — alguém grita.

Constance me ajuda a levantar, e eu observo a multidão. Mesmo agora, enquanto o palácio queima, alguns pretendentes se agarram aos seus recém-conquistados prêmios. Uma jovem luta contra o aperto de seu parceiro enquanto ele olha em volta, com os olhos arregalados. O rei pode ser uma pilha de cinzas, mas suas ideias ainda estão vivas e bem firmes. Eu me ajeito antes de cruzar a multidão dividida, marchando. Paro na frente do homem e me viro para a garota.

— É isso o que você quer? — pergunto a ela.

Ela me encara, com medo.

— O que você acha que está fazendo, desgraçada? — grita o homem.

— O rei está morto! — grito de volta, aproximando meu rosto do dele. Um silêncio toma conta da multidão, e o homem me encara como se eu tivesse batido nele. Constance espelha a surpresa. Isso também é novidade para ela. — Ele está morto, e suas leis e regras nojentas morrerão com ele. Isso acaba agora.

Todos me encaram, confusos. Os pais de muitas garotas chegam e encontram as filhas na multidão. As chamas estalam atrás de mim.

Muito mais do que vigas e madeira está queimando.

A determinação cresce no meu peito. Eu observo a jovem na minha frente puxar o braço, se soltando do aperto do homem e fazendo uma expressão de escárnio para ele. Ele avança sobre ela, e várias das outras garotas correm para ficar entre os dois. Um burburinho percorre a multidão.

— A história da Cinderela é uma mentira — eu digo. — Foi usada para manipular vocês. Para fazê-los sentir que suas vozes não deveriam ser ouvidas. O rei mentiu para nós. — Pego o diário e o ergo. — As palavras escritas aqui são da Cinderela. Está tudo aqui.

Constance encara o livrinho. Um homem se aproxima de mim, com o maxilar tensionado e dizendo obscenidades. Antes que eu possa confrontá-lo, Constance se coloca entre nós. Ela pega a adaga e a aproxima do peito dele.

— Se você ousar tocá-la, acabo com a sua vida. Preciso desenhar? — O tom de Constance não deixa possibilidade de discussão.

Uma jovem abre caminho na multidão, espada em punho, e se posiciona ao lado de Constance, que parece chocada.

— Émile? — pergunta ela.

É a garota da cela. Elas trocam amplos sorrisos, e Émile olha para mim.

— É óbvio que seria Constance quem encontraria a garota certa para acabar com tudo.

O homem se afasta e desaparece na massa de pessoas reunidas em frente ao castelo. Algo muda entre os presentes. Muitos deles nunca viram uma mulher se defender. É assim que será daqui para a frente.

— Tudo o que Sophia disse é verdade — diz Constance. — Minha família descende de Gabrielle, irmã de Cinderela, e ela não era o monstro que o rei a fez parecer. Nenhuma delas era. Ele mentiu para vocês. Mas vocês têm a chance de mudar as coisas. Aqui. Agora.

Vejo pais com lágrimas nos olhos.

— Vocês podem manter suas filhas seguras — digo. — E, mais importante, elas podem tomar medidas para se manter seguras. Essas garotas não querem estar aqui esta noite. Olhem para suas crianças, suas amigas, suas esposas, suas filhas. Não façam o que é certo porque elas são próximas de vocês. Escolham mudar as coisas.

Toda a Lille está reunida na frente do palácio. Algumas pessoas assentem e se abraçam, mas a maioria parece descrente, confusa. Elas precisam ser convencidas.

— Sei que é difícil entender — digo. — Muitos de nós só tiveram contato com a realidade imposta por Manford.

— Como saberemos que ele está morto de verdade? — grita uma mulher, o medo distorcendo cada uma de suas palavras.

— Eu mesma o matei — digo. — Vocês não precisam temê-lo mais.

Constance me encara com lágrimas nos olhos. Um burburinho toma a multidão. Um grupo de pessoas se afastou e está conversando entre si. Pelo menos meia dúzia de guardas e muitos pretendentes abrem caminho até mim.

— Teremos um problema aqui — digo para Constance, que segue meu olhar.

— Teremos? — pergunta ela, erguendo a adaga.

Émile se posiciona. Embora esteja magra e seu rosto pareça o de alguém que testemunhou horrores indescritíveis, ela está pronta para lutar.

Gritos irrompem enquanto essa facção de homens furiosos avança até nós. O homem na liderança é o mesmo que vi discutindo com o guarda na masmorra. Ele encontrou uma espada e, aparentemente, se proclamou o líder desta turba.

— Quem é o herdeiro do rei por direito? — pergunta ele.

— O rei não tem herdeiros — respondo. Encaro o homem sem piscar. — E se você acha que permitiremos que outro monstro se sente naquele trono, está enganado.

— Por que deveríamos dar ouvidos a você? — O homem aperta o cabo da espada. — Você é só uma garota.

Constance intervém e desarma o homem tão rapidamente que nem sei exatamente como ela faz isso. Tudo o que vejo é seu cabelo ruivo flamejante e então o homem caído de costas no chão, segurando o peito, um fio de sangue escorrendo pelo lábio. Pego sua espada e finco no chão.

A multidão se empurra, cercando a gangue que na primeira oportunidade está tentando nos colocar de volta onde estávamos antes. Eu não matei o rei e quase perdi minha vida no processo para isso. O povo de Lille — mulheres, homens, as crianças da masmorra, as garotas do baile, as famílias que vieram procurá-las — estão de prontidão, olhando para o homem.

— Queremos dar nossa opinião sobre os próximos passos — diz o homem no chão enquanto se ergue.

— Você não fez nada enquanto o povo de Mersailles sofria e morria, e agora quer opinar na nossa vida? — Fico chocada por sua arrogância. — Você não está em posição de fazer exigências. Eu vi você tentando comprar uma menina na masmorra.

Sussurros e grunhidos tomam forma. Algumas pessoas nesta multidão não têm ideia do que o rei fazia atrás das paredes do castelo. Tudo o que ouviram são rumores. O homem me encara com uma expressão de desdém.

— Saia — eu digo para ele. — Saia. Ou fique. Você tem escolhas agora, mas sugiro que faça as certas. Suas ações terão consequências de agora em diante.

O homem cambaleia, tropeçando nos próprios pés enquanto foge. Alguns dos outros o seguem. Alguns ficam. Uma calma estranha se abate sobre a multidão. Eu me viro para Constance e suspiro.

— Eles voltarão — eu digo.

— Eu sei — responde Constance. — Mas estaremos preparadas.

Ela assente para Émile, que inclina a cabeça e olha para o céu. Me pergunto quanto tempo faz desde que os prisioneiros viram as estrelas.

Enquanto eu olho para aquela reunião de pessoas, dois rostos familiares aparecem. Meus pais. Os joelhos da minha mãe cedem quando ela me vê, mas meu pai a segura, e eles abrem caminho na minha direção. Meu pai parece ter envelhecido dez anos, e minha mãe parece que não dorme há dias. Procuro no rosto de meu pai a raiva que vi na última vez que nos encontramos, quando saí de casa, mas encontro apenas tristeza.

— Achei que você estivesse morta. — A voz dele falha e lágrimas descem por seu rosto.

Nunca o vi tão destruído. Não sei o que dizer ou o que sentir. Olho para minha mãe, que não consegue dizer nada.

— Precisei colocar um ponto final nisso — digo.

Meu pai olha para o palácio.

— Você fez isso?

Assinto. Espero para ver se ele me reprenderá, mas, em vez disso, estende as mãos. Eu hesito, e então coloco minhas mãos nas dele.

Tudo que eu sempre quis foi ser vista por eles, ser preciosa para eles. Não sei se o que foi quebrado entre nós pode ser consertado, mas isto parece um bom começo. Abraço meu pai e, por cima do ombro, vejo Luke nos braços de seus pais e de sua irmã. Constance vem ficar ao meu lado e eu gentilmente me afasto de meus pais para pegar sua mão. Eles olham um para o outro e depois para mim. Minha mãe sorri. Algo que eu não a via fazer há muito tempo.

— Sua família ficaria tão orgulhosa — digo para Constance. Entrego a ela o diário de Cinderela.

— Sua avó ficaria orgulhosa — diz Constance.

As lágrimas surgem de novo, mas ela as seca com a ponta dos dedos, beijando minha mão e me puxando para perto.

— Eu não conseguiria ter feito isso sem você — afirmo. — Não sei como te recompensar.

Ela se inclina e me beija, mas não é mais um adeus triste. É um beijo cheio de esperança e doçura. Foi nisso que todo o nosso planejamento resultou. Ela e eu de frente para um futuro incerto, mas, pela primeira vez, um futuro promissor.

38

A Verdadeira História de Cinderela

Texto Aprovado pelo Povo

• • •

Escrita no Primeiro Dia da Estação de Crescimento

Por Sophia Grimmins

Era uma vez três jovens: Gabrielle, Isla e Cinderela. As irmãs se amavam muito, mas em uma terra governada por um rei cruel que era amaldiçoado por magia, o amor não era suficiente para salvá-las. As irmãs eram corajosas, e cada uma fez o que pôde contra o rei, mas forças fora do seu controle fizeram daquela uma batalha impossível.

O pai de Cinderela havia sido o favorito a governar Mersailles antes que o Príncipe Encantado subisse ao poder. Ele deveria ter tomado seu lugar no trono, mas o destino tinha outros planos.

Rei Manford, em seus muitos disfarces, governou Mersailles por duzentos terríveis anos, até a chegada de um tempo em que o povo de Mersailles se defendeu e quebrou a maldição. Foi então que surgiu uma nova governante.

Constance.

Como única descendente de Cinderela, herdeira por direito do trono, Constance governou Mersailles como líder de um conselho formado por seis indivíduos escolhidos por ela. Eles se importavam apenas com a segurança e o bem-estar do povo de Mersailles.

Constance e o conselho imediatamente aboliram todas as leis que Manford havia sancionado e colocaram no lugar novas leis que permitiram a todo o povo de Mersailles ter acesso aos privilégios antes garantidos apenas aos homens.

A transição foi rápida e, óbvio, alguns se rebelaram. O conselho ponderou fazer mudanças mais lentas com o tempo, mas por fim decidiu que o tratamento igualitário dos cidadãos de Mersailles era bem mais importante que a inabilidade de algumas pessoas em aceitar as mudanças.

A facção de habitantes raivosos que nos confrontou na noite do baile voltou e incendiou várias casas na tentativa de tomar o poder. Émile, um membro da resistência antes de ser capturada por Manford, liderou os esforços para contê-los. Com um batalhão fortemente armado ao seu lado, ela expulsou a maioria deles para além das fronteiras das Terras Proibidas. Os outros, incluindo o proeminente Barão Marcellus Moreau e seus filhos, Édouard e Morris, foram presos e processados por seus abusos. Nunca mais nenhuma quantia de dinheiro ou poder permitiria que as pessoas de Mersailles fossem destratadas sem que houvesse punição aos infratores. Constance garantiu isso.

Nós registramos aqui a verdadeira história de Cinderela e sua família, que lutaram muito para garantir que o povo de Mersailles pudesse viver sua vida da maneira que trouxesse mais felicidade a cada um. Eles começaram um movimento, uma resistência que persiste até hoje nos corações e mentes daqueles que buscam justiça e igualdade. O rei Manford fez de tudo para negar às pessoas esse direito. Mas não seremos negados. Nós não seremos silenciados.

Deixe a verdade de Cinderela ser testemunho de sua persistência e bravura diante da opressão. Entenda que o que o rei Manford mais temia, em todas as suas encarnações, era o poder do povo que ele queria tão desesperadamente controlar.

Não se cale.

Erga sua voz.

Seja a luz na escuridão.

Agradecimentos

Quando me sentei para rascunhar *Cinderela*, comecei com algumas perguntas: Qual efeito os contos de fadas que ouvimos quando crianças tem sobre nós? O que acontece com nossa visão de mundo quando os personagens nessas histórias não se parecem conosco ou não amam como nós? Quando é que temos a chance de ser os heróis de nossa própria história? A partir daí, entre inúmeras xícaras de café, muitas noites, madrugadas e manhãs, e entre lágrimas e dúvidas, *Cinderela está morta* tomou forma. De fato, se tornou, com a ajuda de muitos outros, o livro do meu coração.

À minha incrível agente, Jamie Vankirk. Tudo o que posso dizer é obrigada, mil vezes obrigada. Quando começamos esta jornada, eu não tinha certeza se haveria um lugar para esta história. Você me disse, sem nem pestanejar, que não apenas havia um lugar para ela, mas que a minha história era importante e que valia a pena compartilhá-la. Eu não conseguiria ter escrito este livro sem seu apoio, seu trabalho árduo, seu espírito tenaz, seu coração gentil. Obrigada por ser a defensora de *Cinderela* e por me ajudar a me reerguer quando estou para baixo.

Ao meu maravilhoso time na Bloomsbury — Mary Kate Castellani, Erica Barmash, Anna Bernard, Lily Yengle. Obrigada pelo trabalho duro de vocês. Eu não subestimo nada disso; sou incrivelmente grata a todos na Bloomsbury pela oportunidade. Mary Kate, você fez de toda essa experiência a realização de um sonho. Obrigada por suas ideias, por seu encorajamento incansável, e por apostar em mim e em *Cinderela*. Você tornou esta história o que é e serei grata para sempre.

À minha família. Ao meu incrível parceiro, Mike, obrigada por me apoiar. Você nunca duvidou de mim, mesmo quando eu duvidei. Eu te amo com todo o meu coração. Aos meus bebês, Amya, Nylah, Elijah e Lyla: eu vejo vocês nos mundos e personagens que crio, e é por isso que amo tanto essas criações. Vocês são, e sempre serão, minha maior inspiração. Ao meu irmão, Spencer, obrigada por sempre estar lá por mim, por me encorajar, e por me ouvir falar muito sobre este livro. Eu te amo! Ao meu pai, Errol Brown: eu sinto sua falta a cada segundo de cada dia. Você me ensinou a ter orgulho de quem sou e de onde venho, e que se eu tivesse um sonho, eu deveria lutar por ele, não importando quão difícil parecesse. Eu lutei por ele, pai. Espero que você esteja orgulhoso de mim.

À minha melhor amiga para sempre, Sherrida — sua amizade ao longo dos anos nunca falhou. Não importa a distância, você está sempre no meu coração. Te amo, meu amor! Obrigada por sempre estar comigo.

Aos livreiros que leram as primeiras provas antecipadas de *Cinderela* — quero que todos vocês saibam que eu imprimi as coisas maravilhosas que vocês disseram e as coloquei na minha parede. Nos dias em que escrever é difícil, quando sinto que eu deveria jogar a toalha e me mudar para uma cabana na floresta, suas palavras gentis me encorajam e me fazem querer seguir em frente. O apoio de vocês não tem preço. Obrigada.

E, finalmente, a todos que lerem *Cinderela está morta*, quero que saibam o quanto significa para mim vocês darem seu tempo para esta história. Eu a escrevi para vocês, para nós. Seja a luz na escuridão.

Este livro foi composto na tipologia Goudy Oldstyle Std,
em corpo 11,5/16,1, e impresso em papel off-white,
no Sistema Cameron da Divisão Gráfica
da Distribuidora Record.